Les liens du sang

JOANNA TROLLOPE

Les liens du sang

Roman

*Traduit de l'anglais
par Dominique Peters*

LES ÉDITIONS
Quebecor

Titre original : NEXT OF KIN
(Première publication : Bloomsbury, Londres, 1996)

ISBN 2-764-00902-X

À Samuel, Charlotte et Thomas

1

A UX FUNÉRAILLES de son épouse, Robin Meredith fut abordé par une femme coiffée d'un foulard en cachemire qu'il ne reconnut pas tout de suite. Elle lui demanda s'il n'était pas reconnaissant de savoir maintenant Caro en sécurité auprès de Jésus. Il rassembla toute la courtoisie dont il était capable en un tel moment et répondit que non, il ne voyait pas les choses ainsi. Puis il sortit de l'église, sous la pluie, et regarda le trou noir dans lequel on allait faire descendre Caro.

« Pas d'incinération, avait-elle demandé. Je veux que les choses soient faites correctement. Poignées de cuivre. Beau cercueil. Dans le cimetière. »

Elle n'avait pratiquement donné aucune autre instruction, et c'était la seule fois où elle avait laissé entendre qu'elle se savait mourante. On avait mis des planches sur la fosse et posé en travers de longues sangles noires qui serviraient à descendre le cercueil.

« Ça va ? demanda la fille de Robin en s'arrêtant près de lui, mais sans le toucher.

— Mieux dehors, dit-il en esquissant un mouvement de tête vers l'église.

— Moi aussi. »

Ils restèrent un moment silencieux, puis Judy déclara d'une voix tremblante :

« Pourtant, maman l'aimait.

— Oui. »

Robin tendit une main vers Judy, mais elle avait enfoncé ses deux poings dans les poches de son manteau, son long manteau noir londonien qui proclamait, comme tous ses vêtements, combien elle s'était délibérément éloignée de la terre où elle avait grandi.

« Jamais tu n'as..., murmura soudain Judy.

— Chut ! »

Les croque-morts, lugubres et raides comme des caricatures de croque-morts, s'approchaient d'eux. Ils portaient tous des lunettes et des chaussures aussi massives que des prothèses orthopédiques. Les fidèles qui marchaient respectueusement derrière eux se dispersèrent en un cercle silencieux — les parents de Robin, son frère et sa belle-sœur, le vacher de la ferme et son épouse, les amis de Caro, des gens du bureau des services sociaux où elle avait travaillé, l'épicier, la femme au foulard en cachemire.

Judy se remit à pleurer. Elle s'écarta de Robin et courut en titubant dans l'herbe mouillée sur ses talons hauts pour rejoindre sa tante Lyndsay, qui lui entoura les épaules de son bras. Robin leva brièvement les yeux et vit que sa mère l'examinait du regard calme et un peu interrogateur dont elle l'avait considéré toute sa vie, comme si elle n'arrivait jamais vraiment à se rappeler qui il était. Il baissa de nouveau les yeux vers le cercueil posé maintenant presque à ses pieds, le cercueil qui contenait Caro. Il ne lui sembla pas assez long, il lui manquait sûrement plusieurs centimètres. Caro mesurait presque un mètre quatre-vingts !

Le pasteur de Dean Cross, un petit homme épuisé qui avait la charge de quatre paroisses et qui jamais ne prenait de vacances, s'approcha de la tombe sous le parapluie noir que tenait son épouse.

« Heureux sont ceux qui meurent dans la foi du Christ ! » dit-il sans conviction particulière.

Il ouvrit son livre de prières, son épouse déplaça le parapluie et une giclée s'abattit sur les pages ouvertes.

« En pleine vie, nous sommes dans la mort, continua-t-il avec invitation. Vers qui pouvons-nous nous tourner, sinon vers Toi, Seigneur, qui T'irrites justement de nos péchés ? »

Robin regarda de nouveau Judy. Lyndsay et elle pleuraient, maintenant, et Joe, le frère de Robin, avait ouvert au-dessus d'elles un grand parapluie jaune sur lequel s'étalait en noir : Coopérative agricole de Mid-Mercia. Il arborait un visage impassible, les yeux fixés droit devant lui, au-dessus de la tombe, au-delà de la pensée de Caro.

« Nous confions notre sœur Carolyn au Seigneur miséricordieux, poursuivait le pasteur, et nous rendons son corps à la terre... »

Robin pensa soudain que si le pasteur disait : « la terre à la terre, la poussière à la poussière, les cendres aux cendres », il bondirait par-dessus la tombe et lui casserait la figure.

« ... dans l'espoir et l'assurance de la résurrection à la vie éternelle par Notre-Seigneur Jésus-Christ qui pour nous mourut, fut mis au tombeau et ressuscita d'entre les morts. »

Le cercueil, soutenu par les sangles noires, s'enfonça par à-coups dans la terre.

« Gloire au Seigneur à jamais. »

Les croque-morts s'écartèrent en enroulant les sangles. Robin ferma les yeux.

« Dieu nous a montré le chemin de la vie. »

Quand il les rouvrit, il vit Judy qui s'avançait et se penchait pour laisser tomber sur le cercueil un petit bouquet de primevères. Puis la femme au foulard en cachemire lança une orchidée artificielle dont la tige en plastique heurta le couvercle.

« En Sa présence est la plénitude de la joie, et à Sa droite la béatitude éternelle... »

Joie, béatitude, songea Robin. Il porta les mains à sa cravate noire et en rajusta le nœud. Il détestait les cravates. Il les détestait autant que les églises. Le pasteur le regardait comme s'il attendait quelque chose. Robin lui fit un petit signe de tête. Cet homme espérait-il qu'il le remercie ?

« C'est à Lui qui nous garde de la chute, reprit le pasteur sans quitter Robin des yeux, au Dieu unique et sage, Notre Sauveur, qu'appartiennent la gloire et la majesté, la domination et la puissance, aujourd'hui et dans les siècles des siècles. Amen.

— Amen, murmura l'assemblée.

— Un très joli service », dit Dilys, la mère de Robin.

Harry, son père, s'approcha. Il regarda son fils, puis, brièvement, la tombe béante de sa belle-fille. Une curieuse femme. Une Américaine. Elle n'avait jamais semblé s'intéresser vraiment à la ferme, et pourtant... Harry songea un instant que ce serait peut-être un réconfort pour son fils et une façon de lui changer les idées que de lui dire que sa nouvelle herse électrique coûterait plus de 6 000 livres, mais il préféra s'abstenir. Pas tout de suite.

« Judy est très affectée, déclara Dilys, qui avait croisé négligemment ses mains gantées. Joe aussi, ajouta-t-elle en jetant un coup d'œil à son plus jeune fils.

— Caro était la mère de Judy. Et ma femme. Pas celle de Joe », répliqua Robin.

Dilys le regarda et dit, toujours aussi calme :

« Il est possible que ce soit encore plus dur quand on a été adopté. »

Elle considéra la tombe de l'air de pitié vaguement méprisante qu'elle réservait à ceux qui ne faisaient pas vraiment partie de sa famille et ajouta :

« Judy doit se demander qui elle va perdre encore. Pauvre Carolyn. »

Robin enfonça ses mains dans les poches de son manteau et baissa la tête.

« Je vais aller chercher Judy. On se retrouvera à la ferme pour le thé.

— Oui, répondit sa mère. Oui. »

Harry se pencha en avant et toucha légèrement le bras de Robin.

« Courage, mon gars. »

Robin avait acheté la ferme de Tideswell deux mois avant que Caro accepte de l'épouser. Harry n'avait pas proposé de l'aider financièrement, et Robin n'avait pas voulu le lui demander. Grâce à la vente d'une petite maison qu'il avait acquise précédemment dans l'intention d'y vivre, et surtout grâce à un énorme prêt bancaire, il avait acheté, autour d'un corps de ferme et d'une maison en pierre du XVIIᵉ siècle avec de maladroits ajouts victoriens, quatre-vingts hectares de terres descendant en pente douce vers la rivière Dean. Derrière la maison, les bâtiments agricoles étaient presque inutilisables, dominés par une immense grange de style hollandais en ruine, et sans étable digne de ce nom. Les premiers mois après cette acquisition, il y avait un quart de siècle, Robin avait coulé du béton à longueur de journée, et presque toujours seul.

Comme il l'avait espéré, la terre de Tideswell s'était révélée bonne pour nourrir son bétail : de l'herbe au bas de la pente, du maïs fourrager sur les hauteurs. Au printemps, quand sur les saules qui bordaient la rivière poussaient de petites feuilles tendres, le paysage était brièvement joli et, si l'hiver était humide, la rivière inondait presque un quart de la propriété, apportant des couples de cygnes qui donnaient un air de grandeur au cours d'eau, comme s'il traversait un parc. Mais le reste du temps — et Caro Meredith en avait souffert — les champs n'étaient que de la terre, des parcelles de boue et d'herbe divisées par des haies presque sauvages ou des clôtures en vilain fil de fer dont les portails s'ouvraient sur les ornières creusées par les sabots et les roues du tracteur.

La maison se dressait à mi-chemin de la rivière et de la route secondaire qu'empruntait chaque jour le camion de la laiterie pour venir vider la cuve devant l'étable. On y accédait par un chemin de terre pentu, soit collant de boue, soit étouffant de poussière, le long duquel Robin, dans un premier élan d'enthousiasme, avait planté alternativement des hêtres verts et des hêtres roux. Au bout du chemin, une aire bétonnée conduisait d'un côté vers l'étable, de l'autre, par-delà un portail fait de cinq planches toujours ouvert sur ses gonds moussus, vers le cercle de graviers usés devant la maison. Juste au centre de ce cercle, Carlo avait boulonné un cadran solaire, avec une plaque de métal gravé sur laquelle on pouvait lire : « Ici se comptent les heures où brille le soleil. » C'était son premier cadeau de Noël à Robin.

Aujourd'hui, le chemin était plein de voitures. De l'étable, au-delà de la haie odorante de chèvrefeuille qui isolait la maison des bâtiments de la ferme, parvenaient un ronronnement et des chocs réguliers : un homme au visage émacié et aux gestes efficaces, envoyé par l'agence agricole locale, s'acquittait de la traite de l'après-midi. Robin, son nœud de cravate desserré, se tenait à la porte pour accueillir les visiteurs, mais son esprit était dans l'étable, où il aurait bien voulu vérifier si le travail était fait correctement et si Gareth, son vacher, avait bien réparé le tuyau comme il le lui avait demandé.

Derrière Robin, dans la salle à manger sombre que Caro et lui utilisaient rarement, le thé des funérailles attendait les visiteurs sur une nappe de famille que Dilys Meredith lui avait prêtée. Judy, ses cheveux roux en bataille et toujours vêtue de son manteau noir, servait le thé, tandis que Lyndsay tendait les tasses aux nouveaux arrivants, le sucrier dans sa main libre. Il régnait une atmosphère d'excitation discrète dans la pièce à cause de la nourriture, un thé pourtant très simple, mais présenté de façon un peu puérile sur des napperons de papier découpé apportés par Dilys — qui avait clairement fait entendre qu'elle voulait qu'on les utilise.

Judy, alors qu'elle préparait tant bien que mal des gâteaux aux noix de pécan et des brownies, fleurons du catalogue de mets américains que sa mère réussissait si bien, avait déclaré d'un air de défi que jamais Caro n'utilisait ce genre de napperons.

« Mais ce sont des funérailles, avait rétorqué Dilys, des funérailles familiales, et nous devons faire les choses correctement. »

Elle avait accentué le mot « familiales ». Elle-même avait préparé plusieurs cakes, énormes et parfaits avec leurs cerises luisantes et leurs fruits confits répartis de façon incroyablement symétrique dans leur belle pâte dorée. Ils attendaient à la cuisine dans des boîtes en plastique bien hygiéniques, formidablement professionnelles, résolument dans la tradition des femmes de fermiers qui jetaient l'anathème sur tout ce qui n'était pas « fait maison ».

« Des funérailles familiales, ma chère petite », avait répété Dilys.

Elle avait regardé Judy : sa longue silhouette qu'elle aurait pu tenir de l'un ou l'autre de ses parents, s'ils avaient été ses vrais parents ; ses cheveux roux indisciplinés et son large visage au teint pâle qui n'auraient certainement pu lui venir ni d'un côté ni de l'autre — Robin avait les cheveux aussi foncés que ceux de Harry autrefois, et les traits durs de son long visage rappelaient à Dilys son propre père ; quant à Caro, elle était toute brune, avec les cheveux châtains, des yeux noisette et la peau mate, même en hiver. Pas une peau d'Anglaise, avait toujours pensé Dilys, et certainement pas celle des Meredith. Même l'épouse de Joe, Lyndsay, dont les cheveux blonds et les yeux clairs étaient inconnus chez les Meredith, possédait une peau fine et claire assez comparable à celle de Dilys. Mais Judy ne ressemblait à aucun d'entre eux, n'avait rien d'eux.

« Retire ton manteau, mon enfant, ordonna Dilys.

— J'ai froid, répondit Judy. J'ai froid d'avoir tant pleuré.

— Laisse-la, maman, intervint Joe en entourant les épaules de Judy de son bras. Laisse-la tranquille. Va t'occuper du pasteur.

— Jamais je n'accepterais qu'on m'enterre comme ça, déclara Judy dans un murmure furieux.

— Moi non plus, dit-il en retirant son bras. Je veux être incinéré et surtout qu'on disperse mes cendres. »

Judy saisit les deux anses de la grosse théière brune empruntée à la salle des fêtes de Dean Cross.

« Sur la ferme ? demanda-t-elle.

— Pas question, répondit Joe. Dans la rivière. Pas sur cette foutue terre.

— Qui est la femme au foulard ? interrogea Robin, qui les avait rejoints pour se servir une tranche de cake.

— Mme Cornelius, répondit Joe. Elle a acheté la vieille baraque des Chambers. Riche et toquée. Caro lui rendait visite parfois.

— Ah bon ? s'étonna Robin. Pourquoi ? Comment le sais-tu ? »

Joe haussa les épaules. Il tenait les mains l'une sous l'autre pour ne pas laisser tomber les miettes de son gâteau.

« Je n'en sais rien. Elle rendait visite à plein de gens.

— Elle aimait les gens, dit Judy. Elle les aimait vraiment. Toutes sortes de gens, continua-t-elle presque avec colère en regardant son père. Tu t'en souviens ? »

Il détourna les yeux par-delà cette table qu'il avait sauvée d'une ferme à l'autre bout du comté, une table en acajou aux pieds tournés qu'on utilisait là-bas comme perchoir à volaille, et vit sa mère qui parlait au pasteur, Mme Cornelius qui avait entrepris la femme de Gareth, Debby, et sa belle-sœur Lyndsay, comme souvent en train de replacer les peignes qui retenaient la masse mousseuse de ses cheveux blonds, en grande conversation avec trois collègues de Caro, des femmes d'une quarantaine d'années, vêtues juste comme il fallait. Il songea brièvement à l'étable, avec une certaine nostalgie et peut-être aussi un certain soulagement. Puis il réfléchit à ce que Judy venait de dire. « Tu t'en souviens ? » avait-elle demandé d'un ton accusateur. « Tu t'en souviens ? » Comme s'il avait pu oublier en moins d'une semaine, depuis que Caro était morte d'une tumeur au cerveau à l'hôpital de Stretton, comment elle était, ce qu'elle aimait et ce qu'elle détestait, qui elle était. Le problème, se dit Robin en détournant les yeux des cheveux de Lyndsay pour les laisser voguer dans le ciel humide à travers les vitres nettoyées sans grande méticulosité, le problème, c'est qu'il est trop tôt. Il est trop tôt pour se souvenir, parce qu'elle n'est pas encore partie. Du moins, pas ce qui restait d'elle. Ce qui n'était pas perdu depuis des années. Il tendit sa tasse à Judy.

« S'il te plaît », dit-il.

« Personne de la famille de Carolyn ? demandait le pasteur à Dilys. Personne n'est venu d'Amérique ?

— Son père est mort, répondit Dilys en lui offrant un sandwich. Et sa mère est en chaise roulante. Deux attaques. Et elle n'a pas encore soixante-dix ans. »

Le pasteur, qui aurait préféré un gâteau, car on ne lui en proposait jamais chez lui, prit le sandwich.

« Des frères, des sœurs ?

— Pas que je sache.

— Comme c'est triste de mourir dans un pays qui n'est pas le sien sans personne de chez soi à ses côtés ! », s'exclama le pasteur en considérant son sandwich avec résignation.

Il avait déjà fait cette remarque à sa femme la veille au soir et, lorsqu'elle lui avait répondu que cela avait dû arriver souvent aux missionnaires du siècle précédent, il avait senti une certaine nostalgie dans sa voix. Elle aurait voulu qu'il soit missionnaire et, quand il avait fermement repoussé cette idée en faveur d'une paroisse provinciale, elle avait entrepris de se forger par elle-même des liens avec des communautés chrétiennes d'Afrique. Le salon du presbytère de Dean Cross était plein de masques, de statues et d'objets divers en perles rouges et noires. Le pasteur aurait préféré des aquarelles, des images de bateaux.

« Très triste, répondit Dilys en pensant non pas à Caro, mais à l'idée qu'elle-même puisse mourir loin de sa ferme de Dean Place, loin de tous ceux qui connaissaient les Meredith.

— Je ne suis jamais allé en Amérique, dit le pasteur en lorgnant un gâteau.

— Moi non plus.

— Mais j'ai parfois eu l'impression d'en connaître certains aspects. Grâce à Carolyn.

— Ah bon ? »

Dilys regardait Lyndsay ; elle aurait bien voulu qu'elle abandonne sa conversation si absorbante pour faire un peu le service. Il était important de manger après des funérailles, pour se souvenir de la vie. Et de boire. Elle espérait que Robin avait prévu du sherry.

« Oui », dit le pasteur.

Il pensait aux fois où Caro s'était assise avec lui dans son bureau et lui avait demandé de l'aider à s'adapter, à trouver le moyen de s'intégrer sans se soumettre complètement, sans sacrifier ses instincts les plus profonds.

« Ces gens sont bons, lui avait-il dit des Meredith.

— Que veut dire "bons" ? Qu'ils ne forniquent pas et n'abusent pas des faibles ?

— Qu'ils sont intègres, avait-il répondu. Qu'ils ont des principes. Qu'ils font leur devoir.

— Mais cela ne suffit pas, avait-elle rétorqué tristement. N'est-ce pas ? avait-elle insisté avec véhémence devant son silence. N'est-ce pas ? »

Il regarda Dilys, qui consacrait toute son attention au déroulement correct du thé funéraire, ses cheveux gris ondulés, son tailleur noir bien net. Sans le vouloir vraiment, il murmura :

« Non, en effet. »

Dilys ne l'entendit pas. Par-dessus la table, elle faisait discrètement à Robin, de sa main gauche manucurée, le geste de boire un verre.

« Le sherry, articula-t-elle. Il est temps de proposer du sherry. »

Plus tard, dans la voiture qui les ramenait, elle et Joe, à leur maison moderne en briques, située en bordure de la ferme de Dean Place, Lyndsay déclara :

« On aurait dû emmener Judy.

— On ne pouvait pas faire ça, dit Joe. On ne pouvait pas laisser Robin seul. »

Lyndsay retira ses peignes et les serra entre ses dents, puis elle pencha la tête de façon que ses cheveux tombent en avant sur son visage. Joe avait raison. Bien sûr. Pourtant, il y avait quelque chose chez Robin qui semblait contribuer à sa propre solitude, conspirer à l'y maintenir, quoi qu'on fasse ou qu'on ne fasse pas pour tenter de l'aider. Elle l'avait toujours senti seul, au volant de sa voiture, dans ses tâches à la ferme, au marché de Stretton quand on présentait son bétail. Il était le seul des Meredith à s'être lancé dans l'élevage. Harry et Joe étaient des cultivateurs, et le père de Harry, comme son grand-père, avait toujours cultivé les mêmes cent hectares, alors que le propriétaire, au fil des années, avait changé — à un particulier avait succédé une entreprise locale qui avait acheté plusieurs fermes au début des années soixante-dix, quand le prix de la terre était au plus bas. Robin, lui, ne voulait pas être métayer. Il voulait posséder sa terre.

« Laisse-le faire, avait dit Harry. Je ne l'en empêcherai pas, mais je ne l'aiderai pas non plus. »

Pourtant, quand Joe et Lyndsay avaient eu besoin d'une maison, Harry la leur avait offerte. Il avait passé un accord avec le propriétaire de ses terres et il avait étalé devant Lyndsay, sur la table de Dean Place, les plans de leur futur foyer.

« Avec une buanderie, avait souligné Dilys, dans le style méridional. Ce sera une très jolie maison. »

Lyndsay retira les peignes de sa bouche et les replaça dans ses cheveux. Songeant de nouveau à Robin, elle se dit soudain que Joe était un solitaire, lui aussi, à sa façon. Jamais elle ne savait vraiment ce qu'il pensait, s'il était heureux ou triste. Il aimait réussir mieux que les autres fermiers du district, mais il n'en éprouvait aucun bonheur, juste un sentiment de triomphe dans la compétition entre cultivateurs. Toutefois, cela n'avait rien de curieux, pas dans cette région. S'il était difficile de faire parler Joe d'autre chose que de réalités concrètes, la plupart des fermiers étaient ainsi ; presque tous ceux qu'elle connaissait ne parlaient pas ; enfin, pas comme parlent les femmes ; ou du moins certaines femmes. Dilys ne parlait pas de cette manière non plus. Elle parlait comme Harry et Joe de ce qui se passait à la ferme, ou au village. Pour Dilys, le bonheur et le malheur étaient comparables au temps : des émotions qui survenaient ou non, des événements imprévisibles qu'avant tout on devait supporter. Si Dilys, comme la majorité des épouses, avait traversé des moments où elle aurait voulu étrangler Harry, elle avait dû attendre que cela passe comme on attend que la pluie cesse de tomber. Quand vous alliez trouver Dilys pour lui dire que, sans pouvoir vraiment l'expliquer, vous aviez le sentiment d'être au bout du rouleau, elle vous suggérait de faire des conserves ou de laver des couvertures. Il fallait traverser la vie en la rejetant derrière soi en gros morceaux, sans même les digérer si nécessaire.

Il ne fallait pas se battre contre la vie ; la ferme était là pour ça.

« N'y pense pas, disait Dilys à Lyndsay. Ne broie pas du noir. »

Avait-elle dit la même chose à Caro ?

« Tu crois qu'il va s'en sortir ?

— Robin ? demanda Joe. Avec le temps, sûrement. Avec le temps...

— Tu aimais bien Caro, hein ? reprit timidement Lyndsay.

— Elle était différente. C'était une Américaine », dit Joe après réflexion.

Joe avait passé un an en Amérique après ses études d'agronomie. Harry n'avait pas semblé exiger de lui qu'il travaille sérieusement pendant cette année-là — Robin l'avait remarqué en silence —, si bien que Joe avait parcouru librement de grandes distances, prenant des petits boulots dans des bars, des restaurants ou des fermes en chemin pour pouvoir continuer sa route. Lors d'un de ces arrêts, séduit par une fille dans les montagnes du Colorado, il avait pensé rester, mais, au bout de quelques semaines, il avait semblé se souvenir de ce savoir héréditaire qui fait la différence entre la terre et le paysage, et il avait appelé de Denver pour dire qu'il serait rentré à Noël.

C'est à cette époque que Robin avait déclaré qu'il allait se lancer dans l'élevage. Un soir, au dîner, dans la cuisine de Dean Place, il avait annoncé sa décision de quitter la maison pour commencer à élever des vaches laitières, et peut-être un petit troupeau pour la viande. Harry avait posé son couteau et sa fourchette et, à la lumière crue du plafonnier que Dilys refusait d'adoucir parce que c'était pratique pour travailler, il avait regardé sa femme. Puis il avait fixé beaucoup moins intensément Robin, avant de reprendre son couteau et sa fourchette.

« Tu as fait tes comptes ? avait-il demandé.

— Oui.

— Joe rentre bientôt, avait annoncé Dilys en apportant un plat de chou.

— Je sais. »

Robin s'attendait à ce que ses parents disent qu'il n'y avait pas assez de place pour les trois hommes Meredith sur la ferme de Dean Place, mais ils n'avaient rien dit. En prenant une cuillerée de chou, il avait ajouté d'une voix plus dure qu'il ne l'aurait voulu :

« C'est ce que je veux, et ça laissera plus de place pour Joe. »

Harry avait grogné. Depuis qu'il était parti en Amérique, l'avenir de Joe était au centre de presque toutes leurs conversations, à Dilys et à lui.

« J'ai trouvé une propriété. La terre n'est pas mauvaise, mais les bâtiments demanderont beaucoup de travaux. Et il faudra construire une laiterie.

— Jamais on n'a eu de bétail, avait dit Harry en levant à nouveau les yeux. Jamais.

— C'est ce qui me plaît. »

Robin avait failli ajouter : « Et tu verras les profits que je vais faire », mais il avait préféré ne provoquer ni la chance ni son père.

« J'ai obtenu un prêt, avait-il lancé, et j'ai un acheteur pour la maison. »

Dilys s'était levée pour aller chercher un gros morceau de fromage et un pot de cornichons.

« Nous te souhaitons beaucoup de chance, mon garçon », avait-elle dit d'un ton serein, et elle lui avait souri, comme s'il avait résolu un problème pour elle — et qu'elle eût toujours su qu'il en serait ainsi.

Joe était revenu, rapportant dans ses bagages l'éphémère et excitante aura de l'Amérique, et il avait trouvé Robin aux commandes d'un engin de chantier loué pour creuser un fossé dans sa nouvelle ferme de Tideswell. Il avait aussi découvert que son frère avait une petite amie, une grande fille aux cheveux bruns qui, en jean et bottes de cow-boy, repeignait les fenêtres de la maison.

« Elle est américaine, bien sûr, avait expliqué Dilys. Ils se sont rencontré aux Jeunes Fermiers. »

Dilys faisait les comptes de la ferme, livre et papiers éparpillés sur la table de la cuisine et retenus par des pots de confiture où elle gardait la petite monnaie pour les dépenses courantes — les œufs, les journaux, la quête à l'église ou le cordonnier.

« Elle a l'air gentille. »

En fait, Joe la trouvait plus que gentille. Elle portait en elle un peu de cette liberté qu'il avait connue en Amérique, cette impression d'être toujours en mouvement, à la recherche de quelque chose, qui l'avait brièvement grisé comme la fièvre des sommets. Dans les semaines qui avaient suivi son retour, il avait essayé de peindre des fenêtres avec elle, de conserver l'Amérique dans son sang en étant à ses côtés, mais elle l'envoyait aider Robin, ou chez lui seconder leur père. Même plus tard, une fois mariée, elle avait toujours représenté quelque chose de spécial pour lui — la preuve qu'il y avait des lieux où la vie était différente, où les possibilités flottaient dans l'air, comme l'oxygène.

Regardant droit devant elle à travers le pare-brise, dans la pénombre humide du crépuscule, Lyndsay dit :

« Je ne l'ai jamais très bien connue. Je veux dire que nous nous entendions bien, mais que nous n'étions pas proches.

— Elle était plus âgée. Robin et elle étaient mariés depuis vingt-quatre ans. Judy a déjà vingt-deux ans. »

Au tournant de la route, entre les haies, ils virent les lumières de leur maison. Mary Corriedale, qui travaillait à l'usine à papier de Stretton et vivait dans un pavillon de Dean Cross, devait être là, en train de coucher les enfants. Rose était sans doute déjà dans son lit, jetant ses jouets par terre pour défier le jour qui finissait, et Hughie avait sûrement mis son pyjama et ses chaussons en forme de grenouilles pour faire admirer à Mary comme il tenait bien en équilibre sur une jambe, son dernier exploit.

Pauvre Caro, songea Lyndsay avec une sincère commisération, pauvre Caro qui n'a pas pu avoir ses propres enfants. Qu'aurais-je fait si j'avais découvert que je ne pouvais pas en avoir non plus ? Ou que Joe était stérile ? Comme elle était beaucoup plus jeune que Joe, elle avait toujours pensé qu'elle aurait des enfants quand elle en voudrait. Et c'est ce qui s'était passé.

22

« Est-ce que Robin savait, avant de l'épouser, qu'elle ne pouvait pas avoir d'enfants ?

— Je n'en sais rien, répondit Joe en tournant dans l'allée bétonnée menant à leur maison. Je n'en sais rien. Je ne le lui ai jamais demandé. Ce n'est pas le genre de chose qu'on demande, tu ne crois pas ? »

La laiterie était silencieuse, humide et en ordre après le dernier nettoyage au jet de la journée. L'assemblage de caoutchouc et de métal des trayeuses électriques était accroché près des grands pots de lait en verre épais — certains, remarqua l'œil critique de Robin, étaient encore éclaboussés de gouttes et de traînées — et les rigoles, comme le reste du sol de la laiterie, brillaient de propreté mouillée. Dans la fosse médiane, le tuyau gisait enroulé en larges boucles, comme le voulait Robin, les flacons de teinture d'iode et les pulvérisateurs de glycérine étaient alignés sur les marches descendant vers la fosse, et les manivelles pendues en rang sur le mur du fond. En hiver, quand la rivière était en crue, la fosse s'engorgeait et Gareth et lui, le juron aux lèvres, menaient la traite, gênés par des pantalons en caoutchouc montant jusqu'à la poitrine.

Il éteignit les rampes fluorescentes, vérifia la cuve et passa dans l'étable. Il y faisait sombre malgré la lueur des veilleuses fixées à plusieurs poutres. La plupart des vaches étaient couchées dans leurs stalles, la tête vers le mur, leurs grands corps noir et blanc étalés, massifs, entre les séparations. Certaines étaient debout, leurs pieds hors de la litière dans la rigole centrale ; d'autres, assez petites pour se retourner, piétinaient leur bouse contre le mur. Il faudrait dire à Gareth de chauler.

Dans la cour, où d'autres vaches avaient choisi de passer leur journée oisive, deux chats étaient accroupis dans l'auge au milieu des restes de la ration quotidienne de paille hachée qu'on donnait aux bêtes pour augmenter le volume du maïs. Ils s'enfuirent à son approche et filèrent dans l'obscurité vers la grange où prospéraient les rongeurs — leur terrain de chasse. Robin leva les yeux vers le ciel. La

23

lune était bien là, mais ses contours flous annonçaient la pluie. Quelques étoiles aussi. Avec tout ce qui s'était passé ce jour-là, il avait à peine entendu les prévisions de la météo, son obsession en temps normal. Il renifla. Le vent était doux, mais il apporterait bientôt la pluie.

Il retraversa l'étable et la laiterie jusqu'à la dalle de béton qui menait à la cour et à la maison. À la porte de la cuisine, une chatte au pelage écaille de tortue attendait, la seule autorisée à entrer dans la maison parce qu'elle avait été adoptée toute petite, ne griffait jamais et pourtant réglait leur compte à toutes les souris. Robin se baissa pour retirer ses bottes et lui gratter la tête.

« Salut ! » dit-il.

Elle marmonna poliment en arquant le dos sous sa main et puis fila devant lui quand il ouvrit la porte.

Judy était toujours à la table de la cuisine, où Robin l'avait laissée vingt minutes plus tôt. Elle avait fait la vaisselle, puis était revenue s'asseoir sur sa chaise, les coudes sur la table, les yeux perdus dans le verre de vin rouge que Robin lui avait servi. Elle ne leva pas les yeux quand il entra.

Il mit ses pantoufles.

« Tout est en ordre, dit-il.

— Bon.

— Cent cinquante, maintenant. Je suis en train d'augmenter le troupeau de hollandaises. On attend trois veaux pour la semaine prochaine.

— Et qu'arrivera-t-il si ce sont des mâles ? demanda Judy sans quitter le vin des yeux.

— Tu le sais bien. Tu as grandi ici, répondit Robin en se servant du vin.

— J'ai oublié.

— Ils iront au marché.

— Et après ?

— Tu le sais aussi. Ils seront mis en réserve ou envoyés à l'abattoir. À moins qu'un salaud mette la main dessus et leur fasse subir quarante heures de camion jusqu'en Italie.

— Un jour, maman m'a dit qu'une des premières choses qu'elle avait apprises sur l'élevage, c'était que les mâles de toutes les espèces ne valaient que pour leur semence. Et parfois pour leur viande. »

Robin resta silencieux. Il fit tourner son verre entre ses doigts. Le dîner avait été pénible, surtout parce qu'il ne savait pas ce que Judy attendait de lui. À un moment, en poussant dans son assiette le ragoût que Dilys leur avait préparé, elle avait dit :

« Je ne crois pas que nous pleurions la même personne.

— Bien sûr que non », avait-il répondu.

Cela lui semblait très clair, et pas du tout surprenant, mais il l'avait irritée en ne répondant pas à son accusation détournée. Elle avait éloigné de son père le chagrin qu'elle éprouvait, comme s'il risquait de le souiller en tentant de l'approcher et inévitablement de se méprendre sur sa qualité.

« Papa..., dit-elle.

— Oui.

— Je voudrais te demander quelque chose.

— Oui ?

— Est-ce que tu l'aimais ? lança-t-elle d'une bouche tremblante. Est-ce que tu aimais maman ?

— Oui.

— Tu l'as dit trop vite. »

Robin se leva et posa les mains sur la table, face à Judy.

« Je crois que rien de ce que je pourrais dire ne te plaira, aujourd'hui.

— Si tu l'aimais..., commença-t-elle en levant les yeux vers lui... Si tu l'aimais vraiment...

— Oui ?

— Alors, pourquoi es-tu tellement en colère ? »

2

CAROLYN BLISS était née à San Francisco, plus précisément à Sausalito, par-delà le pont du Golden Gate, dans une petite maison de bois dont la peinture bleu canard s'écaillait. Son père était un peintre paisible et sans ambition qui fumait des joints et dont le sens de la relativité morale était si fort que jamais, de l'avis de la mère de Caro, il n'avait pris la moindre décision. Descendante de grands et robustes agriculteurs scandinaves, elle venait de plus haut sur la côte, d'une petite ville sans intérêt particulier à la frontière de l'État de Washington. Elle rêvait de monter s'installer en Oregon avec son peintre et leur bébé et de mettre en fûts les fruits d'une vigne de douze hectares plantée de cabernet sauvignon. La maison en bois, dans l'enfance de Caro, était pleine de manuels de viticulture, de brochures sur les techniques de taille, de photos de grappes couvertes de rosée au lever du soleil.

Caro avait grandi avec la forte impression que la vie — et donc le monde et l'avenir — l'attendait au-delà du Golden Gate. San Francisco s'élevait de l'autre côté de la baie comme les tours et les flèches d'une ville mythique, d'un lieu de rêve, où chacun pouvait découvrir, s'il réussissait à l'atteindre, son Saint-Graal personnel. La façon dont sa mère parlait de l'Oregon renforçait son sentiment que la maison peinte en bleu n'était qu'un point de départ, juste une nurserie, et qu'il n'y avait rien derrière, ni au sens littéral, ni au sens figuré, alors que devant elle s'offrait l'unique réalité : la baie et le pont jeté vers la ville si attirante. En été, la jolie côte autour de la maison bleue se remplissait de gens qui y possédaient des résidences secondaires, d'enfants dont les pères ne passaient pas l'hiver dans les vapeurs de la drogue à regarder les pêcheurs et dont les mères naviguaient, nageaient, cuisinaient sur des barbecues au lieu de torturer toute l'année la terre, comme si par la force brute on pouvait obtenir d'elle une productivité accrue.

Il y eut une ou deux semaines de douce euphorie quand le père de Caro partit. Il disparut en emportant ses peintures, sa réserve de la marijuana qu'il avait fait pousser à grand-peine dans un coin laissé miraculeusement libre par sa compagne et les maigres dollars qu'elle avait mis de côté pour la vigne en Oregon. La police ajouta son nom à l'interminable liste des personnes disparues, mais peut-être sentit-elle que ni sa maîtresse ni sa fille n'éprouvaient le besoin urgent qu'on le retrouve. Au bout de quelques mois, on considéra, sans avoir à en parler beaucoup, que même s'il était encore en vie, il ne reviendrait pas. Caro possédait une aquarelle de lui, un petit paysage marin en longueur, et elle regardait parfois cette tache d'eau en se demandant s'il était dedans, reposant tranquillement au fond de la baie, un joint dans une main, un pinceau dans l'autre. Il ne lui manquait pas. Il n'avait pas permis qu'elle le connaisse assez pour le regretter.

La mère de Carolyn vendit ce qui restait du bail de la maison de bois à une famille chinoise de San Francisco qui voulait y passer les étés et partit avec sa fille vers le nord. Caro avait onze ans. En chemin, sa mère se fit une amie, une petite femme active appelée Ruthie qui semblait partager son rêve de vigne. Elles achetèrent un vieux camion et l'arrangèrent pour pouvoir y dormir. C'est ainsi que, pendant quatre ans, Caro parcourut les routes du nord-ouest de l'Amérique à la recherche des douze hectares. Au cours de cette errance, Caro se rendit soudain compte qu'elle n'avait encore jamais traversé le Golden Gate vers l'avenir. En conséquence, bien que définitivement loin du Marin County, elle restait dans le monde de la maison bleue, attendant que sa vie commence vraiment.

Elle n'aimait pas Ruthie. Lors de ses quelques brefs épisodes de scolarisation, des filles de son âge avaient dit que Ruthie et sa mère couchaient ensemble. Caro n'en avait perçu aucun signe, mais elle s'appliquait à ne pas en chercher, tout comme elle s'appliquait à ne pas voir les bons d'alimentation des services sociaux ni à compter les petits boulots de Ruthie et sa mère dans leur vie itinérante : taille en hiver, cueillette au printemps, moisson en été, vendanges à l'automne. Farouche, résolue, Caro préservait dans un coin du camion son territoire privé, et elle dessinait sans fin des maisons avec un jardin entouré de clôtures, un verger et une niche pour le chien, des maisons équipées de tout ce qui pouvait symboliser une vie domestique stable.

Quand elle eut quinze ans, elle en eut assez. Un après-midi brûlant d'août, elle tressa son épaisse chevelure, mit des vêtements propres qu'elle avait repassés en les glissant sous son matelas avant de dormir et partit demander à l'épouse du fermier pour lequel sa mère et Ruthie effeuillaient le maïs si elle pourrait passer l'année chez elle et aller régulièrement en classe à Harrisburg. Elle paierait sa pension en faisant le ménage, en s'occupant de la basse-cour, en lavant la vaisselle et en surveillant les enfants. L'épouse du fermier posa un regard fatigué sur ses cinq fils, dont l'aîné n'avait que neuf ans, et dit oui. S'ensuivit une terrible dispute. Ruthie tenta de l'enfermer dans le camion et sa mère lui subtilisa ses chaussures. Mais Caro s'installa finalement à la ferme avant la fin du mois et contempla avec une profonde satisfaction sa chambre austère où s'était déposée une épaisse couche de poussière des champs.

Elle resta un an à la ferme, puis emménagea chez une camarade d'école, et, pour sa dernière année de lycée, chez un professeur d'histoire. Deux ou trois fois par an, sa mère et Ruthie arrivaient dans le camion à ses diverses adresses et on leur servait des biscuits et des boissons fraîches, ou de la pizza et du coca light, jusqu'à ce que Caro juge qu'elles avaient assez empiété sur sa vie et les fasse partir. Elles se ressemblaient de plus en plus en vieillissant — gestes brusques et parler d'homme. Ni l'une ni l'autre ne suggéra jamais que Caro revienne occuper son coin du camion. De toute façon, elle aurait refusé sans hésiter.

Quand elle eut dix-huit ans, elle obtint une bourse pour étudier le dessin dans une université de Portland. Elle avait hérité du talent de son père et y avait adjoint un féroce besoin d'ordre. Elle n'aima pourtant pas Portland et découvrit que ses cours ne lui plaisaient pas beaucoup non plus, si bien qu'une idée germa en elle : elle n'était pas au bon endroit pour aller où que ce soit, même géographiquement parlant, et si elle ne repartait pas vers le sud pour traverser ce fichu pont, jamais elle ne vivrait vraiment, jamais elle n'aurait d'avenir, et tous les efforts de son adolescence pour tracer son chemin seraient perdus.

Elle vendit presque tout ce qu'elle possédait pour acheter un billet de bus qui la ramènerait en Californie et se constituer une petite réserve de dollars, passa à Sausalito rendre une visite rapide à la maison bleue — maintenant repeinte en rose indien —, puis, son sac sur le dos, traversa à pied le Golden Gate pour arriver en ville. Cela lui prit vingt-sept minutes. Après quoi, se souvenant de l'accueil chaleureux que lui avait réservé le monde enseignant de Harrisburg, elle fit de l'auto-stop jusqu'à l'université de Berkeley et trouva un emploi dans une des boutiques de futons qui abondaient entre les banques, les librairies et les fournisseurs de colliers hippies, de ginseng et de champignons magiques.

Travailler dans cette boutique fut pour Caro à l'origine de deux événements aux conséquences immenses. D'abord, elle se lia à un couple d'Anglais, un professeur de sémantique et son épouse médecin. Ils étaient venus acheter deux futons destinés à recevoir dans leur appartement leurs enfants adolescents en visite, et l'amitié naquit, dans le grand magasin clair, entre les rouleaux rassurants de literie. Bientôt, Caro fut invitée à l'appartement pour déjeuner, puis en week-end.

Le deuxième événement fut la première histoire d'amour de la jeune fille. C'était un étudiant japonais de l'université, il travaillait au magasin le samedi matin, et

29

parfois aussi aidait à gérer les stocks du directeur qui ne parlait pas japonais et ne comprenait pas tout ce qu'il recevait de ses fournisseurs. Il s'appelait Ken. Il était grand, pour un Japonais, mais bien plus petit que Caro, et ils faisaient l'amour dans la réserve derrière le magasin sur des futons prêts à être retournés à l'usine parce qu'ils présentaient des défauts, le plus souvent dans les coutures. Elle trouvait la peau et les cheveux de Ken particulièrement attirants, et aussi sa courtoisie. Il l'accompagna au dispensaire de l'université pour qu'on lui prescrive ses premières pilules contraceptives, et elle commença à croire qu'elle avait bien traversé le pont.

Mais elle tomba malade. Au début, elle se sentit juste fatiguée et nauséeuse, et elle attribua son état à la nécessaire accoutumance aux pilules, puis cela s'aggrava et elle n'eut plus ses règles. Elle n'avait plus envie de faire l'amour, et Ken, bien que toujours aussi poli, laissa entendre clairement que cela ne lui suffisait pas de s'allonger près d'elle sur les futons défectueux dans la réserve pour fumer une cigarette. Il s'éloigna un peu d'elle, puis annonça qu'il devait chercher un autre exutoire à ses pulsions naturelles et changea d'emploi pour son samedi matin : on l'engagea dans un bar à sushi pour tenir la caisse, en gilet et nœud papillon verts.

Trois jours après son départ, Caro s'évanouit au travail. Ranimée, elle dit que la douleur était intolérable et s'évanouit à nouveau. Elle fut conduite à l'hôpital où l'on découvrit que ses deux trompes étaient bouchées par une inflammation et que l'infection avait déjà gravement endommagé les ovaires. On l'opéra sur-le-champ et on l'informa que, hélas, elle serait à jamais stérile. Elle passa sa convalescence sur l'un des futons qu'elle avait vendus au couple anglais.

Ils étaient très gentils avec elle. Comme ils le lui avaient dit, elle avait le même âge que leur fille aînée, qui étudiait le droit dans une université anglaise, Exeter, dont Caro n'avait jamais entendu parler, et cela les avait attirés vers elle. Ils la ramenèrent à la santé, lui trouvèrent du travail dans une librairie du complexe universitaire et, pour son vingtième anniversaire, lui offrirent un billet aller-retour pour Londres. Ils avaient en Angleterre des amis et de la famille prêts à l'accueillir, lui dirent-ils, et cela lui donnerait l'occasion de considérer sa vie et son pays d'un autre point de vue. Cela l'aiderait à prendre des décisions concernant son avenir. Pour Caro, c'était le cadeau le plus extraordinaire qu'on lui eût jamais fait, pas seulement à cause de son prix, mais parce qu'il semblait prouver que, en dépit de Ken et de l'opération — dont elle n'avait pas encore mesuré toutes les conséquences —, la promesse du Golden Gate se réalisait.

En avril 1971, Caro Bliss arriva en Angleterre avec son petit sac de vêtements et une liste d'adresses. Elle séjourna dix jours chez des parents de ses bienfaiteurs dans une maison de banlieue près de Richmond Park, puis passa d'un foyer d'étudiants à l'autre — dont une ferme où l'eau chaude était tiède et l'électricité capricieuse — dans la région d'Exeter. Le choc culturel fut immense, tant à Londres qu'à Exeter. Même la langue semblait diviser plutôt qu'unir. Pendant trois semaines, Caro subit le verbiage incompréhensible et sonore des joutes oratoires entre étudiants — si différents, à tous points de vue, de leurs collègues de Berkeley, décontractés et dispersés sur un vaste campus —, puis, laissant un mot de remerciement guindé de son écriture américaine toute simple, elle se plongea dans les mystères du système ferroviaire anglais pour gagner sa troisième adresse, une ferme des Midlands.

C'était une véritable entreprise où l'on élevait des porcs et des bœufs et où l'on cultivait des fruits et des légumes destinés à une chaîne d'épiceries. La famille qui s'en occupait — le père, la mère, le fils adulte et deux filles — connaissait le médecin de Berkeley depuis longtemps, la mère depuis son enfance, même, puisqu'elle était sa tante. Ces gens accueillirent Caro comme si des grandes filles américaines sans foyer et sans but arrivaient chez eux chaque jour de la semaine, et lui firent partager sans problème leur vie, leur travail.

Contrairement aux étudiants d'Exeter, ils ne parlaient pas tout le temps, mais seulement quand c'était nécessaire, de sujets concernant leur travail et la ferme. Cela convenait bien à Caro. Avec le genre de vie qu'elle menait depuis son adolescence, en marge de l'existence de tant de gens, elle avait pris l'habitude de ne pas beaucoup parler non plus, comme si parler revenait à se placer sous les projecteurs, au centre de l'attention générale, parmi des personnes dont elle dépendait pour sa survie et qu'elle ne pouvait donc se permettre de s'aliéner en adoptant une attitude contraire à leurs goûts. Même avant cela, l'enfance de Caro n'avait pas été bavarde. Son père communiquait à travers ses peintures, et sa mère à travers l'intensité de ses activités pratiques, destinées à extraire quelque réalité de ses rêves romantiques. Dans cette vaste entreprise lucrative des Midlands anglais, Caro trouva bien des choses de nature à lui inspirer confiance. Avec précaution, découvrant peu à peu le rythme inhabituel des journées et les particularités de l'alimentation, elle commença à se détendre.

Certains soirs et en fin de semaine, le fils de la maison et son amie — une vétérinaire spécialisée dans les cochons — emmenaient Caro dans leurs sorties au sein de l'association des Jeunes Fermiers. Elle assista ainsi à des conférences sur la gestion d'une ferme ou sur les critères de jugement lors de concours agricoles, mais surtout elle participa à nombre de soirées au pub local, où elle apprit à lancer les fléchettes, mais pas à apprécier la forte bière tiède anglaise. Se retrouvait là souvent le même groupe amical joyeux et sain, des jeunes comme jamais Caro n'en avait rencontré auparavant, sans le moindre lien avec la vie urbaine. Ils étaient paysans, fils de paysans. Pour la plupart d'entre eux, la décision de se consacrer à la terre n'en avait pas été une, mais plutôt l'acceptation d'une voie toute tracée. En contemplant les bars enfumés des pubs et des clubs, Caro se rendit compte avec un sentiment d'horreur qu'elle, la nomade, avait enfin trouvé la paix parmi ces sédentaires, parmi ces gens qu'on identifiait davantage par l'appartenance à leur terre qu'en fonction de leur personnalité ou de leur métier. Et, à sa grande surprise, cela lui convenait bien.

Robin Meredith l'observa pendant cinq semaines avant de lui parler. Assez grand lui-même, il avait été frappé par sa taille, puis par son accent exotique. Elle n'était pas bâtie comme les Anglaises et elle utilisait son corps différemment, ses mains aussi. On lui dit qu'elle était employée à la ferme de Thripps End, si bien qu'il crut qu'elle appartenait à cette communauté d'étudiants internationaux itinérants qui retardaient leur retour dans leur milieu familier pour éviter de se voir confrontés à leur avenir. Quand il lui apporta enfin une bolée de cidre, il découvrit qu'elle n'était ni étudiante ni employée. Elle était venue en Angleterre, expliqua-t-elle, sur le conseil d'amis, et grâce à leur générosité.

« Pourquoi ?

— Pour voir un peu. Pour voir là-bas d'ici.

— Pourquoi ? »

Elle avait pris le temps de réfléchir en regardant son cidre. Puis elle avait dit, comme si elle venait de le découvrir :

« Peut-être pour savoir si je suis réellement une nomade. »

Il ne comprit pas ce qu'elle voulait dire, mais il lui proposa tout de même de sortir. Il lui fit faire en voiture le tour du comté et lui montra les fermes et les bois conservés tout spécialement pour l'élevage des faisans. Il l'emmena au cinéma, où il s'asseyait avec ses longues cuisses contre les siennes, mais sans lui prendre la main, à la foire aux chevaux annuelle, où elle vit des gitans pour la première fois de sa vie, et au sommet du Streton Beacon, d'où elle découvrit la région étalée à ses pieds comme une carte, ordonnée et apprivoisée de cette hauteur, les terres cultivées ponctuées des toits et des cheminées des habitations. Là-haut, dans le vent, il l'embrassa et lui annonça qu'il quittait ses parents pour fonder une ferme d'élevage laitier.

« Ici, dit-il en montrant du doigt les méandres de la rivière Dean en contrebas. Ici.

— Jamais je n'ai touché de vache, répondit Caro.

— Je commence avec vingt têtes. Vingt. Je vais construire une laiterie. »

Elle regarda le paysage. Elle en avait vu de plus charmants, de plus spectaculaires aussi, de plus puissants. Mais jamais elle n'en avait vu qui semblât s'offrir si généreusement aux gens qui voulaient en vivre. Jamais elle n'avait vu de lieu plus accommodant, plus attachant, plus harmonieux. Sous ses pieds s'étendaient quelque centaines d'hectares de terre arable paisible et non d'humanité en lutte, dans un climat tempéré sans écarts violents, sans tremblements de terre, un paysage dont l'étendue ne dépassait pas ce que l'esprit humain pouvait concevoir. Tout un monde s'étalait là, un monde complet pour la terre, l'homme, les animaux, sous le ciel anglais uniforme et vide de menaces. Caro glissa ses mains dans les poches de sa veste et ferma les yeux. Comment allait-elle trouver, sans aucun moyen à sa disposition, hormis le simple désir, la possibilité de rester ?

Une semaine plus tard, Robin l'emmena à la ferme de Tideswell. Ils inspectèrent la maison et les bâtiments en ruine, ils arpentèrent les champs à l'abandon jusqu'à la rivière où canards, foulques et poules d'eau s'ébattaient dans les roseaux. On était fin mars et les saules s'auréolaient de leurs nouvelles feuilles presque jaunes. Sur la rive d'en face, un tracteur labourait la terre brun rouge, la transformant en une sorte de velours côtelé.

« Que penses-tu de la maison ? » avait demandé Robin.

Caro observait le tracteur. Un vol de mouettes très décoratif tournoyait au-dessus des sillons. Si vieille, si solide avec ses murs de pierre, si compliquée avec ses ajouts victoriens maladroits, son couloir au sol de mosaïque rouge et ocre, ses pièces avec leurs baies vitrées et leurs cheminées ornées comme des églises gothiques, la maison de Robin était presque trop étrange pour qu'elle ait une opinion à son sujet.

« Je n'en sais rien. Je n'ai aucun point de comparaison...

— Est-ce important ?

— Non, je ne crois pas. Mais quand on n'arrête pas de voyager, on prend l'habitude de comparer. On ne peut pas s'en empêcher. Ça devient une façon de penser. »

Il leva le bras et cassa une longue branche souple du saule.

« Quel est l'endroit le plus agréable où tu aies vécu ?

— Oh, je ne l'ai pas encore trouvé. Je le cherche toujours. »

Robin fit un cercle de la tige flexible et la lança sur l'eau comme un palet.

« Tu n'es pas forcée d'errer ainsi. Tu n'es pas obligée. »

Elle le regarda. Elle regarda ses épais cheveux noirs et ses traits intransigeants, son pantalon de velours, ses bottes et sa vieille veste imperméable au col relevé jusqu'à ses oreilles, et elle pensa : Est-ce que je le connais ? Puis, presque simultanément : Qui ai-je donc jamais connu ?

Il lui tourna le dos.

« Je disais que tu n'avais plus à continuer à chercher. Tu pourrais vivre ici, ajouta-t-il en montrant les champs et la maison. Je te donnerais un lieu où vivre. Je... tu pourrais m'épouser. »

3

DANS L'ÉVIER de la ferme de Tideswell, Velma Simms faisait la vaisselle après le petit déjeuner de Robin. Caro avait installé un lave-vaisselle, mais Velma ne l'utilisait jamais parce qu'elle désapprouvait cette dépense d'électricité. Selon la même logique, elle préférait utiliser le balai mécanique plutôt que l'aspirateur, et elle accomplissait presque toutes ses tâches dans la pénombre. Chez elle, au village, elle considérait le compteur électrique, alimenté par des pièces, comme un dieu domestique malveillant que lui avaient imposé les autorités. Tout ce qu'elle pouvait faire sans se soumettre à la tyrannie de l'électricité semblait à Velma une petite victoire personnelle sur les forces de l'ombre.

Derrière elle, à la table de la cuisine, Gareth mangeait un sandwich au bacon. Debbie lui en préparait une pile tard le soir, et chaque matin, après la traite, Gareth venait les manger à la table de la ferme pour ne pas avoir à rentrer chez lui. La maison en brique de quatre pièces que Robin avait construite pour le vacher précédent n'était qu'à quelques centaines de mètres, mais la cuisine de la ferme changeait Gareth de la sienne, et les quinze minutes qu'il y passait chaque jour lui permettaient de se tenir au courant des petites affaires de la commune. Du vivant de Caro, il n'aimait pas y venir, vaguement conscient d'empiéter sur un territoire mystérieux et réservé aux femmes. Parfois, il s'arrêtait à la porte dans sa combinaison de travail, en chaussettes, pour que Caro transmette à Robin un message à propos d'une vache aux mamelles irritées ou du technicien chargé de l'insémination artificielle qui n'était pas venu à l'heure prévue, mais il ne s'aventurait pas plus loin. Le réfrigérateur l'impressionnait. Tout en parlant à Caro, il ne quittait pas des yeux cette chose américaine à double porte, aussi grosse qu'une armoire.

« Tu devrais voir ça, disait-il à Debbie. On tiendrait facilement à deux à l'intérieur ! »

Maintenant, il tournait le dos au monstre, quand il mastiquait ses sandwiches. Sans la présence de Caro, son espace intérieur énorme ne contenant plus que les ingrédients purement utilitaires de Robin, le réfrigérateur avait perdu toute aura magique. Son rôle principal se réduisait à provoquer Velma, à essayer de lui faire ouvrir une de ses portes, ou mieux, les deux. Elle détestait les ouvrir, parce que les lumières s'allumaient.

« Gâchis d'électricité ! » s'écriait-elle, et elle claquait la porte presque avant d'avoir sorti le lait.

« Il ne veut rien manger de cuit, disait-elle maintenant en posant sur l'égouttoir un bol à céréales. Jusqu'à ce qu'elle meure, il se préparait un petit déjeuner chaud tous les matins, mais plus maintenant. Il finit les tasses de thé qu'il oublie dans toute la maison, et il se contente de son éternel bol de céréales.

— Ça vaut mieux que la picole », dit Gareth. Il regarda le caleçon violet, le pull noir trop court et les chaussures de sport turquoise de Velma. Et il pensa qu'elle avait les mêmes fesses que sa mère.

« Il ne jurait que par elle, déclara Velma. Pour lui, c'était la merveille des merveilles.

— Ah oui ? »

Le Robin qu'il connaissait n'était pas du genre à admirer à ce point ni rien ni personne. Jamais il n'irait jusque-là. Tout ce qu'il voulait, c'était que les choses marchent, que le travail soit bien fait. Quand Debbie se plaignait, comme souvent, que Gareth ne pense qu'aux vaches, il lui répondait qu'il le fallait bien, voyons ! avec Robin sur son dos nuit et jour, il n'avait pas vraiment le choix. Debbie voulait qu'il aille apprendre quelque métier moderne avec des ordinateurs, pour travailler dans les affaires. Elle le voyait dans la gestion des fermes, pas vêtu d'un bleu sale et avec des mains qui avaient plongé la moitié de la journée jusqu'aux coudes dans quelque chose qu'elle préférait ne pas imaginer. Mais Gareth aimait les vaches. Les heures ne lui pesaient pas. Robin non plus. De toute façon, l'idée même d'un ordinateur lui donnait la chair de poule.

« Où il est parti ?

— À une réunion sur les quotas laitiers. Quelle absurdité, toute cette histoire de quotas...

— Oui, dit Gareth en se levant pour jeter le papier roulé en boule dans lequel Debbie avait enveloppé ses sandwiches. Maintenant, ça fait tout drôle, ici, hein ? »

Velma retira ses mains de l'évier et les essuya sur un torchon. Elle regarda autour d'elle les couleurs américaines, lumineuses et fruitées, le réfrigérateur extravagant, l'affiche d'un immense pont au coucher du soleil sous le slogan : *California Dreamin'*.

« Elle ne s'est jamais fixée, dit Velma. Pas vraiment. La sœur de ma mère était comme ça. Elle est partie en Nouvelle-Zélande pour épouser un éleveur de moutons et jamais elle ne s'est complètement adaptée. Elle a eu le mal du pays jusqu'à sa mort, toujours cette nostalgie. Mais au moins, ma tante savait ce qu'elle regrettait, alors que la patronne, elle ne l'a jamais su. »

Il était temps pour Gareth de retourner au travail. Il fallait qu'il rassemble trois vaches dont les sabots avaient besoin de soins, mais il n'avait pas envie d'interrompre cette conversation qui prenait un tour intéressant. À travers la fenêtre au-dessus de l'évier, il vit arriver une Land Rover.

« Qui est-ce ? demanda-t-il.

— C'est Joe ! dit Velma en tirant sur son pull, parce que Joe était un bien bel homme.

— Qu'est-ce qu'il vient faire ici ? »

Velma gagna la porte de la cuisine et alla sous le porche où on rangeait les bottes.

« Il est sorti ! cria-t-elle à Joe.

— Ça fait rien. »

Il entra dans la cuisine avec sa combinaison de travail bleu foncé et de grosses bottes de l'armée.

« Bonjour, Gareth... »

Gareth fit un signe de tête. Il prit son Thermos et son quotidien préféré — en partie parce qu'il parlait essentiellement de football et en partie parce qu'il offrait chaque jour une photo de poitrine opulente. Debbie avait eu de beau seins, jadis, mais ils semblaient avoir fondu après chacune de ses trois grossesses. Dommage.

« Je retourne au travail...

— Oui, dit Joe.

— Du café ? demanda Velma.

— Non, merci, répondit Joe. Je veux juste aller voir quelque chose... en haut.

— Je vous conduis...

— Non, non, dit Joe en levant la main comme pour l'arrêter. Je connais le chemin. À bientôt, Gareth. »

Ils le regardèrent sortir de la cuisine.

« Retirez vos bottes ! » cria Velma.

Toujours chaussé, il monta l'escalier.

« Mais qu'est-ce...

— J'en sais rien, grogna Velma. Je n'aurais pas dû le laisser entrer. Mais je ne pouvais pas l'en empêcher, quand même ! C'est le frère de Robin et...

— Chut... »

Gareth leva les yeux. Velma fit de même. Au-dessus de leur tête, sur le plancher de la chambre, les bottes de Joe avancèrent lentement, puis s'arrêtèrent.

« Seigneur ! dit Velma. Il est dans sa chambre ! Qu'est-ce qu'il peut bien faire ? »

Les pas reprirent, très lents, très posés.

« Dans sa chambre ! reprit Velma. Dans la chambre de Caro ! Je n'y suis pas entrée depuis qu'elle nous a quittés. Je ferais mieux de...

— Non, laisse-le, dit Gareth en la retenant par le bras.

— Mais il...

— Tu ne sais pas ce qu'il fait, tu ne sais pas ce qu'il veut. Il ne prendra rien. Peut-être...

— Quoi ?

— Laisse-le tranquille, dit Gareth en lui serrant brièvement le bras avant de la lâcher. Il ne serait pas entré comme ça devant nous s'il avait de mauvaises intentions, voyons ! Laisse-le tranquille. »

Il s'approcha de la porte, son journal roulé dans sa main, son Thermos sous le bras.

« À bientôt, Velma. »

Elle reprit son torchon et hocha la tête, comme si elle voulait en chasser des vibrations agaçantes.

« Bizarre », dit-elle.

Dans la chambre de Caro, Joe s'approcha du lit et regarda l'endroit où elle avait été allongée. Il l'avait vue là plusieurs fois, au cours de la progression rapide et effrayante de sa maladie, en chemise de nuit rayée comme un bonbon, ses cheveux tressés d'un côté de la tête pour qu'elle puisse reposer confortablement. Tant qu'elle avait eu des cheveux. Avant le traitement.

Il saisit le montant du lit de bois et regarda l'arrondi de l'oreiller sous le patchwork rouge et blanc. Il ne savait pas vraiment pourquoi il était là, il avait seulement obéi à l'impulsion soudaine de dire au revoir à Caro, de lui expliquer — en étant dans sa chambre — que le fait qu'il ait été absent mentalement à son enterrement, à tout ce qui avait entouré sa mort, n'avait rien à voir avec elle. C'était lié à quelque chose de beaucoup plus sombre et de plus inquiétant, à une peur qui l'avait envahi dès l'instant où Robin avait appelé de l'hôpital de Stretton pour dire qu'elle était morte vingt minutes plus tôt, une peur qui ne l'avait pas quitté depuis. Il avait été saisi, debout devant la tombe, tenant le parapluie jaune au-dessus de Lyndsay et Judy, d'un sentiment proche de la panique. Il l'avait ressenti à nouveau, de temps à autre, depuis, et il s'était surpris à faire le tour de Dean Cross au lieu de traverser le village afin d'éviter le cimetière, et à aboyer contre Lyndsay chaque fois que le nom de Caro venait dans la conversation. Dix minutes plus tôt, sur la route entre Dean Place et Tideswell, alors qu'il rentrait chez lui, la panique s'était abattue sur lui avec une telle violence que, pendant une fraction de seconde, il avait presque perdu conscience.

« Je vais trouver, s'était-il dit à haute voix en s'agrippant au volant. Je vais aller dans sa chambre et je vais trouver ! »

Mais la chambre ne lui proposait aucune réponse. Elle était en ordre, presque austère avec ses meubles de hasard achetés à des ventes aux enchères au fil des années ; de jolies choses, pourtant, d'une certaine élégance. Pas trace de Robin dans la pièce, aucune preuve qu'il ait jamais partagé avec elle le lit au patchwork. Mais il n'y avait pas trace de grand-chose d'autre, et surtout pas de ce que Joe avait si impérieusement souhaité trouver : un signe de vie.

« Caro », dit-il à l'air immobile.

Rien ne bougea. Il s'approcha de la fenêtre et regarda dans la cour — une vue qu'elle avait sans doute choisie —, mais ne vit rien non plus en bas, pas même des vaches. Cette disparition avait quelque chose de littéralement insoutenable, de profondément cruel, de fatal. Il posa le front contre la vitre. C'était la fatalité qui était si terrible. Sans Caro ici, sans son corps vivant, preuve de cet autre monde, de cette autre vie d'espoir et de mouvement qu'elle avait portée autour d'elle comme une aura, le destin pouvait frapper. Il avala péniblement sa salive. Il y avait quelque chose en Caro, quelque chose dans ce qu'elle était, dans le lieu d'où elle venait, qui donnait à Joe l'impression — mais pourquoi donc ? — qu'il pouvait braver le destin, que — s'il continuait à courir — il serait l'homme au pied léger.

Elle lui donnait même l'impression que l'argent n'avait pas d'importance, que l'habileté avec laquelle, apparemment, il gérait la ferme, ne l'avait pas quitté. Il ne lui avait jamais parlé ouvertement de ses peurs, des emprunts secrets, de sa tendance à sentir que, s'il investissait davantage d'argent, il en tirerait automatiquement des bénéfices, mais il y avait fait allusion. Elle avait souri de son sourire calme et perspicace et lui avait dit de ne pas s'inquiéter du court terme, que l'instant présent était toujours plein de chocs, que c'était sur le long terme qu'il fallait se concen-

41

trer. Et maintenant elle était partie, et la consolation du long terme était partie avec elle. Elle l'avait laissé seul avec les chocs.

Il écarta son front de la vitre et le frotta de sa main. Dans la cour, Gareth passa, encadré par deux vaches qu'il tenait par leur longe. Robin habituait les vaches à la longe, il avait même conçu avec de la corde à linge une sorte d'enclos en boucle où il rompait à l'exercice les jeunes génisses. Il disait qu'elles présentaient mieux ainsi pour les ventes, qu'une vache disciplinée avait plus de chance d'attirer l'œil d'un acheteur. Robin... Que penserait Robin s'il rentrait à cet instant et trouvait Joe sans aucune explication à offrir dans la chambre de son épouse morte? Car il n'avait pas d'explication, pas d'explication solide en tout cas, à proposer à un frère sceptique qui avait droit à toutes les manifestations de la douleur. Pas comme Joe, simple beau-frère de la défunte, mari et père d'êtres vivants. Lui n'avait aucun droit, juste cette sensation qui le paralysait qu'elle avait en quelque sorte détenu la clé de son avenir et qu'en mourant elle l'avait emportée avec elle.

Il ressortit sur le palier. La maison était très silencieuse. Velma devait encore être dans la cuisine, feignant de nettoyer mais attendant en fait que Joe redescende et s'explique. Velma n'était pas venue aux funérailles. Elle avait déclaré qu'elle n'y venait jamais, qu'elle ne pouvait supporter ces cérémonies : « C'est morbide. Quand on est parti, on est parti. Les funérailles, c'est malsain. »

Joe aurait bien voulu savoir ce qu'elle avait dit à Robin. Si toutefois elle lui avait dit quelque chose. « Désolée de ce qui vous arrive », peut-être, ou : « Elle me manquera, pour sûr ! » Ou bien simplement : « Est-ce que vous voulez encore du café ? Vous avez presque terminé votre tasse. »

En face, la porte de la chambre de Robin était ouverte. Son lit était fait, tant bien que mal, mais les deux chaises que Joe pouvait apercevoir disparaissaient sous des tas de vêtements ; des chaussures et des journaux jonchaient le sol parmi les magazines sur l'élevage laitier. Curieux, vraiment curieux. Robin avait toujours été si ordonné ! Il remarqua une photo de Caro sur la commode, contre le mur opposé, une photo en noir et blanc prise alors qu'elle était accoudée à la porte du jardin donnant sur le grand champ où l'on parquait les génisses pour leurs premières sorties, près de la maison, pour pouvoir les surveiller. Joe la voyait mal de si loin, mais les cheveux de Caro lui semblèrent dénoués et elle portait quelque chose d'écossais.

« Ça va ? » demanda Velma.

Elle se tenait au pied de l'escalier, un plumeau et un vaporisateur de cire à la main.

« Vous avez trouvé ce que vous vouliez ?

— Non, dit Joe. Mais ça n'a pas d'importance.

— Vous feriez mieux de redescendre, alors. »

Elle le regarda approcher lentement.

« Robin rentrera pour le dîner...

— Oui.

— Je lui laisse une part de tourte au veau et au jambon, déclara-t-elle. Je prends soin de lui. »

À la maison, pensa Joe, Lyndsay devait avoir préparé le déjeuner pour les enfants et pour lui, le bon déjeuner bien équilibré qu'elle leur cuisinait chaque jour, avec plein de légumes. Ils s'installeraient autour de la table, lui, Lyndsay, Hughie et Rose dans sa chaise haute, et ils mangeraient une tourte, un ragoût ou un gratin au fromage et aux pommes de terre. Et puis Lyndsay tenterait de lui parler et l'encouragerait à faire parler Hughie. Elle voulait toujours le dissuader de mettre la radio pour le bulletin agricole et la météo. Elle disait qu'il pouvait écouter ça toute la journée dans la Land Rover ou sur le tracteur, que les repas étaient faits pour communiquer, pour s'intéresser aux autres. Rose ne savait pas encore parler, mais elle compensait par des cris impérieux et des coups de cuiller sur le plateau de sa chaise haute. Les jours où Joe était le plus sombre, Rose présentait bien des avantages.

« Je vais y aller », dit Joe à Velma.

Elle le regarda. Il avait toujours eu à ses yeux un petit air à la John Wayne, un air de dur.

« Vous pourriez essayer de sourire, Joe. La vie doit continuer. »

Il resta silencieux un moment, lui adressa un triste sourire qui ne gagna pas ses yeux et sortit dans la cour par la porte de la cuisine.

La part de tourte de Robin attendait sous un film plastique bien tendu près des moulins à sel et à poivre et de la miche de pain, le tout coiffé d'une cloche de mousseline. Dilys avait donné plusieurs de ces cloches à Caro pour protéger la nourriture des mouches dans le cellier, mais Caro ne s'en était jamais servie, pas plus qu'elle n'avait utilisé le cellier, puisqu'elle conservait toutes les denrées périssables dans le gigantesque réfrigérateur Westinghouse que Robin lui avait offert par l'intermédiaire d'un importateur de Londres, quand ils avaient fêté leurs douze ans de mariage.

À l'évidence, la chatte de la maison avait tenté d'accéder à la tourte, et échoué. Elle était maintenant assise près de la porte sur la pile de journaux destinée au recyclage que Robin emporterait la prochaine fois qu'il irait par là, et elle attendait la suite des événements. Robin montra l'assiette du doigt.

« C'est à *moi*. »

La chatte feignit de n'avoir rien entendu. Elle le regardait calmement. Robin s'intéressa à la tourte. Elle avait la pâleur repoussante de tous les mets cuits conservés à la température ambiante, parce que Velma préférait risquer de les gâcher plutôt que de les entreposer dans le réfrigérateur ! Robin retira le film plastique et renifla. Une odeur pas vraiment rance, mais forte, monta de la tourte. Il la retira de l'assiette et l'emporta vers la pile de journaux pour la poser par terre à côté.

« Elle est entièrement pour toi ! »

Il gagna le frigo et en sortit un bloc de fromage. Il semblait bien qu'il ne mangeait plus que ça — du fromage et des céréales : bourratif et facile. Quand il était enfant, Dilys élevait une vache qui fournissait à la famille tout son beurre et son fromage, le petit lait allant dans le pain. Maintenant, Dilys achetait son fromage et son pain comme tout le monde. Avoir une vache pour les besoins domestiques n'était plus rentable.

Velma avait laissé sur la table une liste de messages :

« Un monsieur a appelé pour le projet de développement agricole, il paraît que vous savez de quoi il s'agit. Gareth dit que les nouveaux tuyaux d'évacuation sont là et que quatre vaches ont été inséminées. Un vendeur est venu pour l'engrais. Je lui ai demandé de revenir mercredi. Joe est passé, mais je ne sais pas ce qu'il voulait. Je vais chez le médecin demain matin, je passerai plus tard. Il faudrait nettoyer la cheminée du salon. »

Robin alluma la radio, qui lui confirma l'arrivée de forts vents d'ouest dont il avait entendu parler en chemin. Il l'éteignit. Il souleva la cloche de mousseline et regarda la miche de pain. Que voulait donc Joe ? Que pouvait-il vouloir dont il ne puisse parler au téléphone ? Il prit le couteau à pain et commença à couper des tranches épaisses et régulières. La réunion l'avait déprimé, comme toujours ces temps-ci, avec toutes les grandes laiteries dont les bénéfices avaient diminué ces six derniers mois et le ministère de la Santé qui incitait les gens à consommer moins de graisses animales. Il n'avait pas besoin d'aller à une réunion pour s'entendre dire ça, il n'avait pas besoin non plus qu'on frotte de sel les plaies de sa propre vulnérabilité. Les premières années, il croyait avoir réussi : les bénéfices du troupeau doublant chaque année, les gros emprunts, pendant une brève période d'euphorie, avaient semblé fondre comme neige au soleil. Tu parles, se disait-il maintenant en glissant du fromage entre les tranches de pain, avec les coûts qui grimpent tout le temps, Gareth à qui je donne 13 000 livres, plus la maison, les vaches pour lesquelles il faut acheter des quintaux et des quintaux d'aliments industriels chaque année, les taux d'intérêt... et ce printemps froid et humide qui signifie que les céréales sortiront tard. Il prit une bouchée et posa son sandwich. Il n'avait aucun goût et une consistance de poussière sèche agglomérée.

Dans la cour, tout était calme. D'ici une heure, Gareth reviendrait sortir les vaches et entrerait dans l'étable pour s'acquitter du pénible travail qui consistait à nettoyer les lieux avec un gros racleur à lisier tiré par un tracteur. C'était un vieux tracteur, le tout premier de Robin, acheté d'occasion. Maintenant, il n'aurait même plus un pneu pour ce qu'il avait payé tout le tracteur. Il aimait les vieilles choses comme il aimait les vaches expérimentées, souvent butées comme des ânes, qui filaient tout droit dans la même stalle de la laiterie pour la traite, aussi régulières qu'une horloge, et dans la même logette à l'étable. Elles dégageaient une autorité qui imposait le respect aux plus jeunes et les calmait. C'est pourquoi il mettait toujours quelques vieilles parmi les jeunes — même si elles devenaient rarement vieilles, maintenant. Il aurait voulu les garder treize ou quatorze ans, leur durée de vie naturelle, mais de nos jours elles ne tenaient guère plus de cinq ans.

Les vaches le regardèrent avec la sérénité née de la familiarité quand il monta dans sa Land Rover et passa devant elles pour s'engager sur le chemin qui descendait à la rivière. À cause des pluies de printemps, les contrôleurs de pollution étaient à l'affût de la moindre trace de lisier qui pourrait venir se déverser dans le cours d'eau ; et quand ce n'étaient pas les contrôleurs antipollution, c'étaient ceux des normes de santé et de sécurité qui l'entraînaient inévitablement à dépenser l'argent qu'il n'avait pas.

« Je n'ai pas d'argent, lui avait dit Caro au tout début, près de la rivière.

— Moi non plus.

— Mais..., s'était-elle étonnée en montrant les champs qui ondulaient derrière eux jusqu'à la maison et les bâtiments de ferme en ruine.

— J'ai fait un emprunt, lui avait-il expliqué. J'avais 6 000 livres et j'emprunte tout le reste. »

Il sortit du sentier et arrêta la Land Rover contre un portail ouvrant sur un champ qui, si près de la rivière, restait inondé jusqu'à début mars. Il lui sembla pâle et exsangue, aspirant désespérément à la chaleur d'une nouvelle pousse d'herbe. Un emprunt ! Ça n'avait été que le début. Ensuite, emprunter était devenu un mode de vie — emprunter pour les animaux, pour les machines, pour les bâtiments, pour les tracteurs et les engrais, pour l'équipement de la laiterie. Le tout en location-vente, le tout inutilisable ou dépassé avant même qu'il ait fini de payer.

« Fais la traite toi-même, lui répétait sans cesse Harry. Économise sur le vacher. Pourquoi as-tu besoin d'un vacher pour un troupeau de cette taille ? »

« Pour Caro », c'était cela la réponse, mais Robin ne l'avait jamais donnée. Parce que ça n'avait en fait rien à voir avec Caro ; jamais elle ne lui avait demandé de lui consacrer plus de temps, ni à Judy, jamais elle n'avait déclaré, comme il savait que Lyndsay le faisait souvent, qu'elle se sentait exclue par la dure et implacable passion de son mari pour la ferme. C'était lui qui le voulait, lui qui avait engagé un vacher qu'il pouvait à peine se permettre, pour essayer de partager la vie de Caro, pour être disponible pour elle, pour être autre chose qu'un fermier pour elle, ne fût-ce que quelques heures par jour.

« Pourquoi veux-tu être agriculteur ? lui avait-elle demandé au début.

— Parce que j'aime produire quelque chose », lui avait-il répondu presque timidement.

Elle l'avait longuement regardé avec une sorte de tristesse tranquille qu'il n'avait pas du tout comprise.

Il sortit de la Land Rover et traversa le champ jusqu'à la haie — elle aurait besoin d'une bonne taille, remarqua-t-il — qui longeait un ruisseau reliant les abords de la ferme à la rivière. Il aurait fallu élargir le fossé, il le savait, il aurait fallu le faire depuis un an, et installer une nouvelle pompe à eaux usées. Les autorités chargées de la surveillance des rivières ne tarderaient pas à lui tomber dessus et des amendes s'ajouteraient à la pile de factures qu'il conservait maintenant dans une boîte en plastique à la cuisine. Il ne s'en souciait que lorsqu'elles venaient d'un huissier.

Jamais Caro ne s'était occupée des comptes de la ferme. Il avait eu du mal à les arracher à Dilys, espérant que Caro prendrait le relais, s'intéresserait au prix de la nourriture, de l'eau, de la paille et de l'insémination artificielle afin que la ferme devienne une réalité pour elle, qu'elle comprenne les engagements qu'il prenait et qui la concernaient aussi. Elle avait décliné gentiment, mais fermement, sa proposition, sous prétexte qu'elle n'entendait rien aux chiffres.

« Mais tu apprendrais...

— Non, avait-elle répondu avec un sourire. Je n'apprendrais pas. »

Elle lui avait installé un bureau pour les affaires de la ferme, une pièce étroite comme un bout de couloir, au rez-de-chaussée, avec une fenêtre donnant sur la façade et l'allée. Elle avait confectionné rideaux et coussins et avait fixé elle-même des étagères et organisé des classeurs, comme pour convaincre un enfant que c'était amusant de faire ses devoirs. Obéissant, pendant vingt ans, jusqu'à la mort de Caro, il avait cantonné les papiers de la ferme au petit bureau et s'y était retiré pour lire les brochures du ministère de l'Agriculture, les chiffres du marché et les articles sur les nouveaux systèmes d'alimentation ; quand ça devenait inévitable, il y remplissait aussi des chèques tirés d'un carnet estampillé « Comptes de la ferme de Tideswell ». Caro pensait qu'il s'agissait d'une sorte de caisse d'épargne. Robin savait que ce n'était qu'une liste de dettes.

Il atteignit la haie et en écarta les branches pour regarder le ruisseau. L'eau qui coulait dans l'étroit fossé semblait claire, mais cela ne voulait pas dire grand-chose. Il pouvait y avoir des infiltrations à travers la terre gorgée d'eau et il préférait le découvrir lui-même avant que les autorités n'y mettent leur nez. Il n'avait aucune idée de ce qu'il ferait s'il apprenait qu'il polluait effectivement la rivière. Mais, de toute façon, pour l'instant, il ne savait pas bien ce qu'il ferait pour rien d'autre.

Il se redressa et leva les yeux vers le haut de la pente, où les toits de la ferme se détachaient contre le ciel d'un gris opiniâtre. Pendant toutes ces semaines depuis la mort de Caro, il était resté gris, jour après jour, démoralisant et incapable de nourrir la terre frigorifiée. Il avait plu, aussi, comme le jour des funérailles, une petite pluie froide et piquante qui avait empêché l'épandage des engrais et avait donné à Robin l'impression, à quelque niveau obscur, qu'il était à côté de la plaque, qu'on le punissait.

Judy l'avait presque accusé de ne pas aimer sa mère. Il avait nié, mal, non parce qu'il ne croyait pas en sa propre négation, mais parce que l'histoire remontait trop loin, qu'elle était trop compliquée. Peut-être, oubliant la fatigue du cœur et de l'esprit après les funérailles, aurait-il dû essayer d'expliquer à Judy, ou au moins de lui décrire, combien il avait aimé Caro et combien il était perdu quand il tentait de savoir pourquoi cet amour avait mal tourné puis persisté dans ses erreurs. Mais, il le savait à peine lui-même. Il avait seulement l'impression, en se retournant sur toutes ces années d'efforts pour Caro dans lesquelles il croyait avoir mis tout son cœur, qu'à un moment il s'était rendu compte qu'il préférait être seul pour considérer avec calme — avec indifférence même — le puzzle interminable qui devait lui permettre de comprendre Caro. Judy considérerait probablement qu'il s'agissait là d'une trahison — c'était le genre de vocabulaire qu'elle aimait, un vocabulaire provocant, sans bonheur. Mais il n'y avait aucune dissimulation, pensait Robin, dans ce qu'il avait fait, aucune tricherie, aucun abandon abject, juste une lutte pour vivre avec quelque chose qu'il avait choisi et qui s'était révélé à la fois tout à fait différent de son attente et totalement ingérable.

Il longeait le ruisseau, la tête baissée, les yeux fixés sur la boue et l'eau. Judy avait déclaré qu'il était en colère. En effet, d'une certaine façon, d'une façon compliquée née d'années de bataille et d'efforts. Sa colère pour des choses précises, comme le fait que Caro ne lui ait dit qu'après leur mariage qu'elle ne pouvait pas avoir d'enfant, ou qu'elle ait soudain demandé qu'il paie les notes d'hôpital de sa mère en Amérique, avait disparu depuis longtemps, non ? Mais il était en colère contre sa maladie, en colère qu'on puisse mourir ainsi, ravagé, déformé, victime d'une lente cruauté qui semblait reléguer très loin derrière toutes les autres cruautés hideuses de la nature. Était-il en colère contre elle parce qu'elle l'avait laissé en mourant ? Parce qu'elle l'avait soumis, avant de partir, à une longue vie qui n'avait que la forme d'une vie de couple sans le contenu ? Était-ce cela ? Il tendit la main au hasard et saisit une tige souple récemment jaillie de la haie. Il la courba violemment et l'enroula autour de la vieille branche la plus proche. Non, il n'était pas en colère à cause de ça, ou alors seulement comme un sous-produit de ce qui lui avait causé la douleur et la mortification la plus amère : jamais, en dépit de tous ses efforts, et même au début, jamais elle ne l'avait aimé. De surcroît, il se demandait maintenant si elle avait jamais essayé.

Il se retourna vers la rivière en bas de la pente, sombre et luisante entre les rives boueuses et mal définies après les ravages de la crue. Un peu à droite du point où la haie rejoignait la rive, commençait la rangée de saules pleureurs penchés sur l'eau à leur curieuse manière orientale. C'était au pied d'un de ces saules qu'il avait demandé Caro en mariage, qu'il avait dit qu'elle pourrait vivre dans cette maison parce qu'il pensait qu'elle comprendrait ainsi qu'il voulait veiller sur elle. Il l'avait fait. Même après qu'elle se fut retirée dans la petite chambre au-dessus de la cuisine, il avait encore voulu veiller sur elle. Était-ce de l'amour ? Judy dirait qu'il s'était montré possessif et macho, mais aurait-elle raison ? Le désir de chérir et protéger, même après la fin de bien des signes d'intimité, n'était-il pas une forme d'amour ?

Il se retourna résolument vers l'amont et reprit sa progression. Son problème, c'était la pollution. Il fallait que ce soit son seul problème. Il ne devait pas s'en laisser distraire par des recherches futiles dans le passé, ouvrir la porte de pièces que Caro venait d'abandonner, suivre des sentiers qu'elle avait quittés avant qu'il ne la rattrape. La douleur, lui avait dit le pasteur lors de sa brève visite guindée après les funérailles, prenait de nombreuses formes et il devait se souvenir que même les réactions les plus déconcertantes étaient normales.

« Parfaitement normales, avait-il dit en se levant pour montrer que l'entretien, à son grand soulagement, était terminé. Vous n'avez pas à vous le reprocher. »

Robin l'avait regardé en silence, comme aux funérailles.

« La réponse, dans votre cas, avait dit le pasteur en enfilant son anorak bleu foncé serré à la taille, se trouve probablement dans le travail. Le travail est un grand thérapeute. Il apporte souvent une solution aux troubles de l'esprit. »

Puis il lui avait tendu la main. Robin s'était levé, lentement, et avait serré une fraction de seconde la main offerte.

« Je le sais, avait-il répondu d'une voix pleine d'un mépris qu'il n'avait pas cherché à dissimuler. Je l'ai toujours su. »

4

PAR LA FENÊTRE de son bureau, Judy Meredith voyait un mur de brique blanc sale, le coin d'un balcon trop petit pour qu'on s'y tienne et où quelqu'un avait abandonné une plante bizarre dans un pot en plastique, un autre mur en brique brun et un morceau de ciel en forme de T. Le ciel était la seule chose qui changeât jamais, à cette fenêtre, et pendant les mois d'hiver il semblait ne même pas se donner cette peine. De fait, au cours de l'hiver passé, tandis que sa mère se mourait, on aurait dit que la portion de ciel avait décidé de refléter la tension constante de la vie de Judy en restant sombre, même à midi, pleurant une pluie désespérée ou menaçant de le faire.

Le bureau de Judy était en plastique gris pâle, avec écran d'ordinateur assorti et clavier intégré. Sur l'ordinateur, elle préparait pour l'impression les articles d'un magazine de décoration d'intérieur. Il arrivait qu'on l'autorise à écrire elle-même un encadré sur le papier découpé, les ustensiles en fer-blanc des Shakers ou le regain d'intérêt pour les rayures et les carreaux dans le style du XVIIIᵉ siècle. Son dernier article, écrit en fait pour Caro, sur les patchworks en Amérique, lui avait valu vingt-sept lettres de lecteurs qui la félicitaient et voulaient en savoir plus, ainsi qu'un chaleureux message de la rédactrice en chef sur une de ces cartes jaune d'or qui étaient sa spécialité. Judy avait mis la carte de côté pour l'apporter à Tideswell le week-end suivant et la montrer à Caro, mais, le jeudi soir, un appel de

Robin l'avait fait se précipiter à l'hôpital de Stretton. Quand elle était revenue au bureau, après les funérailles, Judy avait déchiré la carte jaune et en avait jeté les morceaux dans sa corbeille en plastique gris. Elle lui rappelait trop ce qu'elle partageait avec sa mère.

À côté de l'ordinateur, Judy avait disposé des classeurs, une pile d'anciens numéros du magazine, une chope en porcelaine ornée de colonnes ioniques offerte par un fabricant qui espérait un article promotionnel dans la revue et qu'elle utilisait pour ranger ses stylos, une photo de Caro et une autre de la ferme de Tideswell, prise d'en bas, un jour d'été, quand le pâturage au premier plan était plein de jeunes génisses. La petite silhouette près de la grange était probablement celle de Robin, à moins que ce ne soit celle de Gareth. Caro avait envoyé cette photo à Judy peu après son départ pour Londres et avait écrit « Home sweet home ! » au dos. Judy s'interrogeait maintenant sur la possible ironie du point d'exclamation.

Le bureau était en ordre. À sa droite et à sa gauche travaillaient deux autres préparatrices de copie, dont les bureaux, disposés légèrement en biais, croulaient sous un chaos indescriptible : papiers, tasses de café, vases de fleurs mortes, épreuves d'imprimerie, paquets de biscuits vides, échantillons de tissus et une pluie de petites notes sur papier jaune disposés au hasard sur les surfaces libres. De ce marécage émergeaient, sereins comme des périscopes, les écrans d'ordinateur. Pendant l'agonie de Caro, les occupantes de ces bureaux, Tessa et Bronwen, avaient submergé Judy d'attentions et de gâteries, comme si elle était une sorte d'invalide, lui apportant des fleurs, des fruits, des gâteaux à la crème. Maintenant que Caro était morte, elles étaient paralysées, ne sachant que faire, si bien qu'elles ne faisaient rien, évitaient de regarder la photo de Caro et murmuraient dans leur téléphone comme si, en se retranchant dans une discrétion maladroite, elles exprimaient à la fois leur respect et leur sympathie.

« C'est atroce », avait dit Zoé.

Zoé était la nouvelle colocataire de Judy. Elle était arrivée une semaine après les funérailles, recommandée par une sœur de la colocataire précédente. « Elle est formidable, avait-elle assuré. Tu vas l'adorer. »

Elle avait les cheveux châtain foncé teints en rouge et coupés très court, et tout ce qu'elle possédait tenait dans des sacs et des cartons, sauf un rouleau de soie molletonnée chinoise de couleur fuchsia qu'elle avait monté au quatrième étage dans ses bras. Quand elle l'avait déroulé étaient apparus deux hérons en bois d'au moins cinquante centimètres de haut.

« Je ne fais pas la cuisine, avait-elle annoncé. J'en suis incapable. Alors, aucune odeur à redouter. »

Judy lui avait parlé de Caro dès le premier soir.

« Je ne peux m'en empêcher. Je ne peux penser à rien d'autre. J'ai l'impression de me promener avec "Ma mère vient de mourir!" écrit sur le front. Je crois que je ne devrais pas en parler. Les gens semblent terrifiés à cette idée. Les filles, au bureau, font comme si je n'étais pas là jusqu'à ce que je me remette et que tout redevienne normal.

— C'est atroce, avait répété Zoé. Tu as l'air épuisé.

— Je n'arrive pas à dormir. Je suis tout le temps fatiguée, et je n'arrive pas à dormir.

— C'est le chagrin, avait dit Zoé en disposant les hérons de part et d'autre de la cheminée condamnée de leur petit salon. Juste le chagrin. C'est pire que le stress. Ça t'ennuie que je les mette là?

— As-tu déjà perdu quelqu'un de proche? »

Zoé se détourna des hérons et regarda Judy.

« Mon père.

— Oh! dit Judy, qui sembla chanceler sous la compassion.

— Il y a trois ans. En Australie. Il avait quitté ma mère quand j'avais huit ans. Alors, je ne l'ai pas vraiment connu. Nous avons passé deux jours ensemble quand j'avais dix-sept ans. Ma mère était terrorisée. J'y suis allée malgré tout et il a été formidable. Drôle, même. Il n'a rien dit contre ma mère pendant ces deux jours. Et puis il est mort, ce con. J'ai eu envie de le tuer pour m'avoir fait ça! »

Judy avait été tentée de dire : « J'ai été adoptée », mais, avec un immense effort de volonté, elle s'était retenue.

Sinon, elle se serait souvenue de Caro lui disant, la première fois qu'elle était partie pour l'école, à cinq ans : « Écoute, Judy, je t'ai choisie. Je t'ai *choisie*. » Et cela lui aurait à nouveau fait monter les larmes aux yeux. Si compatissante que Zoé parût être pour sa colocataire, Judy ne pouvait inaugurer leurs relations en l'inondant de larmes.

Assise maintenant à son bureau et relisant apparemment un article sur la résidence secondaire d'une créatrice de mode en Bretagne — avec ces grands canapés blancs où elle voyait la preuve de l'insouciance des très riches vis-à-vis des considérations pratiques —, Judy regardait la liste établie par Zoé. Elle l'avait écrite sur une longue bande de papier vert en gros caractères un peu puérils et l'avait intitulée « Tristesse » en lettres majuscules. En dessous, Zoé avait calligraphié en une colonne parfaite : « Peine, chagrin, détresse, douleur, désespoir, affliction, malheur, cœur brisé, catastrophe, choc, dépression, sinistrose, souffrance, misère mentale. »

« C'est pour ça que tu te sens mal, avait dit Zoé en glissant la liste dans la main de Judy. C'est ça, ta tristesse. Et ce ne sont que quelques-uns des symptômes.

— Et pourquoi ai-je besoin de cette liste ?

— Parce qu'il faut que tu la regardes en face pour aller mieux. Il faut que tu penses à chaque mot. »

Caro n'aurait pas dit ça. Caro aurait dit : « Tu dois continuer. Il n'y a rien d'autre à faire, ma chérie, juste continuer d'avancer. Tu te ressaisis et tu avances. » Voilà comment elle s'était exprimée après les deux chagrins d'amour qu'avait connus Judy depuis sa venue à Londres. Des histoires sans rien d'extraordinaire qui reflétaient davantage ses espoirs à elle que la réalité, mais c'étaient les garçons qui avaient mis fin aux deux.

« Désolé, Judy, vraiment. Je suis désolé. Tu es adorable, mais je... »

« Judy, je ne suis pas prêt pour ce genre de relation. Ça n'a rien à voir avec toi. C'est seulement que je ne peux pas m'engager, pas encore... »

Les deux fois, elle avait couru à la maison vers Caro, maudissant sa taille, ses cheveux roux, ses tenues démodées, le fait qu'elle avait été adoptée et tout ce qu'elle pouvait trouver comme raison pour que d'abord Tim, puis Ed s'en aillent — lentement, bien sûr, et avec de gentilles excuses, mais ils étaient partis. Caro avait écouté, Judy s'en souvenait, elle avait toujours écouté, puis elle avait simplement dit de sa voix calme et lente, qui n'avait rien perdu de ses intonations californiennes, que Judy devait juste rallumer sa bougie et s'enfoncer à nouveau dans le noir. Caro adorait cette image de la bougie. Elle l'employait toujours. Judy était encore toute petite qu'elle lui disait déjà qu'elle avait en elle une bougie que personne ne pouvait souffler, *personne*. C'était sa bougie. Si seulement Caro avait su à quel point Judy avait lutté pour la croire, combien d'efforts elle avait faits pour sentir, ne fût-ce qu'un instant, une petite flamme en elle, appartenant à elle seule, que personne ne pouvait éteindre. Mais elle n'avait senti que sa faiblesse. Elle avait trahi Caro, d'une certaine façon, en laissant deux jeunes gens sans envergure comme Tim et Ed souffler cette flamme. Elle avait échoué.

Après Tim et Ed, elle avait essayé le style « vamp », avec rouge à lèvres très rouge et aventures d'une nuit. Jamais elle n'en avait parlé à Caro. Elle avait le sentiment qu'en gardant le secret elle pourrait se libérer de sa mère, échapper à la sensation pesante d'être la fille qu'elle avait choisie, mais pas vraiment sa fille. « On ne se querelle jamais », avait dit Caro à Lyndsay en parlant de Judy et elle. Et Judy s'était demandé ce jour-là si ne jamais se quereller n'était pas la marque — presque fatale — de la courtoisie de leurs relations, la courtoisie entre celle qui avait choisi et celle qui avait été choisie. Elle se souvenait que Lyndsay l'avait regardée attentivement. Elle était enceinte de Hughie, à l'époque, et portait une robe à smocks que Caro lui avait confectionnée, en coton crème avec un semis de bleuets. Caro s'était montrée très généreuse pendant les grossesses de Lyndsay.

Mais cette liste... Judy regarda de nouveau la bande de papier vert. Elle n'aurait su dire pourquoi, mais elle l'impressionnait. Ces mots, sans être vraiment durs, étaient dépourvus de la compassion anxieuse et larmoyante de ses collègues quand, par inadvertance, elle croisait leur regard dans l'ascenseur ou près de la machine à café. La liste de Zoé était pratique, presque brutale. Elle semblait sous-entendre que ces sentiments accompagnaient inévitablement une telle situation, et qu'il serait anormal de ne pas les éprouver. Seul un monstre, semblait-elle dire, ne ressentirait pas toutes ces choses terribles après la mort de sa mère. L'échec — une sensation à laquelle Judy était douloureusement habituée —, c'était en fait d'insister pour garder la bougie allumée alors que rester un moment dans le noir absolu était en réalité ce qui convenait le mieux à la situation.

Judy posa la liste avec un certain respect et revint à son écran. La créatrice de mode disait qu'elle était au désespoir chaque fois qu'elle devait quitter son paradis breton et revenir dans sa boutique de Bond Street. « Anéantie, disait-elle, il n'y a pas d'autre mot pour décrire mon état. J'en ai le cœur brisé. » Judy eut très envie d'ajouter entre parenthèses une phrase humoristique sur l'effet de cette confession auprès des fidèles clientes qui avaient sans doute toujours cru que la création était le centre de la vie de ce génie et dont les garde-robes avaient payé la maison aux canapés blancs en Bretagne. Elle jeta un coup d'œil à la liste de Zoé. « Souffrance, cœur brisé, désespoir. » Elle revint à l'écran.

« Pauvre crétine ! dit-elle à la créatrice de mode. Pauvre vache ignorante ! »

Ce soir-là, Zoé, assistante d'un photographe, rentra du travail avec une tarte aux épinards dans une boîte.

« Ils faisaient moitié prix chez le traiteur parce que c'était l'heure de la fermeture. Est-ce que tu détestes les épinards ?

— Non, seulement les rutabagas. »

Depuis qu'elle était rentrée, Judy avait bu deux verres de vin blanc et mangé une demi-boîte de *matzoth* à la fois appétissants et infects, le tout devant la télévision où elle avait regardé successivement les nouvelles, un jeu et une émission qui cherchait à prouver que les plantes ont des sentiments. Même les rutabagas ?

« Bonne journée ? » lança Zoé.

Comme Judy, elle s'habillait en noir, mais avec un côté garçonne — lourdes bottes et blouson de motard.

Judy fit la grimace.

« Pas bonne, mais peut-être moins pourrie. On m'a demandé d'écrire un article sur les marbres.

— Pour le sol ?

— Et les murs. Et les salles de bains, et les cuisines, et sans aucun doute de confortables petites chambres en marbre aussi.

— On la réchauffe ? demanda Zoé en tendant la boîte.

— Oui.

— Je ne sais pas allumer le four. »

Judy se hissa hors de son fauteuil, déversant une pluie de miettes de *matzoth*.

« Tu es un cas désespéré, Zoé.

— C'est ce que dit mon patron. Je crois que je vais prendre des cours du soir d'espagnol.

— Pourquoi ?

— Pour pouvoir aller en Espagne et photographier moi aussi des ânes dans des villages écrasés de soleil au lieu de porter tout le matériel pendant qu'un autre fait des photos d'art de poubelles et de wagons de métro. »

Judy gagna la cuisine, toute petite, qu'elle avait peinte d'un jaune californien en hommage à Caro, mais plutôt maladroitement, si bien que l'ancien bleu roi réapparaissait sous forme d'ombres verdâtres. Zoé n'avait rien ajouté à la cuisine depuis son arrivée, pas la moindre tasse, ni la moindre cuiller, ni même une affiche. Chaque jour, elle achetait de quoi manger et le dévorait en l'état, où qu'elle se trouvât, souvent debout. Sinon, elle buvait de l'eau du robinet dans un des verres de Judy.

« Tu n'aimes pas le café ?

— Si, bien sûr.

— Mais...

— Si tu veux, je peux sortir t'en acheter des litres. Mais ne me demande pas d'en faire. »

Judy alluma le four, dans lequel elle glissa la tarte posée sur un plat.

« Tu veux un verre de vin ? cria-t-elle

— Je ne bois pas, répondit Zoé en s'encadrant dans la porte avec la boîte de *matzoth*.

— Tu ne bois pas ?

— Je n'aime pas le goût de l'alcool. Judy...

— Oui ?

— Tu as un petit ami ? »

Silence.

« Non, finit par dire Judy. Je parie que toi, si.

— Oui, mais ça ne marche pas. Ça ne mène nulle part. Ce n'est même pas très intéressant. Il s'appelle Ollie.

— Ollé ! dit Judy en se resservant du vin.

— Non, plutôt ran-tan-plan. Il a été gentil avec moi quand mon père est mort. Et ton père ?

— Il est fermier.

— *Fermier* ? Ouah !

— Pourquoi "ouah" ? demanda Judy en cherchant des assiettes.

— La plupart des pères sont agents d'assurances ou employés de banque ou informaticiens. Mais conduire un tracteur... Pas besoin d'assiettes.

— Il élève des vaches laitières.

— Où ça ?

— Dans les Midlands. Vers le pays de Galles.

— Tu as grandi là-bas ?

— Oui.

— Tu sais traire une vache ?

— On a des machines pour ça. »

Elle ouvrit le four, posa un doigt sur la tarte, qu'elle ne jugea pas assez chaude, et referma la porte.

« Alors, ton père est seul avec toutes ses vaches, maintenant que ta mère est morte ?

— Il y a le vacher Gareth, mon oncle Joe et sa femme Lyndsay. Et aussi grand-père et grand-mère.

— On croirait que tu fais une liste de courses. Pourquoi prends-tu un air si maussade ? On dirait que tu détestes tous ces gens. »

Judy passa dans le salon, son verre de vin à la main.

« Je ne suis pas chez moi parmi eux. Je ne l'ai jamais été. Ça allait tant que maman vivait, parce qu'elle n'était pas chez elle non plus. Ce n'est pas chez moi. C'est juste l'endroit où j'ai passé mon enfance. Presque toute mon enfance. »

Elle s'arrêta. Zoé s'appuya au chambranle de la porte et regarda Judy.

« Tu as été adoptée, alors ? »

Judy hocha violemment la tête.

« Ça fait beaucoup, hein ? dit Zoé. Être adoptée et perdre sa mère ? C'est lourd à porter. Et ta vraie mère ?

— Elle vit en Afrique du Sud. Elle m'envoie des cartes d'anniversaire avec des fleurs et me parle de la pluie et du beau temps. »

Zoé posa la boîte de crackers par terre et se planta devant Judy.

« Il faut que tu fasses le tri dans ce chantier, dit-elle. Il faut que tu prennes chaque élément à bras-le-corps. Ça ne sert à rien de prétendre que ça n'existe pas.

— Je ne fais pas partie de cette famille. Tu ne sais pas comment sont les familles paysannes. Elles sont différentes. Elles se tiennent les coudes. Il faut y être né pour être accepté.

— Je peux aller voir ?

— Voir quoi ?

— Cette ferme. Ton père. Ces vaches, et tout le reste.

— Quoi ? Tu voudrais venir à Tideswell ?

— Oui.

— Pour le week-end ?

— Pourquoi pas ?

— La tarte brûle, dit soudain Judy en filant vers la cuisine. C'est plutôt barbant, la ferme, cria-t-elle de là-bas. Il n'y a que des champs et des vaches.

— Rien n'est *vraiment* barbant... sauf peut-être Ollie, ajouta Zoé après réflexion. Je peux venir ? »

Judy apparut à la porte, la moitié de la tarte dans une assiette, l'autre moitié dans le carton, qu'elle tendit à Zoé.

« D'accord. »

Zoé s'assit dans le fauteuil de Judy et posa le carton en équilibre sur ses genoux.

« À quoi ressemble ton père ?

— Grand. Brun. Renfrogné.

— Renfrogné...

— Les paysans le sont presque toujours. »

Zoé porta la demi-tarte à sa bouche et mordit une bouchée au centre.

« Je peux venir le week-end prochain ?

— D'accord.

— Tu vas prévenir ? Tu vas appeler ton père ? »

Judy posa son assiette sur une pile de magazines. Elle n'avait pas appelé Robin depuis dix jours, même si chacun de ces dix jours elle avait été douloureusement consciente de devoir le faire. Elle pensa à la cuisine de la ferme et à Robin y prenant son dîner — de la soupe en boîte, sans doute, ou quelque chose que Dilys aurait préparé. Le téléphone sonnerait et il se lèverait pour répondre avec un petit grognement d'ennui, laissant ses lunettes pour marquer l'endroit où il avait dû interrompre sa lecture d'un magazine agricole traitant de la façon d'obtenir un veau des génisses à problèmes. « Oui ? grognerait-il brutalement. Ferme de Tideswell. » Comment prendrait-il la chose ? De surcroît, que dirait-il de Zoé, avec ses cheveux rouge vif et ses doigts couverts de bagues, quand elle poserait sur lui son regard pénétrant ?

« Je ne suis pas difficile, dit Zoé. Je peux dormir n'importe où.

— Ce n'est pas ça...

— Écoute, je prendrai un billet aller-retour, et si c'est un désastre je repartirai dès le lendemain matin. D'accord ? »

Judy hocha la tête, puis, comme pour rattraper son manque d'hospitalité, elle dit :

« Il y a une rivière. Et une grande colline, tout près. Il arrive que ce soit très joli...

— Appelle-le. Appelle ton père et dis-lui que tu viens avec une amie. Vas-y, pourquoi ne le fais-tu pas tout de suite ? »

Robin s'était endormi devant les nouvelles de 21 heures. Depuis la mort de Caro, il avait transporté dans la cuisine non seulement la télévision, mais une boîte de documents administratifs concernant la ferme et un radiateur électrique. Il avait posé le téléviseur de façon à le voir de sa place habituelle à la grande table centrale et, le soir, pendant qu'il tentait d'avaler les tourtes et autres ragoûts que Dilys lui envoyait par l'intermédiaire de Velma ou Joe, il s'endormait souvent et se réveillait vingt minutes plus tard, la tête sur son bras, son repas froid dans son assiette. Pourtant, quand la soirée se terminait, quand il abandonnait son dîner à la chatte de la maison et faisait son dernier tour dans l'étable pour voir les vaches ruminer ou somnoler, il ne pouvait dormir. Il se jetait sur son lit, épuisé, les membres douloureux, et toute la nuit il entendait s'égrener les heures au lointain clocher de Dean Cross. Il tombait en général dans un sommeil comateux un peu avant que le réveil sonne à six heures moins le quart, et le bruit le jetait presque hors du lit. Dès les premières lueurs de l'aube qui s'insinuaient dans sa chambre, la pensée de Caro l'attendait, comme elle l'attendait dans la salle de bains et en bas, dans la cuisine, puis dans la cour, près du tracteur garé sous l'auvent, et dans la grange face au grand mur grossier et brun que formaient les épis de maïs. Pas son visage, ni sa voix, juste l'essence de Caro, fragmentaire, mais évidente et douloureuse. Et qui n'était plus, se répétait-il sans cesse. Qui n'était plus.

Quand le téléphone sonna, Robin avait sombré dans un trou, et son sommeil vibrait des paroles des nouvelles à la télévision. Il revint à la surface comme à travers une épaisse couche d'huile et resta un moment le regard bêtement fixé sur l'écran à se demander pourquoi, pendant une interview du ministre des Affaires étrangères, personne ne décrochait ce téléphone intempestif. Lentement, il se rendit compte c'était le sien qui sonnait, le portable qu'il avait acheté quand la maladie de Caro s'était aggravée au point qu'on devait toujours pouvoir le joindre. Et il sonnait avec insistance sous les journaux jonchant la table et le pull qui les avait rejoints.

« Oui ?

— Papa...

— Judy !

— N'aie pas l'air si surpris...

— Désolé. Je dormais. Je m'étais endormi sur le pain de poisson de grand-mère. »

Il y eut un silence. À Londres, Judy regarda Zoé, et à Tideswell, Robin regarda le téléviseur, chacun attendant que l'autre demande : « Comment ça va ? »

« Je voulais savoir si..., commença Judy.

— Une seconde. Je ne t'entends pas. Je vais aller baisser le son de la télé. Qu'est-ce que je peux faire pour toi ? demanda-t-il, quand il reprit le combiné.

— Est-ce que je peux venir ? J'aimerais venir ce week-end.

— Bien sûr ! répondit-il d'une voix trop enthousiaste pour lui. Formidable.

— J'amènerai une amie...

— Une amie ?

— Ma nouvelle colocataire. Zoé. Elle est photographe.

— Pourquoi pas. Pourquoi pas.

— Bien.

— Une photographe ?

— Oui. On arrivera vendredi. On va prendre le car jusqu'à Stretton.

— J'irai vous chercher. Fais-moi juste savoir quel car vous prendrez, et je viendrai à l'arrêt.

— Merci. Je te rappellerai. Ne... ne prévois rien de spécial, c'est inutile...

— Velma fera les lits, et grand-mère pourra bien préparer le repas pour trois au lieu d'un.

— Alors, à vendredi.

— Oui, oui, dit Robin en prenant soudain conscience de la banalité de leur conversation. À vendredi. »

Il reposa le combiné. Comme un flot irrésistible, ses sentiments pour Judy l'envahirent. Pauvre, pauvre Judy, avec un père comme moi, un père qu'elle méprise parce

63

qu'il n'a jamais la bonne attitude, les bons sentiments. Elle l'avait repoussé toute sa vie, comme si elle avait su, même bébé, qu'il était condamné à rester un étranger pour elle, toujours, un étranger qui ne la comprendrait pas, qu'elle ne comprendrait pas, qui souvent lui inspirerait de la crainte et parfois même du dégoût. Dès l'arrivée du bébé de huit mois aux cheveux roux et à l'air grave, Joe s'y était mieux pris avec elle, il s'était montré plus à l'aise, plus détendu, il savait parler d'elle à Caro d'une façon qui n'était pas naturelle à Robin. Il se souvint du jour où il était rentré et avait trouvé Joe allongé par terre dans la cuisine, dans son bleu de travail, tenant Judy à bout de bras au-dessus de lui ; elle hurlait de rire et ses petites jambes s'agitaient comme des pistons. Jamais Robin n'avait fait ça. Il savait qu'il aurait été faux de sa part de se conduire ainsi. Mais il avait tenté de lui faire la lecture, de lui montrer les choses de la ferme, les animaux des champs, de poser sa petite main écartée sur le large museau humide d'une vache. Chaque fois, elle avait supporté l'épreuve pendant quelques minutes, puis n'avait plus pensé qu'à revenir vers Caro, s'agitant dans ses bras, le visage et les yeux fermés pour l'exclure.

Mais Caro avait laissé entendre — et ses sous-entendus étaient aussi clairs que les déclarations de la plupart des gens — que c'était Robin qui était fermé à Judy, bien avant qu'elle n'arrive. Caro lui avait annoncé, à sa manière tranquille, qu'elle aimerait adopter un bébé. Et, seulement après que Robin, stupéfait et incrédule, lui eut demandé pourquoi, elle avait expliqué qu'elle avait très envie d'avoir un enfant et que, comme elle ne pouvait en avoir elle-même, c'était la seule façon.

Elle lui avait dit ça près de la première cuve de réfrigération que Robin ait installée dans la laiterie. C'était bien d'elle de ne pas attendre le repas pour parler des choses importantes, mais de venir chercher Robin où qu'il soit, à sa curieuse manière nonchalante, et de lui déclarer simplement ce qu'elle avait en tête.

Il l'avait regardée fixement et il avait laissé ses mains glisser des jauges comme si elles n'avaient plus été connectées à son cerveau.

« Tu ne peux pas avoir d'enfants?

— Non. »

Elle se tenait devant lui dans sa chemise assortie à son jean et ses bottes de cow-boy, l'extrémité de sa natte attachée avec un bandana rouge.

« On m'a opérée quand j'avais dix-neuf ans à cause d'une infection. Et depuis je suis stérile. Rien ne marche », avait-elle expliqué.

Il avait tenté de se contrôler, de réagir à cette bombe avec un semblant de pondération, mais il avait hurlé :

« Pourquoi tu ne me l'as pas dit? Pourquoi tu ne m'as rien dit avant qu'on se marie?

— Je croyais que tu m'épousais moi, pas une reproductrice.

— Oui, Caro, c'est toi que j'ai épousée, mais... »

Il n'avait pu continuer, et il avait dû mobiliser toute sa volonté pour étouffer une réaction plus violente. C'était elle qui avait exprimé ses pensées :

« Mais tous les hommes normaux veulent des enfants. Et toutes les femmes normales veulent des enfants. C'est ça? C'est ce que tu veux dire?

— Je n'ai pas voulu dire que tu n'étais pas normale. Non. Je...

— Je ne suis pas normale. Je l'ai été, mais je ne le suis plus. Pourtant, je suis encore assez normale pour vouloir un enfant. C'est tout.

— Pourquoi ne l'as-tu pas dit? avait-il murmuré.

— Je n'y ai pas pensé. Je voulais rester ici et arrêter d'errer de par le monde, et je n'y ai pas pensé.

— Tu ne crois pas que tu aurais dû? Tu ne crois pas que tu aurais dû penser à moi?

— Peut-être », avait-elle répondu doucement, après y avoir réfléchi.

Il s'était alors remis à crier qu'elle l'avait trompé, qu'il était impossible d'être marié à quelqu'un qui se conduisait de façon aussi égoïste, qu'il n'y aurait personne pour hériter de Tideswell, de sa ferme, de ce qu'il avait créé de ses propres mains, avec son propre argent. Et puis il avait hurlé :

« Je ne veux pas adopter d'enfant !

— C'est le seul moyen d'en avoir un. Tu veux vraiment que nous n'ayons pas d'enfant ? »

Il s'était détourné et avait posé les mains à plat contre le mur de la laiterie dont le badigeon bleuté commençait déjà à s'écailler.

« Je n'en sais rien, avait-il dit enfin avec dans la voix toute la détresse du monde. J'avais toujours pensé qu'on en aurait un. Quand tu te serais stabilisée. J'attendais seulement que tu sois prête.

— Mais je suis prête. C'est pour ça que je te parle d'adoption. Je suis prête à avoir un enfant, maintenant. »

Il avait fermé les yeux. Il avait eu envie de lui faire l'amour. Jamais elle n'en prenait l'initiative, mais elle acceptait presque toujours, et à chaque fois, il ne pensait qu'à une chose, alors qu'elle savait que c'était impossible. Il ne servait à rien de crier, de se mettre en colère. Elle lui opposait l'inexorabilité d'une force naturelle qui ne connaissait d'autre loi que la sienne propre. Il avait retiré ses mains du mur.

« D'accord, avait-il lancé sans se retourner.

— Tu veux bien ?

— Non. Ce n'est pas ce que j'ai voulu dire, avait-il articulé, les mâchoires serrées. Mais, étant donné que tu le feras de toute façon, vas-y. Cependant, ne t'attends pas que je participe à l'aventure pour l'instant. Je ne peux pas d'une seconde à l'autre oublier ce que je voulais et accepter ce que tu veux. Je ne peux pas... »

Il s'était arrêté.

« Qu'est-ce que tu ne peux pas ? »

Il s'était retourné lentement et l'avait regardée.

« Qu'est-ce que tu me caches d'autre ?

— Tu sais tout. C'est la seule chose que j'avais oubliée, Robin, et j'aimerais une petite fille. J'ai une terrible préférence pour une fille. »

Il avait failli répondre qu'il ne savait pas grand-chose des filles, mais y avait renoncé. À quoi bon expliquer ce que les vingt minutes passées avaient montré si clairement ? Il ne savait rien des filles, *rien*. Il ne savait pas ce qu'elles voulaient, parce qu'il ne pouvait même pas imaginer la façon dont fonctionnait leur esprit. Et pourtant, il aurait bien voulu. Dans sa laiterie, cet après-midi d'été, en regardant le doux visage brun de Caro, il aurait donné n'importe quoi pour la comprendre, pour savoir pourquoi elle faisait certaines choses si ouvertement et en omettait d'autres avec le même aplomb. Puis le cafard l'avait envahi, une grosse vague noire, quand il avait compris que jamais il n'aurait d'enfant d'elle, que jamais ils ne pourraient faire ensemble même cela. Il s'était détourné et avait traversé la laiterie afin d'aller chercher les vaches dans le pré pour la traite.

Pauvre Judy. Quel départ dans la vie était-ce donc pour un enfant ? Un enfant, de surcroît, qu'on avait conçu dans l'insouciance, puis abandonné avec soulagement. Robin entreprit de conférer un certain ordre au chaos sur la table, afin que Velma ait moins d'éléments, au matin, pour deviner son état d'esprit. En fait, elle lisait ses nouvelles habitudes de vie comme on lit l'avenir dans les feuilles de thé. Velma. Il devait lui laisser un mot pour qu'elle prépare les lits des filles, sorte des serviettes... Il bâilla, remonta ses lunettes dans ses cheveux et se mit à fouiller pour exhumer un morceau de papier utilisable.

5

ROSE REFUSAIT qu'on lui mette sa salopette. Le visage cramoisi de détermination sous le halo de boucles blondes qui lui donnait un air doux trompeur, elle se tortillait et criait dans les bras de Lyndsay.

« Elle est fatigante, dit Hughie en observant sa sœur sous son chapeau de pirate fabriqué au jardin d'enfants avec du papier noir.

— Très, confirma Lyndsay.

— Nan, nan, nan ! criait Rose.

— Pourquoi tu la laisses pas seulement avec ses couches ?

— Parce que Judy arrive avec une amie, dit Lyndsay en enfonçant une jambe montée sur ressorts dans la salopette, et c'est Judy qui a offert cette salopette à Rose pour Noël.

— J'imagine, dit Hughie, que c'est une salopette de fille. Moi, je ne porterais pas de fleurs.

— Personne ne te le demande. Rosie, tu es diabolique ! »

Elle plia sur son bras droit le bébé qui rugissait toujours et remonta la salopette sur ses fesses.

« J'imagine que j'étais un très gentil bébé.

— C'est vrai. »

Il se pencha pour ramasser le phoque en peluche qu'il traînait partout, au grand dam de son père.

« Il n'a que trois ans, expliquait Lyndsay, et avec Rose...

— À trois ans, on n'est plus un bébé », répliquait Joe.

Hughie coinça son phoque sous un bras et se planta le pouce dans la bouche.

« Hughie...

— C'est obligé, dit-il sans lâcher son pouce.

— Papa sera fâché. »

Il la regarda et sortit de la pièce. Elle l'entendit traverser le couloir jusqu'à sa chambre puis refermer sa porte derrière lui. Elle savait qu'il allait s'enfoncer dans son fauteuil-sac, sous son chapeau en papier, serrer Phoque contre lui et sucer, sucer son pouce.

Rose, fatiguée de protester, s'agitait maintenant pour qu'on la pose par terre. Elle était grande et robuste pour son âge, avec l'ossature et le teint des Meredith. Dilys avait une photo de Joe prise à l'occasion de son premier anniversaire : vêtu d'un petit costume marin, il ressemblait étonnamment à Rose. Surtout quand elle souriait, c'est-à-dire souvent. Un vrai soleil — ou la tempête. C'était Rose. Si seulement Joe était un peu plus ensoleillé ces temps-ci, se dit Lyndsay en jetant la couche sale et en ramassant les vêtements épars, s'il avait le cœur juste un peu plus léger, si une étincelle d'humour passait parfois dans ses yeux... Mais il semblait incapable de se débarrasser de quelque chose, quelque chose qui s'était abattu sur lui et l'avait écrasé, le rendant inerte, silencieux, noué.

C'était comme si une grave préoccupation, quelque chose d'amer et d'insoluble, lui rongeait l'esprit. Elle avait tenté, à plusieurs reprises, de lui demander — avec précaution, parce qu'elle ne connaissait rien au travail de la ferme — s'il avait des soucis professionnels, des problèmes d'argent, des dettes.

« Non, avait-il répondu d'un ton froid. Rien de tout cela. Ça n'a rien à voir. »

Lyndsay n'avait pas compris sa colère.

Elle regarda Rose se propulser à quatre pattes sur le palier vers la barrière qui l'empêchait de tomber dans l'escalier et qu'elle allait sans doute secouer en lui criant après, comme elle le faisait souvent, puis gagna la salle de bains pour se maquiller. Elle leva les yeux vers le miroir au-dessus du lavabo et surprit son regard anxieux avant de se souvenir d'en modifier l'expression, de lui donner quelque chose de plus optimiste. Bon. Elle était angoissée. Son mariage avec

Joe lui avait procuré beaucoup plus de sujets d'angoisse qu'elle ne l'aurait cru. De fait, elle avait pensé qu'épouser un homme de quinze ans son aîné serait une bonne assurance contre l'anxiété. Il lui avait semblé si stable, si calme, si grand, si rassurant. « Fort et silencieux », avait dit la mère de Lyndsay. De sa part, c'était un compliment.

Le problème, maintenant, c'était son silence. Lyndsay détacha ses cheveux et en brossa la masse pâle, puis rattacha la moitié supérieure avec des peignes. Depuis plusieurs semaines, ils n'avaient eu qu'une conversation vaguement digne de ce nom, et elle s'était révélée si peu satisfaisante, presque surréaliste, qu'elle n'avait qu'ajouté aux soucis de Lyndsay. Elle était allée le trouver dans la remise alors qu'il remettait ses bottes après le déjeuner, deux jours plus tôt.

« Joe, je t'en supplie. Qu'est-ce qui ne va pas ? »

Il avait grogné en tirant ses chaussettes.

« Qu'est-ce qui te ronge ? Qu'est-ce qui t'arrive ?

— Rien.

— Si, si. Il y a quelque chose. Tu ne nous adresses presque plus la parole et tu restes devant la télé le soir comme un zombie. Est-ce que c'est la ferme ? »

Il avait haussé les épaules et s'était levé. Lyndsay s'était précipitée pour lui barrer le passage vers la porte.

« Est-ce que c'est la ferme ? » avait-elle répété.

Joe avait remonté la fermeture à glissière de sa combinaison de travail.

« Peut-être.

— Oh, Joe, dis-moi ce qui ne va pas. Quoi que ce soit, dis-le-moi ! »

Il avait posé les mains sur ses épaules et doucement, mais fermement, il avait écarté sa femme de la porte.

« Tout a toujours été trop facile pour moi, avait-il dit sans la regarder. Toujours. Maintenant, ça devient dur.

— À cause de Caro ? Parce que Caro est morte ? »

Il posa sur elle un regard pénétrant, puis ouvrit la porte.

« Je n'en sais rien, dit-il avec impatience. Comment saurais-je une chose pareille ? »

Et il était sorti presque en courant.

Lyndsay ouvrit un tiroir et en sortit de l'ombre à paupière grise et un pinceau. Quand elle avait rencontré Joe, elle faisait des études d'esthéticienne et rêvait d'ouvrir son propre salon. Jamais elle n'avait été aussi attirée par un homme, et elle se moquait bien de la façon dont il gagnait sa vie. L'agriculture, dont elle ne savait rien, lui avait paru une branche merveilleuse. Il y réussissait si bien ! Il avait été le premier de leur district à obtenir sept tonnes à l'hectare. Il travaillerait toujours sur la propriété, elle pourrait le voir, être près de lui toute la journée. Mais la réalité était différente. Il n'était jamais là. Elle avait senti presque dès le début qu'elle n'avait aucune prise sur lui. Leur premier Noël, leur tout premier Noël ensemble, il était parti fumer les champs, parce que le temps et l'état du sol s'y prêtaient. Quand elle avait protesté, il avait dit : « Je ne peux pas me le permettre, Lyn. Je ne peux perdre ni du temps, ni de l'argent. »

Elle prit un autre pinceau dans le tiroir pour appliquer le rouge à lèvres. Cela la réconfortait, d'exécuter ce rituel si bien maîtrisé des couleurs à appliquer, à mélanger, à estomper. Sur le palier, Rose s'en prenait bruyamment à la barrière, mais cela ne la gênait pas. Elle aimait ce bruit. La mère de Lyndsay trouvait Rose incontrôlable. Elle avait raison, Rose était incontrôlable, mais Joe aussi, son merveilleux Joe, qui était tout pour elle — et elle n'avait pas la moindre idée de ce qu'elle pourrait faire, ni pour l'un, ni pour l'autre.

Depuis la fenêtre de sa cuisine, Dilys regarda Judy, au volant de la voiture de Robin, pénétrer dans la cour de la ferme de Dean Place et s'arrêter un peu maladroitement devant l'appentis qu'elle avait transformé en poulailler. Jadis, la cour de Dean Place pullulait de volailles, quarante ou cinquante espèces rares comme les welsummers, les leghorns ou les old dutch bantams. Dilys avait remporté des prix à des concours agricoles, notamment avec ses orpingtons noirs. Mais cette grande époque était révolue depuis longtemps. Désormais, la cour restait vide et propre, ornée en été de deux pots de géraniums orange, aussi agressifs par leur couleur que par leur ordre militaire.

L'amie de Judy sembla très bizarre à Dilys. Elle sortit de la voiture et regarda autour d'elle avec intérêt, en faisant pivoter comme un oiseau sa tête presque rasée. Elle portait ces caleçons que Dilys se lamentait de voir à la mode au village et un haut curieux, mi-veste, mi-tunique, qui lui rappela une image du *Joueur de flûte* de Hamelin illustrant un livre de poèmes de son enfance. Judy était vêtue d'un jean noir avec un long pull vert et elle avait noué un foulard mousseux autour de son cou. Dilys aimait Judy en vert. Elle trouvait que cette couleur s'harmonisait bien avec les cheveux roux. Elle aimait aussi voir Judy en compagnie d'une amie, et même elle avait appris que dans le monde moderne on ne pouvait juger sur l'apparence comme jadis, il fallait attendre que les gens se révèlent. S'ils le voulaient bien.

Elle sortit par la porte de la cuisine, suivie du vieil épagneul de Harry devenu chien domestique depuis qu'il ne pouvait plus chasser.

« Grand-mère ! » s'exclama Judy. Elle se pencha pour embrasser Dilys et sentit son habituelle odeur de lessive et de farine. « Je te présente Zoé.

— Bonjour, ma chérie, dit Dilys, avant de tendre la main.

— Bonjour », fit Zoé avec un grand sourire.

Elle n'avait pratiquement pas cessé de sourire depuis leur arrivée. « C'est formidable, ici, répétait-elle sans fin à Judy. Tu ne trouves pas ? Pourquoi ne trouves-tu pas ça formidable ?

— Entrez, proposa Dilys. J'ai mis la bouilloire sur le feu.

— On vient de prendre le thé chez Lyndsay, protesta Judy.

— Est-ce que vous avez vu Joe ? demanda Dilys en lui jetant un regard inquisiteur.

— Non, il travaillait. Pourquoi ?

— Il est un peu à plat, c'est tout. »

La veille, en préparant la tisane avant de se coucher, elle avait parlé à Harry : « Je me fais un sang d'encre. Je t'assure. Il est à des lieues d'ici. Ce n'est pas normal. Ce n'est pas comme s'il avait de vraies raisons de s'inquiéter. La ferme ne pose pas de problèmes particuliers. Je le sais, puisque je tiens les comptes. Tout est en ordre, comme toujours. »

Elle introduisit les jeunes filles dans la cuisine. Une nappe à carreaux bleus couvrait une extrémité de la longue table. Une assiette de tranches de quatre-quarts disposées en éventail les y attendait.

« Grand-mère, je ne crois pas...

— Je suis sûre que vous pourrez supporter une tasse de thé de plus, affirma Dilys, qui regarda Zoé et lui montra la première tranche de gâteau. Je l'ai fait ce matin.

— Superbe, dit Zoé. Je passe mes journées à manger, ici. J'ai eu deux petits déjeuners, alors je ne vois pas pourquoi je ne prendrais pas deux fois le thé, ajouta-t-elle en s'installant à la table, les coudes sur la nappe bleue. Et jamais auparavant je n'ai *mangé* de thé !

— Comment trouves-tu ton père ? » demanda Dilys à Judy. Elle versait de l'eau bouillante dans la théière de faïence couleur crème décorée d'une rangée de fleurs que Judy connaissait si bien qu'elle eut presque du mal à la regarder.

« Je ne sais pas quoi te dire, répondit-elle. C'est difficile de savoir. Il a maigri.

— Je lui fais porter un repas chaud chaque jour, protesta Dilys. Et il le donne au chat. Velma trouve l'assiette par terre dans la cuisine tous les matins. »

Zoé prit une tranche de gâteau, mordit dedans, et des miettes tombèrent sur la nappe.

« Pourquoi mangerait-il, intervint-elle, s'il a trop de peine ? »

Dilys serra les lèvres. Cette gamine se mêlait de ce qui ne la regardait pas.

« Il travaille dur, dit-elle à Zoé en posant la théière sur un dessous de plat en osier tressé.

— Ça ne veut pas dire qu'il est insensible !

— Quand on est fermier, rétorqua Dilys, on ne peut pas se laisser aller. On ne peut pas laisser les événements prendre le dessus. Le temps ni la marée n'attendent le bon vouloir des hommes. »

Judy tenta, en s'asseyant en face de Zoé, de capter son regard et de lui faire signe de se taire. Mais Zoé l'ignora.

« Il ne se laisse pas aller, il continue. Mais il souffre. Ça se voit.

— Zoé..., commença Judy.

— Tu devrais le comprendre, dit Zoé en la regardant. Tu devrais compatir. »

Judy baissa les yeux. Dilys entreprit de servir le thé dans des tasses ornées de faisans qui avaient fait partie de son service de mariage. Elle n'aimait pas les hautes tasses modernes. Seul Harry était autorisé à s'en servir en milieu de matinée, quand il était allé embêter Joe en critiquant les méthodes modernes d'exploitation. Dilys n'arrêtait pas de lui dire qu'il ne devrait pas mettre Joe en colère, que Joe savait ce qu'il faisait, qu'il pensait à long terme, ce que lui, Harry, n'avait jamais su faire. Elle ne voulait pas que le vieil homme têtu soit une entrave pour son fils. Dilys avait toujours supporté les ennuis de Harry ou de Robin, mais ceux de Joe la rendaient malade, comme si elle avait la sensibilité à fleur de peau pour tout ce qui le concernait.

« Nous ne parlons pas de souffrance par ici, petite, dit-elle. Nous ne cédons pas à nos sentiments. Nous sommes des gens pratiques. »

Zoé regarda autour d'elle. La cuisine, modeste mais immaculée, était occupée par des objets bien en ordre, chaque tasse suspendue à un crochet prévu pour elle.

« Oui, je vois bien, dit-elle d'une voix neutre.

— C'est peut-être la ferme, intervint précipitamment Judy. Il a eu une mauvaise journée au marché, jeudi. Il a dû ramener trois veaux parce qu'ils avaient la colique. C'est ce qu'a prétendu le vendeur à la criée. »

Dilys fit claquer sa langue, puis elle poussa l'assiette de gâteau vers Zoé.

« Est-ce que vous travaillez avec Judy ?

— Non, je suis photographe. Enfin, j'apprends le métier. »

Ce matin-là, elle s'était levée à cinq heures et demie pour prendre des photos de Gareth dans la laiterie, de la double rangée de grands corps noir et blanc, des trayeuses aux tuyaux pareils à des serpents et des grosses bouteilles qui se remplissaient à vue d'œil de lait chaud et crémeux. Gareth avait été content de sa présence, il s'était prêté à l'exercice quand elle le lui avait demandé, avait posé les trayeuses, nettoyé les pis, fait ressortir les vaches en colonne par deux dans la cour que baignait la pâle lueur de l'aube. Elle portait comme lui une combinaison de travail, qu'elle avait trouvée pliée par terre devant sa porte quand elle était allée aux toilettes à cinq heures et demie, avec une paire d'épaisses chaussettes bicolores en laine, comme celles que son grand-père mettait avec ses grosses chaussures préférées. Elle se dit que c'était sans doute Robin qui les avait laissées là. Dans ce cas, c'était un pas minime, mais réel, vers des relations humaines, et Zoé avait apprécié.

Afin de calmer Judy, elle racontait maintenant à Dilys que, le matin, elle avait pris des photos à la laiterie.

« Et quelques-unes des enfants de Lyndsay à l'instant. Quel adorable petit garçon !

— En effet. Il ressemble en tout point à sa mère. Mais Rose est une vraie Meredith. Une Meredith des pieds à la tête. »

Judy prit sa tasse et y plongea le nez. Elle aurait voulu partir, elle aurait voulu que cette étrange petite réunion qui ne lui inspirait que de la gêne soit terminée, elle aurait voulu emmener son amie dans un lieu où elle ne pourrait plus transgresser des règles dont elle ne connaissait même pas l'existence. Elle sentait que Zoé déconcertait Dilys, qui n'appréciait pas plus son franc-parler que son allure. Lyndsay l'avait mise en garde : « N'inquiète pas grand-mère.

— Je n'y peux rien. Il faut qu'on y aille. »

Le visage toujours penché dans la vapeur chaude de sa tasse, elle demanda :

« Où est grand-père ?

— Il taille une haie. Celle des cinq hectares. Il voulait l'arracher pour faciliter les labours, mais Joe ne veut pas. Il dit qu'il faudrait même remettre les rochers. »

Judy posa sa tasse et se leva.

« Et si on allait le voir ?

— Il en serait ravi. Tu peux lui apporter une nouvelle Thermos de thé. Il a sûrement terminé la sienne. J'ai été heureuse de faire votre connaissance, dit-elle à Zoé.

— Moi aussi. »

« Seigneur, je suis désolée ! dit Judy en sortant la voiture de la cour.

— Qu'est-ce que tu veux dire ?

— Grand-mère. Elle a des idées tellement arrêtées...

— Elle m'a bien plu, déclara Zoé. Peut-être qu'elle ne pense pas comme moi, mais ça n'empêche pas que je l'aime bien. Tu ne penses pas comme moi non plus.

— Non, en effet.

— À propos de ce qu'on aime, dit Zoé en relevant ses pieds pour serrer ses genoux entre ses bras, pourquoi n'aimes-tu pas cet endroit ?

— Zoé, tu ne connais pas...

— Bien sûr, que je ne connais pas. Mais j'ai des yeux pour voir. Je vois un endroit dur. Mais pas un endroit haïssable.

— Je ne le hais pas. »

Zoé la regarda un moment, puis recula.

« Vraiment ? Alors, dans ce cas, tout ce que je peux dire, c'est que tu imites la haine à la perfection. »

Harry avait taillé sept mètres de haie à l'extrémité du champ de cinq hectares, du côté où soufflait à la moindre occasion le vent du nord-est. Il portait les gants de cuir que son père lui avait donnés quarante ans plus tôt pour ce travail, aussi raides que du bois tant qu'ils n'étaient pas chauds, et fendillés de partout. Il aurait pu en acheter des neufs depuis longtemps, mais il préférait ceux-là.

Il n'avait jamais été très doué pour la taille des haies. Son père lui avait enseigné la vieille manière des Midlands, qui consistait à couper presque entièrement les tiges principales à la serpe et à les plier à l'horizontale pour augmenter la densité du buisson. Mais il y avait toujours trop d'extré-mités cassées dans les haies de Harry et il n'entrelaçait pas les tiges avec suffisamment de soin pour qu'elles ne se déga-gent pas. Mais enfin, il se débrouillait. L'« à-peu-près » lui avait toujours suffi, il n'éprouvait pas le même désir que Dilys de progresser toujours, d'améliorer le parfait, désir qu'elle avait transmis à Joe. Mais pas à Robin ; Robin, de l'avis de Harry, désirait seulement se lancer dans des choses différentes. On ne pouvait espérer de lui qu'il respecte les règles, il ne restait qu'à hausser les épaules et à le laisser faire à sa manière, même si cela signifiait difficultés et dettes. Harry pensait que Robin devrait vendre à une société le troupeau et ses quotas laitiers, la maison et la terre, et reprendre le tout à ferme pour se consacrer à la culture intensive. Qu'il refile les migraines à quelqu'un d'autre. Mais il ne le lui avait jamais dit, pas plus que ces derniers jours il n'avait dit à Joe : « Qu'est-ce qui t'arrive, mon gars ? » C'était impossible. Impossible. Cela tenait moins au respect de l'intimité des autres, y compris de ses propres fils, qu'à la conviction que chacun était seul, et responsable de lui-même, et devait se débrouiller pour résoudre ou simple-ment supporter les problèmes qui lui tombaient dessus.

Une voiture arrivait lentement sur le sentier qui longeait le champ. Elle s'arrêta au portail, à une vingtaine de mètres. Harry se redressa. C'était la voiture de Robin. Que lui voulait donc son fils un samedi après-midi ? Deux portières claquèrent, et Harry vit la tête rousse de Judy au-dessus de la haie quand elle escalada le portail, puis une autre tête, plus foncée.

Judy sauta dans le champ et lui montra une bouteille.

« On t'a apporté du thé !

— Bonne idée ! » cria Harry.

De sa démarche raide, il s'approcha d'elle en retirant ses gants, qu'il enfonça dans les poches de son bleu de travail. Il avait oublié que Judy venait, il avait tout oublié après sa querelle ce matin-là avec Joe, qui avait refusé tout net qu'il arrache cette haie.

« Avec une pelleteuse, je n'en aurais que pour un ou deux jours.

— Non, papa, non. *Non*. Je remets les choses en état, je ne les supprime pas. Est-ce que tu ne peux pas imaginer l'avenir au-delà du lendemain ? Tu ne peux donc pas voir plus loin que le bout de ton nez ? »

« Grand-père ! s'écria Judy d'un ton joyeux en jetant les bras autour de son cou pour sentir sa vieille carcasse solide comme un arbre ou un meuble rustique.

— Ma gentille petite-fille !

— Et voici Zoé.

— Bonjour, Zoé ! » dit Harry avec un grand sourire.

Drôle de petite chose. Un visage de fille sous des cheveux de garçon. Elle regardait la haie, les quelques mètres qu'il avait pliés et entrelacés.

« C'est difficile à faire ?

— Pas tellement, à ma manière. Vous avez vu grand-mère ?

— Oui.

— Et Joe ?

— Qu'est-ce qui se passe avec Joe ? demanda Judy. Grand-mère nous a interrogées aussi. Non, nous ne l'avons pas vu. Nous n'avons rencontré que Lyndsay et les gosses. »

Harry grogna, puis regarda Zoé.

« C'est la première fois que vous séjournez dans une ferme ?

— Oui.

— C'est une vie terrible. Terrible. Il faut être fou pour faire ça.

— C'est vrai, renchérit Judy.

— Alors, pourquoi le faites-vous ? demanda Zoé.

— Je ne peux rien faire d'autre, lui répondit le grand-père avec un bon sourire. C'est en moi, ça passe de père en fils. Même pendant la guerre, quand j'ai été coincé en Italie, je ne pensais qu'à cette fichue ferme. Et je n'avais pas dix-neuf ans.

— Maman..., commença Judy.

— Continue, lui demanda Zoé.

— Maman disait que, même en vacances, papa ne regardait le paysage que pour voir comment il était cultivé. La seule fois où il a dû renoncer, c'est quand j'avais sept ans et que je suis restée chez vous, pour qu'ils aillent en Tunisie. Il n'a pas essayé de comprendre comment exploiter le sable ni les chameaux.

— C'est une obsession, dit Zoé. Les obsessions sont intéressantes.

— Et effrayantes, dit Judy. Ton thé, grand-père. »

Il la regarda un moment et prit la bouteille, les yeux soudain très vieux, comme flous au centre et délavés autour. Le cœur de Judy se serra soudain quand elle pensa qu'il avait l'âge de mourir, l'âge où le corps commence à s'user et à faiblir, pas l'âge de Caro, où il reste des choses à faire, des gens qui ont besoin de vous.

« Vous feriez mieux d'y aller, les filles, dit Harry.

— Oui.

— Sinon, j'aurais ton oncle Joe sur le dos. »

Judy se pencha et l'embrassa à nouveau.

« On se reverra peut-être demain.

— D'accord. À demain, peut-être, dit-il en levant la main à l'intention de Zoé.

— Au revoir », lança-t-elle avec un sourire.

Alors que les deux filles s'éloignaient le long de la haie pour regagner la voiture, Harry vit Zoé tendre le bras pour montrer son labeur du jour et l'entendit déclarer :

« Je parie que je pourrais le faire. J'en suis sûre. »

« Est-ce que vous croyez qu'à nous trois nous pourrons en tirer quelque chose ? » demanda Robin.

Il montrait sur la table de la cuisine un poulet de supermarché enveloppé de plastique.

« Je saurais le manger, dit Zoé, mais je ne saurais pas le préparer.

— Moi non plus. Et toi, Judy ?

— D'accord, je m'en charge. Si vous faites la vaisselle. Il y a des pommes de terre ?

— Dans le cellier, je crois. Un verre, les filles ? » demanda Robin. Il montrait une bouteille de cidre sur le bahut.

« Zoé ne boit pas, déclara Judy.

— Vraiment ?

— Non, je n'aime pas ça.

— C'est peu commun, dit Robin en la regardant avec attention.

— Merci pour la combinaison de travail. Et pour les chaussettes.

— De rien.

— J'ai bien aimé ça — la traite. Je crois que j'y retournerai demain, ajouta-t-elle en se perchant au bord de la table de cuisine.

— Après avoir épluché quelques pommes de terre », dit Judy.

Robin déboucha la bouteille et versa du cidre dans un verre qu'il tendit à Judy. Elle faillit croiser son regard en le prenant.

« Merci.

— Tu sembles aller mieux, lui dit-il.

— Qu'est-ce que tu peux en savoir ? rétorqua-t-elle en se détournant pour sortir le poulet de son enveloppe de plastique.

— Hé, intervint Zoé, inutile de lui arracher les yeux ! »

Judy ne répondit pas. Robin lui semblait plus en forme aussi, moins hagard, les yeux moins cernés. Ses cheveux auraient mérité une bonne coupe — du moins selon ses critères à lui —, mais ces mèches plus longues lui allaient bien, lui adoucissaient les traits. Cependant, elle ne voulait pas qu'il l'amadoue devant Zoé. C'était de la triche.

« Je vais chercher les pommes de terre, dit Robin. Vous avez très faim ?

— Pas très. On prend le thé depuis le déjeuner. Chez Lyndsay d'abord, puis chez grand-mère. Et avant que tu ne nous le demandes, non, nous n'avons pas vu Joe. »

Robin, la main sur la poignée de la porte du cellier, faillit dire que personne n'avait beaucoup vu Joe depuis quelque temps, mais jugea cela inutile. En fait, il avait essayé de le voir après que les filles eurent quitté la maison l'après-midi, et il avait trouvé Lyndsay en train d'aider Hughie à écrire son nom sur la table de la cuisine, tandis que Rose jouait aux autos tamponneuses tout autour d'eux dans son youpala.

« Regarde, avait dit Hughie. Le grand J est pour papa, et ce grand H, c'est moi !

— Pas mal, mon gars », avait fait Robin en se penchant sur la feuille.

Lyndsay avait l'air fatigué, avec cette transparence propre aux vraies blondes.

« Je suis désolée, Joe n'est pas là. Je ne me souviens plus où il est parti cet après-midi, mais je ne l'espère pas avant la nuit.

— Ça peut attendre. »

Rose traversait la pièce à toute vitesse en hurlant, bras levés, pour attirer l'attention de Robin.

« Salut, Rosie !

— Elle a été insupportable tout l'après-midi. »

Robin intimidait toujours un peu Lyndsay par sa taille, son physique sombre, son caractère solitaire, si bien qu'elle s'excusait toujours d'avance de ce qu'il pourrait désapprouver, comme le comportement de Rose. Mais il se pencha et souleva le bébé de son youpala. Rose fut ravie.

« Yah, cria-t-elle, yah, yah, yah !

— Tu es une petite bonne femme bien solide, dit Robin au bébé rayonnant. Qu'as-tu pensé de l'amie de Judy ?

— Elle est gentille. Pas ordinaire. Hughie l'a adorée.

— C'est pas vrai ! protesta Hughie.

— C'est bien pour Judy, ça rend les choses plus légères. Elle s'est levée à cinq heures et demie pour la traite. »

Rose posa une main sur la joue de Robin.

« Tu poisses ! lui dit-il.

— Elle a toujours les mains poisseuses, intervint Lyndsay, qui soudain céda à une bouffée de confiance en voyant pour une fois Robin avec un bébé dans les bras. Robin, je suis un peu..., commença-t-elle, avant de penser à la présence de Hughie. Joe, poursuivit-elle dans le dos de l'enfant. Je suis inquiète pour Joe.

— Je sais.

— Et ta mère...

— Oui.

— Est-ce que tu pourrais lui parler ? S'il te plaît ? Voir ce qui ne va pas ? »

Rose rugit pour qu'on la repose par terre. Robin se pencha et la remit dans son youpala.

« Je peux essayer. »

Lyndsay leva les yeux vers Robin qui se tenait là, dans sa cuisine, en vêtements de travail, et elle eut soudain envie, malgré la présence des enfants, de s'approcher de lui, de poser sa tête contre le tissu bleu rêche de sa combinaison et de pleurer : « Aide-moi, aide-moi, je ne sais pas quoi faire, je suis au bout du rouleau. »

« Je dois partir, dit Robin en caressant la tête de Hughie. Continue à écrire. Dis à ton papa que j'aimerais lui parler, tu veux bien ?

— De quoi ? demanda l'enfant, et il dessina un H rapide avec un crayon rouge.

— Des engrais, dit Robin en touchant le bras de Lyndsay, qui lui avait semblé si près de fondre en larmes quelques secondes plus tôt. Je vais voir ce que je peux faire. »

Maintenant, en ouvrant la porte du cellier, il pensait que ce ne serait pas grand-chose. Que pourraient-ils se dire alors qu'il ne savait pas quoi demander et que Joe ne connaissait probablement pas la réponse ? Apparemment, tout allait bien pour Joe. Les champs de Dean Place étaient propres, les clôtures solides, les factures payées. Du moins Robin le croyait-il. Entre les mains de Dilys, il pouvait difficilement en être autrement. Robin et Joe, par un accord tacite, ne parlaient jamais d'argent. Ils évitaient même d'y faire allusion. Mais, étant donné l'état des terres et vu que Dilys tenait les comptes, il était impensable que l'argent fût ce qui préoccupait Joe. Si Caro avait été encore là, elle aurait su probablement d'instinct ce qui se passait, mais dans ce cas, le problème ne se serait peut-être pas posé. Notre réserve est notre damnation, se dit soudain Robin, surpris de cette pensée. Oui, c'est une malédiction. C'est comme être aux fers. Il se pencha et prit des pommes de terre dans un sac en papier poussiéreux. Il entendit Judy qui riait doucement dans la cuisine, probablement à une plaisanterie de Zoé. Il aimait bien Zoé. Elle avait un culot, une franchise qu'on ne trouvait en général que chez les animaux. Ou les enfants. Comme Rose cet après-midi, qui voulait qu'on la prenne, qu'on la repose, pas d'atermoiements, pas de demi-mesures compliquées, aucune prise en compte des autres.

Il retourna dans la cuisine et laissa tomber les pommes de terre dans l'évier.

« Elles sont toutes à toi, dit-il à Zoé.

— D'accord. Avec quoi est-ce que je les épluche ?

— Avec un économe.

— Mouillées ou sèches ?

— Où as-tu été élevée ? lui demanda Robin.

— Dans un appartement, à Tottenham. Je suis un parfait produit des plats cuisinés industriels. C'est pour ça que je suis ratatinée comme un ancien combattant. Je suis dans un état de très grave dénutrition.

— Ne l'écoute pas, elle mange comme un ogre à longueur de journée. »

Robin sourit et ouvrit un tiroir où il chercha l'économe.

« Et voilà », s'écria-t-il en le brandissant enfin.

Zoé ne fit pas un geste pour le prendre.

« Il ne m'inspire pas confiance, dit-elle en fronçant le nez. On dirait le genre de truc qu'on utilisait pour examiner de force les prostituées du XIXᵉ siècle.

— Zoé !

— À votre évier, jeune dame ! dit Robin. Et remplissez-le d'eau froide.

— De l'eau *froide* ? Je savais que j'avais raison de ne jamais faire la cuisine !

— Allez, vite ! »

Elle boucha l'évier et ouvrit le robinet.

« Les pommes de terre ne sont pas comme ça, à Londres. Il y a du fromage à l'intérieur et elles vivent dans des plats en alu qu'on met directement au four. Comment fait-on ? »

Judy leva les yeux du poulet dans lequel elle introduisait un demi-citron et une noix de beurre — « du beurre doux », disait toujours Caro, qui, comme ses compatriotes, était plutôt habituée au beurre salé — pour regarder de l'autre côté de la cuisine. Robin était penché de biais sur l'évier, une pomme de terre dans une main et l'économe dans l'autre, et Zoé, les coudes sur l'égouttoir, l'observait avec l'attention d'un enfant devant la télévision. Est-ce qu'elle avait entrepris de le séduire ? Et pourquoi, quand elle était dans une pièce, les ombres semblaient-elles plus pâles, plus légères, comme si un peu de vie avait réussi à revenir avec les souvenirs ? Elle retourna le poulet, qu'elle coucha sur la poitrine dans le plat à rôtir, comme Caro l'avait toujours fait, comme Caro le lui avait appris.

« Voilà, dit Robin en lançant l'économe dans l'eau. C'est comme ça. À toi. »

6

LE MARCHÉ AUX BESTIAUX de Stretton était situé en bordure du périphérique, entre une usine de crèmes glacées et les bureaux de l'Agence régionale d'électricité. Il occupait un vaste espace, un complexe hétéroclite de salles de vente et d'aires de stationnement, et il jouissait d'une bonne réputation pour le commerce du bétail sur pied. À une extrémité, un vaste bâtiment neuf hébergeait les principaux emplacements de vente à la criée pour les vaches et les veaux ; à l'autre extrémité, un toit immense recouvrait les enclos où moutons et cochons étaient serrés comme des sardines en boîte. Entre les deux, la foule circulait sur une allée bordée de banques, de marchands de matériel agricole, d'horticulteurs, de magasins de vente d'animaux domestiques et, signalés par de grandes ardoises en forme de taureau où étaient inscrits les menus, de Charolais Diner où se restaurer. On y servait toute la journée des petits déjeuners pour deux livres quatre-vingt-quinze.

Robin fit entrer la bétaillère dans le parking le plus proche du principal bâtiment de vente et s'arrêta devant le panneau indiquant les heures des enchères : « Moutons de boucherie, 10 h 15. Vaches à viande et veaux sous la mère, 10 h 45. Veaux de boucherie, 11 h 15. Bétail d'embouche et vaches stériles, midi. » Il apportait cinq veaux de quinze jours. Il les avait attachés à l'avant, aussi loin que possible du hayon arrière et de l'angoisse que faisaient naître le chargement et le déchargement. Robin et Gareth les avaient embarqués une heure auparavant, les entraînant d'une main par une longe de paille tressée, de l'autre par la queue.

« J'ai jamais aimé faire ça, avait dit Gareth. J'ai jamais aimé les voir partir. »

Robin avait grogné. Il n'aimait pas ça non plus, surtout de nos jours avec les mois d'engraissement forcé qui les attendaient. Mais il aimait encore moins charger les vaches stériles. Avec l'âge, le fait d'envoyer une bête au marché pour un échec dont elle n'était en rien responsable l'affectait de plus en plus. Mais il n'allait pas entamer une discussion sur les problèmes éthiques de l'élevage avec Gareth, qui arrêterait alors toute activité et s'appuierait à la surface verticale la plus proche pour converser. Quelque chose empêchait Gareth de parler tout en travaillant, et Robin, bien que plein d'égards pour Debbie et les enfants, n'oubliait jamais qu'il payait Gareth pour travailler.

« Je ne veux pas revenir avec moins de sept cents pour le lot », dit-il.

Il descendit de la Land Rover et gagna l'arrière de la bétaillère pour en ouvrir le hayon. Deux vachers portant la casquette et les grandes blouses indiquant qu'ils étaient employés par le marché s'approchèrent avec des barrières pour former un couloir entre la remorque et le parc où les veaux attendraient leur tour d'être vendus. Alors, un gamin guère plus vieux qu'eux en âge relatif les conduirait vers le tumulte des voix dans la salle des ventes. Un des vachers tenait un pot de colle et une spatule en bois pour appliquer une étiquette sur chaque petit arrière-train dès qu'il sortirait de la bétaillère.

« Robin... »

Robin, les mains levées pour décrocher le hayon, se retourna pour regarder par-dessus son épaule. Joe était là, en combinaison de travail, les mains dans les poches.

« Que fais-tu là ?

— Pas grand-chose. Je regarde un peu les bêtes à viande...

— Et pourquoi ça ? Tiens, donne-moi un coup de main... »

— J'ai compris que j'aimais assez ça, reprit Joe en allant soulager le poids du hayon de l'autre côté de la remorque. Je me suis dit que peut-être j'aimerais avoir quelques bêtes, que peut-être la ferme serait mieux avec un peu de vie. Juste quelques bêtes d'embouche.

— Est-ce que le père le sait ?

— Non.

— Pourquoi pas ?

— Parce qu'il ne veut rien voir changer.

— Si c'est un changement pour rien...

— J'en sais rien. Qui pourrait le dire ? Je sais seulement que j'ai besoin de changement. »

Ils rabattirent lentement le hayon pour qu'il serve de rampe et les cinq veaux se serrèrent contre la paroi du fond.

« Pauvres petits.

— Commence pas ! Gareth m'a déjà fait le numéro ce matin. On aurait dit que j'allais vendre ses gosses. »

Joe regarda Robin entrer dans la bétaillère et pousser un à un vers la rampe les veaux aux grandes oreilles percées d'une languette d'identification. Il se souvenait d'avoir emmené Lyndsay au marché, du temps de leurs fiançailles, afin de lui montrer les réalités de la ferme, l'inéluctable transport des vaches dans la cohue du marché à la criée pour les vendre à des abattoirs ou des entreprises de conditionnement de viande, à tant le kilo. Elle avait pleuré pendant tout le trajet du retour, aussi bouleversée par ce qu'elle avait vu que par la fin de ses idées aussi préconçues que romantiques sur l'agriculture.

« C'étaient des tout petits veaux ! avait-elle sangloté dans les bras de Caro, que Joe était allé chercher pour la consoler et la réconcilier avec la réalité de la production alimentaire.

— Je sais, je sais, avait dit Caro. Ils sont trop mignons pour qu'on reste le cœur sec. »

« Peut-être que je n'aurais pas dû l'emmener, avait dit Joe plus tard. J'aurais peut-être dû la laisser croire qu'il n'y avait que les champs de blé avec les coquelicots. Elle n'en verra pas plus, ici.

— Je ne sais pas, lui avait répondu Caro d'un air songeur, dont il se souvenait très bien. Je crois que je ne saurai jamais quelle vérité est bonne à dire. »

Le portail se referma sur le dernier veau.

« Chaque fois, dit Robin, j'espère qu'ils seront élevés dans le pays pour la viande. »

Il regarda Joe qui contemplait les veaux avec une expression volontairement lointaine, la même expression que Robin avait surprise sur son visage aux funérailles de Caro, comme s'il traversait ce qu'il voyait en entraînant son esprit au-delà afin de ne pas avoir à réagir à la situation présente. Robin descendit la rampe jonchée de paille et posa la main sur le bras de Joe.

« Tu veux me dire quelque chose ? »

Joe secoua la tête.

« Tu vas aller voir les bêtes ? Je viens avec toi.

— Je devrais rentrer, soupira Joe. Je ne sais pas vraiment ce que je fais ici...

— Tu cherches des bêtes à viande, tu as dit.

— Oui.

— Parce que tu veux un changement. »

Joe ne répondit pas.

« Moi aussi, reprit Robin. Je veux un changement. Je voudrais que cette... période soit terminée. »

Joe posa sur lui un long regard sombre et malheureux.

« Si acheter du bétail peut t'aider, achète du bétail, ajouta Robin.

— Je ne peux pas en être sûr.

— Non. Aucun d'entre nous ne peut l'être. Si c'est la première fois qu'on le fait. C'est la première fois que j'ai perdu ma femme. »

Il détourna les yeux. Il allait dire qu'il aurait désespérément voulu que Caro revienne, pas tant pour elle, mais pour pouvoir lui poser des questions, exiger des réponses à ses questions sur l'abandon, la trahison, la confiance. Mais ce n'aurait pas été juste. Robin ne pouvait ajouter sa propre souffrance aux problèmes de son frère. La dernière chose dont il avait besoin, c'était de découvrir tout ce qui restait sans solution dans son esprit.

« Je ne l'aimais pas, lança soudain Joe. Je veux dire, pas d'amour... »

Robin attendit. Les fétus de paille que soulevait le vent tournoyaient autour de leurs jambes.

« C'est juste que..., dit Joe en écartant les mains avant de serrer les poings, il me semble, maintenant qu'elle est partie, qu'elle formait un lien entre les choses, en quelque sorte, qu'elle entretenait un certain espoir. »

Robin hésita. L'impudence de Joe commençait à faire monter en lui une sourde colère qui rongeait son capital de sympathie. Il sortit de sa poche les clés de la Land Rover et les fit sauter dans sa main.

« Attention, dit-il.

— Je n'ai pas voulu...

— Non, non. Je sais. Mais n'en fais pas trop, d'accord ? Tu as tout pour toi, on t'a toujours tout servi sur un plateau, alors, n'en fais pas trop. »

Il abandonna la Land Rover et la bétaillère sur une aire de stationnement, près d'un véhicule très semblable au sien dans lequel un chien de berger aux yeux jaunes, sur le qui-vive, occupait la place du passager, et gagna la salle des ventes. Elle était située dans un grand bâtiment de verre et de béton pareil à une gare routière, avec des escaliers intérieurs qui conduisaient de chaque côté en haut de gradins fatigués d'où l'on pouvait suivre le déroulement de la séance. Il y avait là trente ou quarante personnes appuyées aux rambardes métalliques, des fermiers de tous âges et de tous genres, quelques femmes vêtues presque comme des hommes et une poignée de solides filles de la campagne en bottes de cheval en caoutchouc qui d'une main écartaient de leur visage leurs longs cheveux et de l'autre tenaient une cigarette.

En bas, sur des chaises autour de la piste, les acheteurs — des fermiers venus pour une tractation personnelle ou des employés des abattoirs. Présents à chaque marché, vêtus été comme hiver de manteaux imperméables rustiques couleur d'herbe fanée, les coudes sur la rambarde, ils adressaient au vendeur à la criée ces gestes presque imperceptibles des spécialistes, taciturnes, durs et tout à fait professionnels. À leur gauche, on introduisait les bêtes une à une en les faisant passer sur une balance automatique qui affichait leur poids sur un écran, puis elles pénétraient quelques secondes sur la piste, affolées par le claquement des portes métalliques, avant qu'on les laisse ressortir, vendues, leur destin scellé, dans l'enclos de l'autre côté de la salle.

« Bonjour, Robin, dit quelqu'un. Tu as des bêtes, aujourd'hui ?

— Oui. Juste des veaux. »

L'homme était engoncé dans une veste molletonnée qui recouvrait plusieurs couches de pulls.

« La qualité n'est pas extraordinaire, cette semaine, observa-t-il. Même les meilleurs ne feront guère plus de quatre-vingt-dix pence. »

Il regarda Robin un moment. Des rumeurs avaient couru pendant des années sur Caro Merdith, qui aurait été une drôle de femme. Mais, rumeurs ou non, une épouse est une épouse, et on ressent sa perte quoi qu'il en soit.

« Tu t'en sors ? »

Robin hocha la tête.

« Tant mieux. En voilà, une belle bête, cette angus, lança-t-il. Elle vient du troupeau de Jim Voyce.

— Je dois y aller, l'interrompit Robin en lui touchant le bras. Je ne faisais que passer.

— Bon courage, Robin, dit Fred James. Salue ton père pour moi. Il va bien ? »

Dehors, Robin s'aperçut qu'il commençait à tomber une petite pluie froide et régulière. Il remonta son col et se maudit d'avoir oublié sa casquette dans la voiture. Il ne savait pas pourquoi il était allé à la vente, pourquoi il avait cédé à l'envie d'aider Joe, alors qu'il pensait que diversifier son activité en prenant du bétail n'arrangerait rien pour lui. Et pourquoi, Seigneur, l'aiderait-il ? Joe n'avait-il pas tout eu, dès le départ, sans avoir même besoin de tendre la main pour le demander ? La pluie opiniâtre augmentait d'intensité. Les gens couraient s'abriter, ces mêmes gens qui toute leur vie avaient travaillé sous la pluie en pleins champs, mais ils réagissaient différemment quand ils étaient entourés de bâtiments. Robin se voûta un peu et enfonça le menton dans son col. Il devait acheter de la paille avant de partir, s'il pouvait en trouver à moins de vingt-cinq livres la tonne, livraison comprise.

Allongée par terre dans le salon de son appartement, la tête et les épaules relevées de façon très inconfortable contre un fauteuil, Judy regardait un téléfilm. Zoé avait dit qu'il fallait qu'elle la regarde parce qu'un ami à elle y avait travaillé comme cadreur, et puis elle était partie pour deux jours de cours de photo à Birmingham, la laissant seule devant son téléviseur. Bien sûr, Judy n'était pas obligée de regarder. Elle aurait tout aussi bien pu se laver les cheveux, lire un livre, ou ranger un peu, mais il se trouvait qu'au bout de quelques semaines avec Zoé comme compagne, elle s'était habituée à la suivre dans ses activités. Zoé savait faire en sorte que Judy occupe son temps.

D'ailleurs, le film n'était pas très bon. Il parlait de deux adolescentes qui fuyaient la police dans une ville du Nord non précisée, mais on ne comprenait pas pourquoi elles fuyaient, et il y avait plus de poursuites échevelées que de dialogues. De surcroît, tout se déroulait dans le noir ou dans la pénombre, si bien qu'il était difficile, sur le petit écran de la télévision, d'apprécier le talent de l'ami de Zoé. Elle était donc là, le menton sur la poitrine, cherchant en elle l'énergie de se lever pour éteindre le poste.

Les adolescentes, deux filles androgynes, trébuchaient à présent dans le noir le long d'une voie ferrée. L'une d'elles avait une coupe de cheveux assez semblable à celle de Zoé, qui se faisait couper les siens toutes les trois semaines et les rinçait avec une teinture à base de plantes pour leur donner ce profond rouge bordeaux auquel Judy s'était maintenant habituée. Zoé lui avait dit que ses cheveux étaient bruns, au départ, pas d'un riche châtain changeant et luisant comme un marron, mais d'un brun style feuille morte, brunasse. Elle se les était d'abord teints en noir, après avoir vu Liza Minnelli dans *Cabaret*, mais elle avait trouvé le noir trop dur, et il lui donnait un air artificiel. Judy leva un bras et attrapa une de ses propres boucles pour la regarder. Les cheveux roux lui avaient toujours paru factices, même quand c'était naturel.

On sonna à la porte. Judy se redressa lentement. C'était sûrement le type d'en dessous qui voulait du pain, une ampoule électrique, ou voir à nouveau Zoé. Il passait presque un soir sur deux, souriant et mou, tenant entre ses doigts un billet de cinq livres roulé qu'il n'avait visiblement aucune intention de lâcher. Elle se leva et, sans hâte, baissa le son du téléviseur avant d'aller à la porte et de l'entrouvrir des dix centimètres que permettait la chaîne de sécurité.

Elle vit alors un jeune homme mince, en jean et veste de cuir. Il portait des lunettes et tenait un cône du papier ombré bon marché qu'affectionnent les fleuristes.

« Salut, dit-il.

— Qui êtes-vous ?

— Je suis Oliver. Je cherche Zoé, fit-il en montrant les fleurs.

— Elle est à Birmingham.

— Oh.

— Elle ne rentrera pas avant vendredi.

— Oh.

— Elles seront probablement mortes d'ici-là, dit Judy.

— Oui. Elles vous feraient plaisir ? »

Judy referma la porte pour détacher la chaîne.

« Je ne veux pas les laisser mourir, répondit-elle en ouvrant la porte toute grande.

— Merci, dit Oliver, et il passa timidement dans la petite entrée. Je ne l'ai pas vue depuis trois semaines. Depuis qu'elle a emménagé ici.

— En effet. »

Elle lui sourit. Il avait un gentil visage derrière des lunettes rondes à la mode, et le genre de cheveux propres et soyeux qu'on voit aux enfants de chœur.

« Vous voulez un café ?

— Oui, c'est gentil, dit-il en lui donnant les fleurs. Prenez-les. J'ai l'air idiot, avec. »

Judy l'entraîna au salon et éteignit la télévision.

« Oh, non, vous regardiez quelque chose ?

— Pas vraiment.

— J'imagine, reprit-il avec un soupir, que vous savez pourquoi je suis là.

— Eh bien...

— Les filles savent toujours tout l'une de l'autre. »

Judy alla remplir un vase d'eau et retira le papier qui entourait plusieurs branches délicates de freesias jaunes.

« Elles sentent bon, dit-elle.

— Est-ce qu'elle m'évite ?

— Peut-être...

— Vous voulez dire oui. Pourquoi ne le dit-elle pas franchement ?

— Je n'en sais rien. Il faudra le lui demander. Ce ne sont pas mes affaires. »

Il s'appuya contre la porte de la cuisine, comme le faisait toujours Zoé.

« Comment vous appelez-vous ?

— Judy.

— Salut, Judy. Je mets la bouilloire à chauffer ? »

Il passa derrière elle, tandis qu'elle insérait chaque longue tige verte dans le vase, et brancha la bouilloire.

« Bon, où est le café ?

— Là, répondit Judy avec un mouvement de la tête.

— Vous avez remarqué que Zoé n'est même pas capable de faire bouillir de l'eau ? Ou qu'elle ne veut pas le faire ?

— Mon père l'y a forcée. Il lui a fait éplucher des pommes de terre et frire du bacon. Il lui a demandé de lui faire frire du bacon après la traite.

— La traite ?

— Mon père est fermier.

— Et votre mère ?

— Elle vient de mourir, dit Judy après un petit silence.

— Oh, oh, je suis tellement désolé ! s'écria-t-il en se retournant pour lui entourer les épaules de son bras. Pauvre Judy. Ma pauvre ! »

Elle regardait fixement les freesias.

« Il y a six semaines. Une tumeur au cerveau.

— C'est horrible. Ç'a dû être une épouvantable épreuve pour vous, ma pauvre ! »

Elle tourna la tête vers lui et il lui serra un peu plus les épaules. Ses yeux clairs et sincères l'observaient à travers les lunettes.

« Zoé a été très gentille.

— Oui, elle sait ce que c'est. Elle a perdu son père.

— Elle a dit que vous aviez été gentil pour elle, à l'époque.

— Vraiment ? »

Judy se dégagea doucement de son bras pour débrancher la bouilloire qui commençait à siffler.

« Oui.

— Personne n'est mort dans ma famille proche, mais je peux imaginer ce que je ressentirais. Du moins, je le crois.

— La plupart des gens ont peur de ceux qui vivent un deuil, comme si c'était une maladie contagieuse qu'ils craindraient d'attraper s'ils s'approchaient. Vous voulez du lait ?

— Et du sucre. Deux, s'il vous plaît.

— C'est bien, quand quelqu'un n'a pas peur, dit-elle en lui tendant une tasse. Comme vous.

— J'ai pourtant peur des hauteurs et des gouffres, et je pourrais envisager un monde sans araignées. »

Judy passa dans le salon et posa les fleurs dans la cheminée vide, entre les deux hérons de Zoé.

« C'est moi qui les lui ai offerts, ces hérons, dit Oliver. Ils viennent des Philippines.

— Je les aime bien. Elle aussi.

— Bien. Je suis content qu'elle les aime. Mais je ne crois pourtant pas que je lui offrirai encore autre chose. »

À la fenêtre de son salon, Debbie, la femme de Gareth, regarda la Land Rover de Robin sortir de la cour et monter le sentier vers la route. C'était la quatrième fois qu'il sortait ce matin-là, elle avait compté. Cette fois, pour autant qu'elle pût le voir, il n'y avait rien à l'arrière de la Land

Rover, pas de balle de foin, pas de veau au petit arrière-train osseux tourné vers la porte. On n'était pas censé transporter des bêtes vivantes dans une remorque ouverte, mais Robin Meredith n'était pas le genre d'homme à s'intéresser à ce qu'on était censé faire. Il s'était fait une réputation de tête de lard, mais Gareth disait que ce n'était pas juste, qu'il était seulement un peu taciturne.

Debbie pulvérisa sur la grande baie où s'accumulait continuellement la poussière du sentier des gouttelettes bleues de produit à vitres — « contient du vinaigre véritable », disait l'étiquette sur la bouteille. Elle avait établi une liste de sept tâches ménagères à accomplir avant de se rendre à l'école primaire de Dean Cross pour le service quotidien et la vaisselle de cinquante-sept repas d'écoliers. Velma lui avait trouvé cet emploi quand elle était arrivée à Tideswell, avant la naissance d'Eddie, qui avait maintenant quatre ans. Ses aînés, Rebecca et Kevin, étaient déjà tous deux à l'école de Dean Cross et n'aimaient pas voir apparaître leur mère au repas, dans la cuisine de l'école, vêtue d'un tablier à carreaux abricot, les cheveux relevés sous une charlotte de mousseline à ruban de la même couleur. Ils ne la regardaient pas quand elle leur servait de la purée ou du gratin de pâtes, ils restaient dans la queue, tête baissée, et passaient aussi vite que possible. Leur père leur avait dit qu'ils n'étaient que de sales petits snobs.

Gareth savait très bien la défendre contre les enfants, contre Kevin qui réclamait un téléviseur dans sa chambre, ou Rebecca qui voulait se faire percer les oreilles pour son dixième anniversaire. Il avait d'autres qualités aussi : il ne fumait pas, ne s'enivrait que très rarement, lui achetait des fleurs pour leur anniversaire de mariage et ramenait son salaire chaque semaine, n'en prélevant que quelques pièces pour lui, comme le père de Debbie le faisait aussi. Gareth disait qu'elle était une bonne maîtresse de maison. En effet. Elle savait gérer ses affaires, même si elle trouvait cette qualité plus raisonnable que sexy. Elle avait toujours été fière d'être raisonnable, mais récemment, elle avait l'impression de changer. Depuis la mort de Caro Meredith, en regardant la lumière solitaire de Robin dans la cuisine de la ferme, la nuit, elle avait pris conscience de choses auxquelles elle n'avait jamais pensé auparavant, de la fragilité de la vie, de ce qui se passerait pour elle si Gareth mourait et la laissait seule avec Rebecca, Kevin et Eddie. Pendant des années, elle avait dit à Gareth que le sexe une fois par semaine suffisait amplement, le samedi soir, parce qu'il n'allait pas traire le dimanche matin; ce jour-là, c'était Robin qui se chargeait de la traite. Mais maintenant, il y avait quelque chose chez Robin, quelque chose dans le spectacle de sa solitude — presque comme s'il avait été exclu de la vie ordinaire par la mort de Caro —, qui donnait à Debbie envie de faire l'amour avec Gareth même les mardis ou les jeudis, comme si, en l'aimant physiquement, elle pouvait en quelque sorte lui insuffler de la force, plus de vie, comme une assurance contre le destin.

Elle s'écarta de la fenêtre et traqua les traînées sur les vitres. Elle n'avait rien expliqué à Gareth, mais elle savait que ces changements le surprenaient.

« Qu'est-ce qui se passe ? lui avait-il demandé deux jours plus tôt, quand elle s'était tournée vers lui un mercredi. Qu'est-ce qui t'arrive, Debbie ? »

Mais il avait eu l'air content, il avait été content. Elle rougit un peu en y repensant, mais elle ne pouvait s'en empêcher. Elle ne pouvait rien dire. C'était si difficile d'exprimer les choses; c'était bien mieux de laisser les cartes et les fleurs parler à votre place. Elle avait dépensé vingt-cinq livres pour une couronne aux funérailles de Caro, une couronne d'œillets roses et de chrysanthèmes blancs, et elle avait envoyé à la ferme une carte de condoléances qui disait : « À Robin, de la part de Gareth, Debbie et leur famille, qui pensent à vous en ces tristes moments. » Elle ne savait pas si Robin l'avait vue, mais, même dans le cas contraire, elle était certaine d'avoir fait de son mieux, d'avoir dit ce qu'elle avait à cœur de dire, avec la couronne et ces quelques lignes. La Land Rover de Robin reparut en haut du sentier et redescendit dans la cour. Il n'était parti que dix minutes. Pauvre Robin, songea Debbie, pauvre Robin. Gareth prétendait que Caro et lui ne partageaient plus la même chambre depuis des années.

Dans la cuisine de Tideswell, Velma avait laissé du velouté de champignons et deux friands à la saucisse dans un paquet de cellophane que, visiblement, quelque chose de lourd avait écrasé dans son cabas. Près du repas attendait le courrier du matin, qu'il avait ouvert en déchirant les enveloppes de son pouce, et que Velma avait empilé comme toujours par ordre de taille. Sur le dessus, la plus petite était justement celle qu'il ne voulait pas voir : l'annonce que le Service de contrôle des rivières enverrait le 17 au matin des inspecteurs pour tester l'eau en aval de sa propriété et vérifier les résultats de la dernière inspection surprise.

Robin posa la soupe sur la lettre et jeta aux ordures les friands à la saucisse. Puis il ouvrit le réfrigérateur, où il ne trouva rien d'inattendu. Il en referma la porte et s'approcha de la fenêtre pour regarder dans la cour en faisant tinter ses clés dans sa poche. Il était plus agité qu'affamé. Il avait été ainsi toute la semaine, nerveux, ne tenant pas en place. Depuis son étrange rencontre avec Joe au marché de Stretton, quelque chose l'inquiétait, le troublait, une petite chose qui n'avait rien à voir avec la peine, avec Caro. Il avait le sentiment qu'il y avait un problème dont Joe ne voulait pas lui parler, quelque chose de précis qu'il devrait savoir, qui le concernait, mais, comme il ne savait pas de quoi il s'agissait et qu'il ne pouvait rien tirer de Joe, cela tournait dans son esprit comme une mouche dans une bouteille. Il était sorti et revenu comme un yo-yo, allant au village, à Dean Place, sur les bords de la rivière.

« Tu essaies d'user tes pneus ? » avait demandé Harry.

C'était à peine une plaisanterie. Harry n'était pas vraiment d'humeur à plaisanter, cette semaine-là. Quelqu'un lui avait dit avoir vu au marché de Stetton Joe traîner près de l'enclos des bêtes d'embouche. Interrogé, Joe s'était mis dans une rage folle et avait rétorqué qu'il avait le droit d'aller où il voulait et de regarder ce qu'il voulait. Cela avait inquiété Harry — tant l'attitude de Joe que ce qu'il pouvait bien avoir en tête. Deux ans plus tôt, Dilys et Joe l'avaient persuadé qu'il suffisait de deux signatures sur trois pour les chèques du compte de Dean Place, puisque Joe se chargeait de presque tous les achats. Et si Joe projetait d'acheter du bétail ? Dieu seul savait ce qui pouvait bien lui traverser l'esprit en ce moment, et Dilys avait toujours été trop faible avec lui, jamais elle ne lui refuserait sa signature sur un chèque s'il la lui demandait. Cela rendait Harry nerveux. Et Robin aussi l'agaçait à passer en voiture comme un fou sans raison apparente.

Robin savait Harry inquiet. Lors de sa dernière visite à Dean Place, il avait tenté de dire quelque chose de réconfortant, que tout allait rentrer dans l'ordre, que Joe caressait juste quelques idées, comme tous les fermiers. Mais Harry s'était contenté de grogner tout en attaquant à la clé anglaise le semoir que Joe voulait remplacer depuis deux ans.

« Ça nous arrive à tous, avait dit Robin. On a tous envie de changement, de remuer un peu les choses. »

Sauf Harry, pensait maintenant Robin en regardant dans la cour le buisson de patiences qu'il oubliait toujours d'arroser. Harry avait travaillé de la même façon toute sa vie, et jamais il ne voudrait faire autrement. Il aimait que les choses restent pareilles, manœuvrables, familières. Qu'arriverait-il, se demandait Robin, s'il se passait quelque chose que Harry ne pourrait vraiment pas gérer, quelque chose qui, venu d'ailleurs, le toucherait vraiment, affecterait sa vie ? Continuerait-il imperturbablement, ignorant le problème autant qu'il le pourrait, comme une huître enveloppant un grain de sable de couches de nacre ? Ou bien, au contraire, s'effondrerait-il ?

Une voiture quitta la route et s'engagea dans le sentier menant à la maison. C'était un taxi ; Robin voyait sur le toit le dôme rouge portant le numéro de téléphone de la voiture. Qui pouvait bien venir ici en taxi, à l'heure du déjeuner ? Velma en prenait un, parfois, mais elle s'adressait au taxi local, une Vauxhall Astra orange avec une pancarte annonçant « Taxis de Dean Cross » contre la vitre arrière. Celui-là semblait être de Stretton. Il dépassa le portail de la cour et disparut derrière la haie de forsythias pour s'arrêter devant la façade de la maison.

Robin prit le long couloir carrelé qui menait à la partie victorienne de la maison et au hall. Il était plongé dans l'ombre, comme toujours, car seul l'éclairait le panneau en verre coloré de l'imposte de la porte principale, un vitrail de tulipes stylisées roses et rouges, aux feuilles vertes toutes raides. Robin alluma le lustre pour trouver la clé qu'il n'avait plus utilisée depuis le thé après les funérailles de Caro et qu'il conservait dans un tiroir de la commode de l'entrée avec les cartes périmées et les gants dépareillés. La lumière éclaira le résultat du travail que Velma exécutait dans l'ombre : les tourbillons inefficaces de la serpillière sur le sol, comme les gribouillages d'un bâton dans le sable.

Robin inséra la clé dans la serrure et la tourna. Il fallait un mouvement violent pour réussir à ouvrir la porte. Dehors, sur l'allée, Zoé s'éloignait pour gagner la cour et la porte de la cuisine, une mallette métallique à la main et un sac noir sur le dos.

« Hé ! appela Robin. Que fais-tu ici ?

— Désolée, dit-elle en posant la mallette qui contenait ses appareils photo. Je ne voulais pas vous faire ouvrir cette porte. Mais le taxi a refusé d'entrer dans la cour de peur de salir sa voiture. J'étais à Birmingham.

— Oui ?

— Et j'ai vu un car qui partait pour Stretton. Alors je me suis dit...

— Oui ?

— Eh bien, déclara Zoé sans le moindre doute sur l'accueil qui lui serait réservé, je me suis dit que j'allais venir vous voir. Et me voilà. »

7

« JE NE VEUX PAS me mêler de ce qui ne me regarde pas,
déclara Dilys, mais tu devrais emmener Joe en
vacances. À la pêche, pourquoi pas ? »

Elle était assise à la table de cuisine de Lyndsay, une tasse
de thé devant elle. Elle avait refusé une tranche du gâteau
à la banane que sa belle-fille avait préparé. Toute sa vie,
Dilys avait mangé une quantité normale d'excellente nourriture à l'ancienne sans même y penser, mais récemment,
elle avait remarqué que ses vêtements la serraient : lorsqu'elle se baissait pour ramasser quelque chose par terre
ou pour brancher l'aspirateur, ses poumons étaient comme
compressés de l'intérieur. Quel dommage ! Ce gâteau à la
banane avait l'air juste comme elle l'aimait, bien levé, les
raisins secs répartis harmonieusement dans la pâte.
Comme il se devait. D'ailleurs, c'était elle qui avait appris
à Lyndsay à le faire.

« Harry et moi sommes allés en Irlande une fois, pour
pêcher. Sur la côte ouest. C'était splendide. De nos jours,
je pense que vous pouvez y aller en avion depuis
Manchester.

— Il ne voudra pas.

— Et pourquoi pas ?

— Il ne veut pas entendre parler de vacances, vous le
savez bien.

— Absolument pas. »

Lyndsay termina de couper des languettes de gâteau
pour Hughie et de petits carrés pour Rose et les posa

devant chacun des enfants. Dilys avait appelé ce matin-là pour dire qu'elle allait à Stretton dans l'après-midi — est-ce que Lyndsay avait besoin de quelque chose? Non, avait répondu la jeune femme, qui connaissait la tendance de Dilys à acheter ce qu'elle pensait qu'il vous fallait plutôt que ce que vous lui aviez demandé. Alors, avait annoncé Dilys, elle viendrait voir les enfants au retour. Et Lyndsay, au lieu de passer la matinée à se renseigner sur un nouveau cours de coiffure, comme elle l'avait prévu, avait préparé un gâteau.

« Où est la banane? demanda Hughie en regardant sa part.

— Je l'ai écrasée et je l'ai fait cuire dans la pâte. »

Il repoussa son assiette.

« Je veux la *voir*.

— Allons, allons », gronda Dilys.

Hughie descendit de sa chaise et récupéra Phoque dans le panier à légumes. Il enfourna son pouce. Lyndsay retint sa respiration.

« Alors, demanda Dilys à Hughie en croisant calmement ses mains sur la table, es-tu un homme ou une souris? »

Hughie arrondit les yeux et sortit son pouce de sa bouche le temps de répondre :

« Une souris. »

Dilys regarda Lyndsay, qui regarda Rose : elle stockait du gâteau dans ses joues comme un hamster affamé.

« Je ne t'ai pas entendu demander l'autorisation de te lever de table », dit la grand-mère à son petit-fils.

Hughie glissa de côté jusqu'à ce qu'il se retrouve caché derrière la chaise de Lyndsay. Rose inspira profondément et souffla une masse détrempée de gâteau à la banane qui poursuivit sa trajectoire au-delà de la tablette de sa chaise haute et vint s'écraser sur la table près de la soucoupe de Dilys.

« Rose!

— C'est Joe! » s'écria Lyndsay d'une voix aussi désespérée qu'imprudente.

Dilys prit sa cuiller et entreprit de ramasser la bouchée de gâteau de Rose.

« Quoi, Joe ? s'offusqua-t-elle.

— Tout le monde est angoissé, vous ne le voyez pas ? On le ressent tous. Personne ne veut le dire, personne ne veut dire non plus ce qui ne va pas. Surtout pas lui. »

Dilys se leva, fit le tour de la table jusqu'à la chaise de Lyndsay et prit Hughie, qui suçait toujours son pouce et serrait Phoque contre lui. Pendant un moment, il resta suspendu entre ses mains comme une poupée de chiffon stupéfaite et pétrifiée, puis il se retrouva sur son siège, devant son assiette intacte, paralysé par la surprise et la peur.

« Il n'y a rien à dire, assura Dilys, parce qu'il n'y a pas de problème. Sauf qu'il travaille trop. Il travaille à toute heure et il faut en plus qu'il supporte son père. Harry n'a jamais pu penser en fonction de l'avenir. Et toi, tu es tendue. On s'en rend tous compte. Rien n'a été facile depuis que Caro nous a quittés, et tu t'es mise dans tous tes états. Tu as besoin de vacances. Vous avez tous deux besoin de vacances. Je m'occuperai des enfants. Mary peut m'aider à l'heure du coucher. »

Hughie leva Phoque devant son visage pour que ses larmes brûlantes d'inquiétude puissent s'écouler en silence dans la peluche.

« Ce n'est pas moi ! cria Lyndsay. Ça n'a rien à voir avec moi ! Si je suis tendue, c'est à cause de lui ! »

Elle se leva d'un bond et retira Rose de sa chaise haute. La petite fille, furieuse qu'on la prenne alors qu'elle ne l'avait pas exigé, se mit à hurler.

« Mais regarde-toi un peu ! protesta Dilys. Regarde-toi ! Et les enfants. Est-ce une façon d'élever des enfants ? »

Elle avait failli dire « les enfants de Joe » d'un ton dur, fier et possessif.

« Partez, s'il vous plaît ! hoqueta Lyndsay en frottant le visage de Rose avec une serviette, ce qui fit hurler le bébé plus fort encore. Je vous en prie, allez-vous-en. Je ne peux pas en supporter davantage. Je n'y arrive plus. Je ne peux pas continuer à vous voir tous faire comme si tout allait bien, je ne peux admettre cette conspiration, cette conspiration familiale...

— Tu n'as rien à eu à supporter, ma chère, déclara Dilys en se levant. Depuis ton arrivée dans cette famille, tu as eu tout ce qu'on peut souhaiter. Cette maison, de l'aide pour les bébés, aucune responsabilité dans la ferme...

— La ferme ! cria Lyndsay. Toujours la ferme !

— Ouh, gémit Hughie dans la fourrure de Phoque. Ouh, ouh.

— Rien ne sert de crier, déclara Dilys. Depuis quand crier a-t-il jamais arrangé quoi que ce soit ? Et à quoi bon tout mettre sur le compte de la ferme ? La ferme, *c'est* les Meredith. Où serions-nous sinon ? »

Elle gagna la porte, près de laquelle elle avait posé son sac à main et son panier.

« Écoute-moi, maintenant, dit-elle. Écoute un peu. Tu es une bonne fille, Lyndsay, mais tu te fais tout un cinéma. Et cela affecte Joe, comme cela affecte les enfants. Joe a besoin de vacances, et cela ne te ferait pas de mal non plus. Et un petit remontant, peut-être. Il est possible que tu souffres d'anémie, c'est très commun chez les jeunes mères. J'en parlerai à Joe... »

Elle glissa son sac à main dans le panier, près du paquet de levure, de la boîte de thé et des aiguilles à repriser. Puis elle se pencha et embrassa Hughie sur le sommet de la tête.

« Sois sage, maintenant. N'ennuie pas ta maman.

— Il ne m'ennuie pas, dit Lyndsay en cachant son visage contre Rose. Il est sage. C'est...

— Je t'appellerai. Prépare-toi un bon thé. Au revoir, Rosie ! Au revoir, chéri. »

Quand elle fut partie, Lyndsay posa Rose par terre.

« Nan ! beugla Rose.

— S'il te plaît... »

Rose réfléchit un instant puis se tortilla vigoureusement sur ses genoux et partit vers le panier de légumes. Dans deux minutes, le sol serait une mer agitée de carottes et d'oignons, comme toujours depuis que Lyndsay ne trouvait plus d'endroits hors de portée de Rose. Lyndsay retourna vers sa chaise et posa les coudes sur la table, le visage dans ses mains. Hughie la regardait par-dessus le corps humide et chaud de Phoque.

« Elle nous aime, murmura Lyndsay. Sincèrement. Elle veut nous aider. Mais elle ne sait pas comment. Personne ne le sait. »

Hughie posa Phoque près de son assiette et glissa de sa chaise pour venir s'appuyer contre Lyndsay. Elle retira un bras de la table et l'enlaça.

« Je t'aime », dit-elle.

Il attendit. Après une lutte intérieure féroce, il demanda, au moment où un oignon lui heurtait la cheville :

« Rose aussi ?

— Oui. Rose aussi. »

Hughie écarta du pied l'oignon brun pâle et satiné, hérissé d'horribles petites racines tordues à une extrémité ; il ne voulait pas qu'elles le touchent.

« Et papa aussi ?

— Oh, oui, soupira Lyndsay. J'aime papa très fort. Papa est tout pour moi. »

Mac, l'époux de Mary Corriedale, venait de terminer de tondre la pelouse dans le cimetière de Dean Cross, tâche qu'il accomplissait tous les quinze jours. Ce n'était que la deuxième tonte de l'année, et il l'avait exécutée comme toujours en grandes boucles larges, laissant les pierres tombales entourées d'un halo d'herbes longues. Plus tard, en mai, elles s'égayeraient de cerfeuil, puis de boutons d'or. Le pasteur aurait aimé une taille plus minutieuse dans le cimetière. Un air de jardin et non de champ à demi domestiqué. Il essayait de le dire chaque été aux réunions du conseil paroissial et on lui répondait que s'il trouvait quelqu'un d'autre que Mac Corriedale qui accepte de couper l'herbe tout l'été pour rien, on lui laissait les mains libres. Le pasteur, qui avait d'horribles difficultés à demander quoi que ce soit, surtout à Dieu, continuait donc de supporter les orties et les pousses de saule qu'oubliaient les méthodes de tonte de Mac.

Zoé trouva cela charmant. Elle aima l'aspect aléatoire de l'endroit, l'odeur fraîche de la terre et la façon dont les surfaces tondues étaient ponctuées de mottes indisciplinées. Les tombes les plus anciennes lui plurent tout spécialement, avec le lichen qui s'y était incrusté et les inscriptions usées au point d'en devenir presque illisibles, légères traces où l'on devinait des mots quand le soleil déclinait et éclairait la pierre sous le bon angle. Les tombes modernes, souvent de marbre noir poli ou de grès rose comme la chair des poissons, parfois en forme de livres ouverts, s'ornaient sur le devant de bacs à fleurs en ciment où des tiges de fer tenaient les fleurs droites. On n'y parlait plus de mort, on disait juste, en lettres d'or brillantes, « nous a quittés », « s'est endormi », quand on ne se contentait pas des dates, dont chacun pouvait tirer ses propres conclusions. Certaines tombes étaient marquées de croix, une était surmontée d'un ange à la tête cassée, ce qui lui donnait un aspect étrangement païen, pareil à la *Victoire de Samothrace*. Rien ne signalait la tombe de Caro, que Zoé était venue voir.

« On ne peut pas mettre de pierre avant six mois au moins, avait expliqué Robin.

— Pourquoi ?

— Parce que la terre se tasse.

— Oh !... Est-ce que je peux quand même aller sur sa tombe ?

— Bien sûr. »

C'était un petit monticule sur lequel même l'herbe n'avait pas eu le temps de pousser. La terre irrégulière était encombrée de touffes de végétaux déracinés. À une extrémité, un pot à confiture ne contenait plus que des jonquilles mortes couchées contre un vase en plastique blanc qui voulait imiter une urne grecque, planté de grandes pensées bleues.

Zoé se pencha pour toucher les pensées. Jamais Robin ne les aurait mises là, il ne connaissait rien aux fleurs, il ne les remarquait même pas. C'était peut-être sa mère, Dilys, ou sa jolie belle-soeur avec les petits gosses que Zoé avait vue traverser le village en voiture la veille, l'air hébété. Elle avait parlé de cette rencontre à Robin, qui s'était contenté de grogner. À ce moment-là, il lisait une lettre du Service de contrôle des rivières — elle voyait l'en-tête en transparence — et il l'avait à peine entendue. Elle n'avait pas répété. Deux nuits sous le même toit que Robin lui avaient déjà appris que c'était inutile.

Il n'avait pas fait d'histoires à propos de son séjour chez lui. Elle avait déposé son matériel et son sac à dos dans la pièce qu'elle avait occupée quand Judy l'avait emmenée à Tideswell, puis elle était sortie dans la cour à la recherche de Gareth. Il préparait derrière la grange un abri pour deux vaches sur le point de vêler, et elle avait pris une fourche pour l'aider. Son petit garçon, Eddie, était arrivé et il avait montré à Zoé ses soldats en plastique qu'on pouvait transformer en robots en tournant leur casque.

« Les touche pas, avait dit l'enfant. Tu regardes seulement. Je les ai vus à la télé. »

Zoé avait pris des photos de lui. Elle emportait partout son appareil, elle l'avait aussi emporté au cimetière, où elle avait pris quelques bons clichés des arcs-boutants de l'église, du porche et des tombes. Ce n'était pas une très belle église, mais elle était massive, ancienne, apparemment indestructible. En revanche, la tombe de Caro ne semblait pas du tout indestructible. Elle paraissait oubliée. On aurait dit, pensa Zoé, que les vivants avaient juste jeté au rebut la personne enterrée là, parce que c'était tout ce qu'ils pouvaient faire, hormis des choses futiles comme déposer des urnes grecques garnies de pensées bleues. Robin avait expliqué que son épouse était américaine, de Californie, et voilà qu'elle reposait là, dans un cimetière anglais, entre les vaches dans un champ d'un côté et la cour de l'école du village de l'autre, sous le ciel gris comme un couvercle dense et doux. C'était comme son père, né en Angleterre, enterré en Australie. Sauf qu'il n'avait pas été enterré. Il avait laissé des instructions pour que ses cendres soient dispersées dans les vastes étendues au nord de Sydney. C'était son amie qui s'en était chargée. Elle avait écrit à Zoé une longue, longue lettre, racontant qu'elle s'était rendue où ils avaient campé un jour, un endroit merveilleux. Ils avaient dormi à la belle étoile, et le père de Zoé voulait qu'on disperse ses cendres sous ces mêmes étoiles. La garce, avait pensé Zoé, elle en a, du culot. Et elle avait déchiré la lettre.

Elle s'approcha de la tombe, prit le pot de jonquilles sèches et poussa du pied le vase de pensées pour le mettre au centre. De jolies fleurs, les pensées. Elles avaient un visage, comme les tournesols. Elle voulait aller en Italie l'été précédent, ou en Espagne, pour photographier tous ces tournesols couvrant des champs entiers, tous tournés vers l'est à l'aube, tels des enfants sages écoutant leur maître. Mais elle ne l'avait pas fait, comme beaucoup d'autres choses. Elle baissa les yeux vers le triste pot à confiture. Elle devait absolument commencer à faire des choses avant de se retrouver coincée quelque part, comme c'était apparemment arrivé à Caro, ou à son père, qui avait travaillé comme mécanicien dans un garage de Sydney alors qu'il était ingénieur, et avait vécu avec une fille deux fois plus jeune que lui pour échapper à la solitude.

« Au revoir, dit Zoé à la tombe de Caro. Judy pense à vous et vous aime. »

Joe n'était pas encore rentré à neuf heures du soir. Lyndsay avait renoncé à l'attendre pour le dîner et avait emporté son bol de soupe — poireaux du jardin de Dilys et jambon — devant la télévision qu'elle avait allumée pour ne pas être seule, mais qu'elle ne regardait pas vraiment. Elle lisait un roman qui était arrivé sous enveloppe de plastique avec son magazine féminin, un joli livre à la couverture blanche, brillante, illustrée d'une aquarelle montrant une cuisine campagnarde idéale dont la porte s'ouvrait sur un jardin où l'on voyait des delphiniums et une ruche. Ce roman racontait l'histoire d'une citadine malheureuse qui s'installait à la campagne et y trouvait le bonheur. Et un amant. *Bien sûr*, un amant ! songea Lyndsay avec irritation. Le monde campagnard du livre ne ressemblait en rien à ce que Lyndsay avait découvert, ce n'était qu'un monde rêvé plein de chants d'oiseaux et de villageois caricaturaux, une idylle mielleuse. Ce n'était pas la campagne qu'elle connaissait. Rien à voir avec les hectares toujours exigeants de Dean Place, le temps qui n'était jamais bon, la solitude et les soucis de famille. Ce n'était pas non plus un monde où on ne pouvait rien dire. Dans le roman, les gens parlaient tout le temps, de leurs sentiments, de leurs frustrations, de leurs désirs, de leurs regrets, ils s'expliquaient les uns aux autres sans arrêt tout en buvant du vin blanc frais et du vrai café. Et qu'est-ce qu'ils reprochent au café instantané ? enragea Lyndsay en jetant le livre loin d'elle.

« Salut, lança Joe à la porte du salon.

— Où étais-tu ? demanda Lyndsay en se redressant.

— J'ai pulvérisé l'insecticide, je t'avais prévenue.

— Mais il est plus de neuf heures. Il fait nuit depuis deux heures déjà. J'ai dit à Hughie...

— Je suis allé voir maman. »

Lyndsay pivota lentement pour lui tourner le dos et alla éteindre la télévision.

« Oh. Tu veux dîner ?

— Non, merci, j'ai dîné chez maman. »

Lyndsay se retourna.

« Pourquoi n'as-tu pas appelé ?

— Maman a dit que tu savais qu'elle voulait me parler.

— Mais pas ce soir ! Pas sans me prévenir !

— Lyn...

— Je suis ta femme, pas un gosse que ta mère et toi pouvez manipuler à leur guise. Je suis la mère de tes enfants et je suis ta *femme*. C'est à moi que tu devrais parler. »

Joe s'avança dans la pièce. Il portait toujours sa combinaison de travail dont le devant ouvert montrait sa chemise à carreaux, ces chemises qu'elle continuait à repasser alors que ça ne rimait à rien étant donné l'état dans lequel il les mettait. Mais elle le faisait parce que c'étaient ses chemises et qu'elle était son épouse.

« Je n'avais pas l'intention de lui parler. Je voulais rentrer. Mais elle m'a coincé. J'étais encore en train de discuter avec mon père à propos des haies quand elle m'a entrepris. Sur les vacances. »

Lyndsay leva les mains jusqu'à ses peignes, qu'elle retira.

« Elle est venue pour le thé.

— Je pense qu'elle avait déjà ça en tête.

— Ça ne la regarde pas, dit Lyndsay en secouant la tête, de telle façon que ses cheveux mousseux lui cachèrent le visage.

— Elle propose de prendre les gosses.

— Je sais. Hughie s'est mis à pleurer.

— Elle essaie de nous aider. »

Lyndsay tira ses cheveux en arrière et y replanta ses peignes, d'un côté d'abord, puis de l'autre.

« Qu'est-ce qu'elle a dit ?

— Comment ça ?

— Est-ce qu'elle a dit que je me suis mise dans tous mes états et que tu devrais m'emmener en voyage ? Que je n'y arrive pas avec les enfants ? »

Il ne répondit pas.

« Je n'y arrive pas. Elle a raison sur ce point. Mais c'est avec *toi* que je n'y arrive pas. Je ne peux pas. Tu ne me le permets pas.

— Je suis d'accord pour des vacances.

— La pêche en Irlande ?

— Si tu veux.

— Je ne sais pas si je le veux. Je veux seulement que tu me parles. Si nous allons en Irlande, est-ce que tu me parleras ? »

Il la regarda. Son visage était lourd de fatigue, tiré vers le bas et soudain elle vit de quoi il aurait l'air quand il serait vieux, quand il aurait l'âge de Harry.

« J'essaierai. Mais je ne sais pas ce que tu veux. »

Il tendit les bras et l'attira contre lui, contre la chemise qu'elle lavait si souvent et qui maintenant, comme chaque soir, sentait la sueur, l'essence et tous les produits chimiques avec lesquels il travaillait sur cette terre haïe. Il la retint contre lui quelques minutes, la serrant fort, presque douloureusement, lui coinçant la tête sous son menton, qu'il tenait un peu levé, comme s'il regardait en l'air. Elle avait l'impression qu'il avait fermé les yeux.

« Joe... »

Il la lâcha aussi brusquement qu'il s'était approché d'elle.

« Va te coucher.

— Mais...

— Je ne veux pas rater les titres à la fin des nouvelles.

— Et la météo ?

— Oui, et la météo.

— Hughie m'a demandé aujourd'hui si je t'aimais, et je lui ai dit que oui.

— Merci », fit Joe en détournant les yeux.

Allongée près de Harry dans le lit où Robin et Joe étaient nés, Dilys ne dormait pas. C'était un lit à l'ancienne, avec chevet, pieds et côtés en bois. Seul était récent le matelas à ressorts posé sur le vieux sommier métallique qui couinait chaque fois qu'elle se retournait, comme s'il grinçait des dents. Sur les draps et les couvertures, Dilys avait posé un édredon qui avait appartenu à la mère de Harry et qu'elle avait recouvert d'un coton satiné à motif de roses, le même qui habillait les fenêtres et juponnait la coiffeuse. Dilys en avait acheté tout un rouleau quinze ans plus tôt, au marché de Stretton, où elle avait obtenu du vendeur de ne le payer que deux livres le mètre.

À cette époque, Joe n'était pas marié. Il ne connaissait pas encore Lyndsay et, pour être honnête, Dilys avait été heureuse quand il avait fini par la rencontrer. On ne pouvait pas dire que Joe faisait vraiment la cour à Caro, mais il était comme fasciné, presque envoûté par elle. Dilys avait pensé à l'époque que c'était le côté américain de Joe. Il n'avait pas oublié l'Amérique quand il était rentré, et à Tideswell il avait trouvé Caro, symbole de la liberté qu'il avait abandonnée là-bas.

Il avait un peu parlé de l'Amérique avec sa mère, à la table de la cuisine, pendant le café du milieu de la matinée — le « thé des hommes », comme on l'appelait toujours à la ferme du père de Dilys, entre les deux guerres —, il lui avait parlé de la taille du pays, des grands espaces dont beaucoup ne pouvaient être ni aménagés ni cultivés, des fleuves et des montagnes, des déserts qui faisaient comprendre aux hommes qu'ils n'étaient pas les maîtres de l'univers. Dilys n'aurait pas supporté ce genre de philosophie dans la bouche de Robin ou de Harry, mais elle avait écouté Joe. Il avait de l'ambition, une force qu'elle reconnaissait pour la posséder elle-même, la volonté que les choses soient aussi bonnes que possible — et puis meilleures encore. Et il y avait davantage chez Joe : quelque chose d'impatient, d'affamé, un sombre désir qui le rendait vulnérable. C'était cette vulnérabilité que craignait Dilys. Elle la sentait dans la façon dont il gérait la ferme comme une ennemie, et pas seulement pour relever un défi. Elle avait espéré — oh, combien ! — que le mariage et la paternité le calmeraient, l'aideraient à canaliser en partie sa dangereuse énergie émotionnelle, à l'abriter dans un endroit sûr, loin de l'orage.

Elle se retourna doucement pour que le sommier ne se plaigne pas trop bruyamment. Pourtant, elle ne risquait pas de réveiller Harry. Rien ne l'avait jamais réveillé. Depuis leur mariage, le comportement de son époux avait toujours été aussi régulier qu'un métronome.

« Aucune mauvaise surprise à attendre de lui, avait dit le père de Dilys quand ils avaient annoncé leurs fiançailles. Si c'est ce que tu veux. »

Elle le voulait. En ces temps sombres de dépression et d'incertitudes après la guerre, il lui avait semblé que Harry lui promettait une sécurité trop rare à l'époque, l'assurance qu'elle pourrait être ce que sa mère n'avait pu devenir : une bonne épouse de fermier, et puis la mère de fermiers. Elle avait accompli tout cela. Harry lui avait donné toutes les chances de le faire, et elle les avait saisies. Quand les garçons étaient petits, que le poulailler était plein, que la vache — une jersey — attendait un veau et que les fenêtres rutilantes de Dean Farm s'ouvraient sur les champs bien cultivés à l'aube du printemps, Dilys savait instinctivement qu'elle avait fait le bon choix.

Mais c'était plus dur maintenant. Harry avait vieilli et sa régularité s'était muée en habitudes figées et en obstination. Les garçons n'étaient plus des enfants compréhensibles et dociles, mais des hommes adultes à la vie compliquée et à la personnalité secrète. Même la ferme, cette terre dont la pérennité avait été une si grande source de satisfaction, même elle était différente, écrasée comme jamais sous une paperasserie impossible, avec ses lois et ses règlements, ses subventions et ses amendes. La terre lui semblait maintenant aussi vulnérable que Joe, elle n'était plus synonyme de sécurité et de vie, mais une chose capricieuse et sans défense gouvernée par des forces arbitraires et lointaines, et non plus par les hommes qui la travaillaient.

Dilys leva la tête et secoua son oreiller pour lui redonner du gonflant. Elle n'aurait pas dû critiquer Lyndsay l'après-midi, elle n'aurait pas dû lui dire que c'était elle qui donnait du souci à Joe. Plus tard, quand elle avait vu Joe crier contre Harry dans le hangar à engrais, elle avait compris qu'elle avait tort. Ce n'était pas la faute de Lyndsay. Et pourtant, ce n'était pas non plus celle de Joe. Ni celle de Harry. Ils tentaient juste de survivre, tous autant qu'ils étaient, de vivre leur vie avec les cartes qui leur avaient été distribuées. Tout comme elle. Et Robin. Ses yeux s'ouvrirent soudain. Robin ! Et cette fille ? Velma était passée juste avant le souper pour rapporter de Tideswell un plat à tarte et elle avait dit que l'amie de Judy était revenue, qu'elle était arrivée comme ça, et qu'elle était restée, tout simplement. Que faisait Robin avec cette fille dans la maison ?

De son lit, à Tideswell, Robin regardait la lune à travers la fenêtre dont il n'avait pas tiré les rideaux. Elle était à demi pleine, et les nuages passaient devant en lambeaux, emportés par un vent qui agitait le rosier grimpant contre la maison sous sa fenêtre, un rosier jaune que Caro avait planté parce qu'il s'appelait « Sirène » et qu'elle aimait tout ce qui lui rappelait la mer, maintenant qu'elle vivait au milieu des terres. Avec un peu de chance, le vent empêche-rait la pluie d'arriver ou la ferait passer très vite. Robin n'avait pas besoin de davantage de pluie. Pour le maïs four-rager comme pour l'herbe, il fallait maintenant de la chaleur, une bonne chaleur régulière. Mais seul le crachin avait été régulier, ce jour-là.

« Un temps de l'âge de pierre, avait dit Zoé au dîner.

— Quoi ?

— Est-ce que vous ne les imaginez pas, tous serrés les uns contre les autres dans des cavernes, par ce genre de temps ? Des orteils comme ceux des singes, les cheveux en broussaille, le regard perdu dans la boue. Ils attendent un mammouth. Combien de gens pouvaient se nourrir sur un mammouth ?

— Beaucoup.

— Une centaine ?

— Peut-être. »

Il avait pris une fourchetée des rognons préparés par Dilys. Zoé ne mangeait que les pommes de terre, lui semblait-il. Et le cresson.

« D'où vient ce cresson ? avait-il demandé.

— De la rivière.

— N'en mange pas.

— Pourquoi ?

— La douve. Il est porteur de la douve du foie. C'est un ver qui rend les moutons malades.

— Et les patates, je peux ?

— Oui, elles sont bonnes. C'est toi qui les as fait cuire ?

— Oui, je me suis souvenue de la dernière fois. »

Elle avait poussé les tiges de cresson dans le coin de son assiette.

« Tu as mis la table à l'envers. Il faut mettre les four-chettes à gauche.

— C'est grave ?

— Non, avait répondu Robin avec un sourire.

— Gareth dit que cette vache est stérile. Elle n'a pas été prise la fois précédente non plus.

— Je sais.

— Ça semble injuste, non ? Elle n'y peut rien. Ce n'est pas de sa faute. Est-ce que je pourrais venir au marché avec vous quand vous l'emmènerez ? »

Robin avait bu une longue gorgée d'eau.

« Est-ce que je peux savoir combien de temps tu prévois de rester ?

— Vous voulez que je parte ? Est-ce que je vous dérange ?

113

— Non. Mais on va jaser. Velma sait que tu es ici, et Gareth aussi.

— Vous voulez dire que votre mère désapprouvera ?

— Elle trouvera cela curieux. Je te connais à peine.

— Eh bien, avait déclaré Zoé d'un ton raisonnable, vous me connaissez mieux qu'avant-hier. Je suis juste une amie de Judy qui aime bien être ici. C'est plutôt intéressant. Je partirai dès que vous me le demanderez.

— Judy sait-elle que tu es ici ?

— Non. Elle me croit à Birmingham. Je vais l'appeler. Et j'irai voir votre mère. Il n'y a pas de mystère. Mettez-moi au travail, avait-elle ajouté en piquant une pomme de terre, si vous pensez que je dois gagner ma croûte.

— Je ne le pense pas.

— Alors ?

— Je me demande pourquoi tu es venue. »

Zoé l'avait regardée de ses grands yeux pénétrants mais si francs.

« Écoutez, c'est très simple. Je voulais vous revoir. Quand je suis venue avec Judy, j'ai bien aimé la ferme, et je vous ai bien aimé aussi. Alors, je suis revenue. Vous comprenez ? »

Très simple, avait-elle dit. J'ai bien aimé la ferme, et je vous ai bien aimé aussi. Alors, je suis revenue. Aussi simple que ça. C'était la vérité. Pendant un moment, devant la fenêtre, la lune resta suspendue, lumineuse dans un espace sans nuages, disque d'argent bien clair, poli et pur, à l'exception de son bord un peu flou. Robin sortit un bras de sous ses couvertures et se gratta la tête. À deux portes de là, dans le couloir, Zoé dormait, ses étranges cheveux rouges sur l'oreiller blanc, elle dormait parce que — comme elle était Zoé — la nuit était faite pour ça. On faisait ce qu'on devait faire et qu'importe qui vous voyait. Il n'y avait rien à cacher. La vie était faite pour être vécue, et il y avait de très nombreuses manières de la vivre. Zoé vivait la sienne à sa façon, et elle laissait les autres en faire autant. Très simple, vous comprenez ?

8

LES COLLÈGUES de bureau de Judy exprimèrent haut et fort leur soulagement quand elles surent qu'elle avait un petit ami. Il téléphonait une ou deux fois par jour, et quand c'était Bronwen ou Tessa qui répondait au téléphone de Judy parce qu'elle était partie se faire un café ou aux toilettes, elle s'écriait : « Oh, salut, Ollie ! Comment ça va ? » d'une voix enthousiaste. Elles laissaient pour Judy des messages sur des papillons autocollants jaunes ou roses : « Ollie a téléphoné ! Rappelle à 12 h 30 ! » avec des petits visages souriants dessinés en dessous, et parfois une série de X — autant de baisers. Elles épiloguaient sur les fleurs qu'il lui envoyait — toujours des freesias — et demandaient ce qu'elle allait porter pour leur prochaine sortie au cinéma, au bar, ou en week-end. Elles lui disaient qu'elle était plus mince. Bronwen lui avait donné l'adresse d'un excellent club d'aérobic et Tessa lui avait assuré que le noir lui allait très bien, vraiment. Ollie, qu'elles n'avaient jamais rencontré — il n'était qu'une voix un peu timide au téléphone —, avait dissipé le malaise dans lequel les avait plongées la mort de Caro.

Judy elle-même n'était pas sûre qu'Oliver soit vraiment son petit ami. Elle l'aimait bien — on ne pouvait pas ne pas l'aimer, à son avis, à moins d'être tout à fait perverse — et elle aimait ses attentions, mais parfois elle s'écartait de lui. Cela faisait trop peu de temps qu'il avait été l'ami de Zoé, et encore moins que Zoé s'était débarrassée de lui. Il avait tenté de lui expliquer la fascination que Zoé avait exercée sur lui, elle si différente, mais qu'il n'était pas certain de l'avoir aimée. Après, il s'était arrêté pour regarder Judy afin qu'elle comprenne que ce n'était pas pareil avec elle, comme il se sentait à l'aise en sa compagnie, comme ils étaient bien ensemble. Elle l'avait regardé aussi un moment, et elle s'était dit que, malgré sa gentillesse et sa franchise, elle ne pouvait pas encore lui faire confiance. Si seulement Caro avait été là pour le jauger, comme un cheval au manège, pour convaincre Judy qu'elle ne dépendait pas seulement de sa mère, que quelqu'un d'autre pouvait l'apprécier, la complimenter et même l'aimer!

Oliver l'encourageait à parler de Caro. Après être allé voir un film ou devant un tableau dans un musée, il demandait :

« Est-ce que ta mère l'aurait aimé? Est-ce qu'elle avait des goûts modernes? Pas la mienne; elle est restée coincée en 1965. C'est plutôt touchant. »

Judy aimait ce petit jeu. C'était mieux et plus facile pour elle de penser à Caro avec ce soupçon d'objectivité qu'Oliver apportait à ses souvenirs. Caro devenait ainsi une personne, moins une mère, en quelque sorte, et c'était un soulagement.

« Est-ce facile, de faire plaisir à ta mère? demanda-t-elle un jour à Oliver. D'être à la hauteur de son attente?

— Oh, oui, très facile. Elle nous trouve merveilleux, ma sœur et moi. Elle n'arrive toujours pas à croire qu'on sache parler et marcher tout seuls. On la stupéfie.

— Peut-être n'a-t-elle jamais été déçue, alors.

— Non... en effet.

— C'est rare.

— Très.

— Alors, tu ne peux pas vraiment la décevoir si tu échoues.

— Je crois, dit Oliver en lui prenant la main, que tu devrais vraiment arrêter de penser à l'échec.

— Comme Zoé.

— Zoé ne pense ni au succès ni à l'échec. Zoé se contente de vivre. »

Zoé était partie pour Birmingham depuis plus d'une semaine. Le cours qu'elle était allée suivre — la perspective en photo, avait-elle dit — devait durer deux jours, mais cela en faisait dix qu'elle avait quitté l'appartement, dont neuf avaient été occupés par Oliver, en ce qui concernait Judy. Zoé lui avait envoyé une carte postale en noir et blanc montrant une rangée de pylônes à travers des marais désolés, sur laquelle elle avait écrit : « Je disparais un moment. Je t'appellerai. Le cours était sinistre, mais j'ai rencontré des gens bien. » Suivaient une rangée de baisers en X et un grand Z. Judy en avait conclu qu'elle était partie pour quelques jours avec des gens du cours. Elle avait posé la carte sur le manteau de la cheminée du salon, au-dessus d'un des hérons en bois, celui qu'Oliver avait coiffé d'une casquette de base-ball.

Oliver avait proposé de redécorer le salon.

« Ça me ferait vraiment plaisir, je t'assure. Je suis nul pour le papier peint — la colle insiste toujours pour se répandre sur les deux faces — mais je deviens magicien dès que je tiens un pinceau. Tu verras.

— Est-ce que je ne devrais pas attendre le retour de Zoé ?

— Non, pourquoi ?

— Elle vit ici.

— Pas comme toi. Tu ne sais même pas où elle est, si ?

— Non, avait répondu Judy en regardant les hérons. Mais ce n'est pas utile, ça ne me regarde pas. De toute façon, je pense qu'elle va appeler. »

Zoé appela onze jours après son départ, au bureau. Judy travaillait sur un groupement d'artisans, une liste de doreurs, d'ébénistes et de polisseurs français dont on allait parler dans le numéro de juillet du magazine sous le titre « Solutions cinq étoiles ». Quand le téléphone avait sonné sur son bureau, Judy s'attendait que ce soient ces deux femmes qui restauraient des tableaux, elles l'avaient déjà appelée parce qu'elles doutaient de pouvoir accepter davantage de travail pour l'instant. Mais c'était Zoé.

« Salut ! s'exclama Judy dans la confusion de la surprise et du souvenir qu'Oliver était maintenant avec elle. Où es-tu ?

117

— À Tideswell.

— Quoi ?

— À Tideswell. Je suis arrivée vendredi.

— Et que fais-tu à Tideswell ?

— J'y séjourne.

— Mais tu n'as jamais dit... tu ne m'as pas...

— C'était inutile. Tu vis à l'appartement. Je te dirai quand je rentre à Londres.

— Écoute, insista Judy d'un ton à la fois incrédule et irrité, à quoi joues-tu ? Tu ne peux pas rester chez mon *père*...

— Ça ne l'ennuie pas. Je le vois à peine, de toute façon.

— Pourquoi es-tu allée là-bas ?

— J'en ai eu envie. Je t'ai bien dit que l'endroit m'a plu, alors quand j'ai vu un bus en partance pour Stretton, je suis montée dedans.

— Zoé...

— Quoi ?

— Tu ne peux pas faire ça. Tu ne peux pas aller comme ça chez moi...

— Je suis allée voir ta grand-mère. Elle va bien. Elle m'a juste recommandé de ne pas gêner Robin, et je ne le gêne pas. Même si je le voulais, je n'y arriverais pas. Il ne me laisserait pas faire. Je t'appelais juste pour te dire que je reviendrai probablement après le week-end.

— Tu me dois des semaines de loyer, annonça Judy, comme une revanche.

— D'accord.

— Papa est là ?

— Non. Il est sorti dès six heures. Tu veux qu'il te rappelle ?

— Non ! *Non*. C'est mon père et je lui téléphonerai quand je voudrai.

— Judy, calme toi. Calme-toi, tu veux bien ? Je ne prends rien de ce qui t'appartient. Je suis juste là, c'est tout.

— Mais ce n'est pas normal...

— Mais si ! C'est ton attitude qui est bizarre. On se voit lundi. Ou mardi, peut-être. »

Judy entendit qu'on raccrochait là-bas le téléphone de Tideswell, dans la cuisine de Tideswell, sous l'affiche du

Golden Gate que Judy avait offerte à Caro sept ans plus tôt, quand elle n'avait que seize ans. Caro l'avait fait encadrer de bois vert foncé, et maintenant Zoé était près de cette affiche, elle la regardait, elle touchait le téléphone, elle touchait la table et les chaises, les cuillers en bois, les tasses et les assiettes, elle se comportait familièrement avec tout ce que contenait cette cuisine que Judy avait connue toute sa vie. Elle sortit un feutre noir de la chope sur son bureau et dessina une forme grotesque sur le premier bout de papier qui lui tomba sous la main. Puis elle donna des yeux à la forme, et d'énormes oreilles, et de grandes dents pointues et une barbe de plusieurs jours, comme celle d'un prisonnier de cinéma. Ensuite, elle jeta le stylo et décrocha le téléphone pour essayer de joindre Oliver à son travail, dans la galerie d'un de ses amis spécialisé dans les lithographies et les gravures modernes, où elle ne l'avait encore jamais appelé.

« Oliver ?

— Oliver Mason ? demanda une voix laconique à l'autre bout du fil. Désolé. Il est parti déjeuner. »

« Je ne sais pas ce que vous êtes venue faire ici, lança Velma en rinçant des chiffons.

— Tout le monde me dit la même chose. Tout le monde m'interroge », répondit Zoé.

Velma sortit du bac une masse dégoulinante qu'elle tordit en une sorte de corde pour en exprimer l'eau.

« Ce n'est pas comme si vous serviez à quelque chose...

— Non, mais je ne gêne personne. Et je suis de bonne compagnie.

— Il n'a jamais aimé la compagnie. Il a toujours été solitaire, toute sa vie.

— Je le sens bien, approuva Zoé sans tenir compte du ton de Velma. À la façon dont il parle. Comme si on était des chiens. Gentil, mais distant.

— Eh bien, tâchez de garder vos distances, justement. Il va rentrer déjeuner dans dix minutes, ajouta-t-elle en regardant l'horloge.

— Je retourne à Londres dans quelques jours.

— Je mets un pâté dans le cellier. Pas besoin d'en acheter deux avec vous qui avez ces drôles d'idées sur la viande, grogna Velma.

— Je ne mange que du paon. Et du cygne. Des trucs comme ça. Ça vous plairait que je vous prenne en photo ? »

Velma la regarda, stupéfaite, et tira sur son pull en acrylique jaune, comme pour se protéger de l'œil indiscret de l'appareil.

« Pas question ! Et pourquoi vous voudriez prendre ma photo ? »

Quand elle fut partie, Zoé ouvrit le grand réfrigérateur et en sortit un sac en papier contenant des tomates, ainsi que l'énorme cube jaune de fromage qui semblait indispensable à Robin. Elle avait acheté le tout à l'épicerie du village, sous la houlette de Debbie, qui l'avait trouvée là-bas, perdue devant les cageots de carottes et de choux.

« Il a dit des tomates, avait déclaré Zoé, mais je ne sais pas combien. Deux ? Vingt ? Quand je veux une tomate, j'en achète une et je la mange. »

L'idée d'acheter des tomates pour Robin avait plongé aussi Debbie dans la perplexité. Comme la présence de cette curieuse fille aux oreilles et aux doigts chargés d'anneaux d'argent... et aux cheveux rouges, pas roux comme la nature l'aurait voulu, mais rouges comme de la betterave. Gareth avait dit qu'il ne se passait rien de particulier entre Robin et elle, mais le fait qu'elle soit venue et qu'il ne l'ait pas envoyée au diable semblait suffisamment bizarre à Debbie sans qu'on en rajoute. Et elle n'était même pas sexy, cette fille ! Debbie l'avait bien regardée. Elle était maigre et plate, comme un garçon ; il n'y avait rien de joli en elle, rien de féminin.

« J'en prendrais six, avait décidé Debbie en regardant les tomates. Et une livre de fromage. Gareth dit qu'il ne mange pratiquement rien d'autre que du fromage. »

Zoé posa donc le fromage sur la table dans le papier huilé dont l'épicier l'avait emballé, et les tomates dans leur sac en papier brun. Elle s'arrêta et regarda l'effet produit. Puis elle vida les tomates dans l'évier pour les asperger d'eau — elles et ses vêtements — avant de les disposer en pile sur la table, comme un cairn miniature. Cela lui sembla joli, avec les gouttes d'eau qui s'arrondissaient sur la peau lisse et luisante. Deux des tomates avaient gardé leur petite queue verte. Zoé se dit qu'elle pourrait prendre une photo.

La porte s'ouvrit et Robin entra, en combinaison de travail et chaussettes. Il tenait un journal, une petite bouteille bleue en plastique de liquide antiparasite et un pistolet doseur. Il posa le tout sur la table près du fromage et des tomates.

« Il m'en restait onze à faire, dit Robin, et je n'ai plus d'aiguilles.

— À quoi ça sert ? demanda Zoé en montrant le pistolet doseur.

— Contre les vers, les poux, tous les parasites. On doit les empêcher de proliférer. J'aurais dû le faire avant l'hiver, mais... »

Il s'interrompit, curieux de voir si Zoé allait dire : « Caro était trop malade », mais elle n'en fit rien.

« Velma vous a laissé un pâté », dit-elle.

Robin ouvrit sa combinaison et entreprit de s'en extirper.

« Merci. Je prendrai seulement du pain et du fromage.

— J'ai appelé Judy. »

Il grogna.

« Et j'ai emprunté la bicyclette de Gareth pour aller à Dean Place. Votre mère m'a donné un petit pain tout chaud. »

Robin la regarda. Il jeta sa combinaison dans un coin, et le chat, qui avait entendu le mot « pâté », s'installa dessus pour attendre.

Zoé déposa un pain tranché sur la table, bien droit dans son sac en plastique, ainsi qu'une assiette et un couteau pour Robin. Il alla se laver les mains dans l'évier, puis éclaboussa son visage et ses cheveux. Si Dilys avait donné un petit pain à Zoé, cela voulait dire qu'elle l'avait fait entrer, qu'elle ne l'avait pas laissée sur le perron comme cela lui arrivait à présent avec les indésirables et les pauvres gamins qui vendaient de mauvais balais et de vilains cintres. Jadis, Dilys avait ses vagabonds préférés qui venaient chaque année, comme cette famille de tsiganes, et elle gardait de vieux vêtements et des chaussures pour eux. Elle leur offrait même un repas chaud dans la remise. Mais plus maintenant. « Ils sont devenus méchants, disait-elle. Je ne prends pas le risque de les laisser franchir le seuil. »

Robin vint s'asseoir à la table.

« Tu as vu mon père ?

— Oui. Il a appris que vous avez deux vaches prêtes à mettre bas, et il a dit que c'était bien tard, que vous auriez dû prévoir ça pour janvier.

— Mon père aime critiquer. Tout a pris du retard, cette année.

— À cause de Caro, lança Zoé en lui tendant un morceau de fromage sur son couteau.

— Je pensais que tu allais dire ça il y a cinq minutes.

— J'y ai pensé. Êtes-vous allé sur sa tombe ?

— Non.

— Pourquoi pas ? Pourquoi ne venez-vous pas avec moi ? »

Il lui jeta un coup d'œil. Elle n'avait pas l'air de vouloir le forcer. Elle paraissait plutôt neutre.

« Vous les hommes ! s'exclama-t-elle sans rancœur. Tant que tout semble marcher, vous ne vous inquiétez jamais de savoir si c'est vraiment le cas. Est-ce que vous avez jamais tenté d'imaginer ce que ressentait Caro, ce que c'était qu'être à sa place ? »

Il reposa dans son assiette le pain et le fromage qu'il portait à sa bouche.

« Je n'ai pas pu. J'ai essayé, mais je n'y suis pas arrivé. Si ça te regarde.

— Je ne peux pas m'empêcher de penser à elle, continua Zoé, sans s'offenser le moins du monde. J'imagine sans cesse sa vie ici, à quoi elle ressemblait.

— Personne ne le savait », dit Robin sans le vouloir.

Robin retourna à l'évier prendre deux verres sur la paillasse et les emplit d'eau. Il en posa un devant Zoé.

122

« Il vous reste à lui dire au revoir, reprit-elle. Quand on perd quelque choses, c'est ce qu'il faut faire. Sinon, on ne peut pas continuer à vivre. C'est comme toutes ces tombes, au cimetière, qui racontent que les gens dorment. Eh bien, ils ne dorment pas. Ils sont morts et ils ne se réveilleront jamais.

— Parfois, dit Robin, qui ne s'était toujours pas assis, feindre de croire que ce n'est pas définitif est la seule façon de supporter d'avoir été abandonné.

— C'est ce que vous ressentez?

— Je n'en sais rien.

— Si. Vous le savez. Même si vous êtes bouleversé, vous savez que vous êtes bouleversé. Pourquoi ne voulez-vous pas en parler?

— Je ne l'ai jamais fait, dit-il presque timidement. Ce n'est pas dans mes habitudes.

— Mais est-ce qu'il n'y a pas des choses que vous aime-riez lui demander? »

Il avala son eau en deux gorgées et reposa le verre.

« Peut-être.

— Moi, j'ai tout le temps envie de poser des questions à mon père. Je voudrais lui demander pourquoi il nous a quittées, pourquoi il est parti en Australie, pourquoi il y est resté, s'il ne l'a jamais regretté. Je suis parfois tellement en colère qu'il soit mort avant que j'aie pu lui demander tout ça! Il est parti avec, vous comprenez...

— Peut-être qu'il n'en a pas eu l'occasion, dit lentement Robin.

— On peut créer des occasions, non? demanda Zoé en se levant. Si on le veut vraiment. Vous savez quoi?

— Non.

— Ça m'ennuie vraiment de vouloir lui demander ça, mais j'y peux rien. Je voulais lui demander s'il m'aimait. Est-ce que vous voulez le demander à Caro? »

Robin alla reprendre la bouteille en plastique et le pistolet doseur là où il les avait laissés et récupéra son bleu de travail sous le chat. Les mots « J'ai toujours eu envie qu'elle me le demande » lui vinrent à l'esprit mais restèrent dans l'ombre de son crâne comme une rangée de lumières, luisants, urgents, mais non dits.

« On se revoit plus tard, lança-t-il. Vers les sept heures, peut-être. Je dois aller à Stretton chercher d'autres aiguilles.

— Salut.

— Salut », répondit-il sans la regarder.

Sur un des murs du salon de Judy, Oliver avait peint un grand carré gris pâle. En face, au-dessus de la cheminée et des hérons, il avait fait la même chose en bleu nuit. « Regarde-les bien, Judy, et choisis celui que tu préfères. Si tu n'aimes ni l'un ni l'autre, dis-le. »

Il l'avait retrouvée après son travail, il était rentré à la maison avec elle, il avait bu trois boîtes de Coca Light en peignant les carrés, puis il était parti dîner avec son père.

« Je ne peux pas y échapper. Il ne vient presque jamais à Londres. »

Quand il fut parti, Judy se fit griller du pain et s'assit devant le carré bleu au mur. C'était un beau bleu, le bleu d'un ciel de nuit d'été. Jamais elle n'avait vécu dans une pièce bleue. Il n'y avait pas de bleu à Tideswell, sauf le bleu clair de la laiterie, censé éloigner les mouches. Caro avait tout peint en jaune, vert, rouge, pêche, des couleurs de fruits et de légumes murs, des couleurs de soleil. À son avis, le bleu n'était pas une couleur du soleil, même si la mer et le ciel étaient bleus. Elle disait souvent que le bleu ne servait qu'au contraste — ainsi le bleu horrible des piscines, artificiel et dur, comme pour souligner que l'eau qu'elles contiennent n'est pas naturelle, qu'elle s'est fait piéger par des gens dans des rectangles et des carrés, pour qu'ils y jouent, pas pour quelque chose d'utile. C'était comme tant d'autres choses dans le magazine de Judy, des pages entières d'objets, de tissus et de meubles amassés pour des raisons souvent bizarres — mais sans liens avec les meilleures et les plus fondamentales qu'on puisse imaginer : l'utilité ou la beauté. Pourtant, des murs bleu nuit n'étaient pas vraiment utiles non plus. En regardant les carrés hardis et irréguliers d'Oliver, Judy se demanda si elle les trouvait beaux.

« Et si c'était une erreur ? avait-elle dit.

— Alors, je peindrais d'une autre couleur. Mais ce ne sera pas une erreur. Arrête de penser en termes d'erreur. Ce n'est qu'une expérience. Presque toute la vie est constituée d'expériences, sinon, tu ne saurais jamais si quelque chose va marcher ou non. »

Judy se leva et rapporta son assiette dans la cuisine. Pendant un moment, elle avait pensé qu'Oliver allait lui demander s'il pouvait lui présenter son père. Mais il ne l'avait pas fait. Elle ne savait pas si elle en était heureuse ou vexée, si elle se serait sentie piégée s'il le lui avait proposé, alors qu'injustement elle était un tout petit peu déçue qu'il se soit abstenu. Elle gagna la fenêtre et regarda la petite cour sombre où vivaient trois poubelles et un vieil évier contenant un seau en plastique cassé et une fougère d'un vert vif qui prospérait dans l'humidité et l'obscurité du lieu. Oliver est si gentil avec moi, se dit Judy. Si *gentil*. Pourquoi est-il si gentil ?

Derrière elle, au bout du petit couloir dans lequel donnait le salon, une clé tourna dans la serrure.

« Salut ! cria Zoé avant de claquer la porte.

— Salut », dit Judy en s'encadrant dans l'embrasure de la porte de la cuisine.

Zoé était exactement comme lors de son départ, en bottes et blouson de cuir noir sur un T-shirt noir et un jean troué découvrant ses genoux. Elle laissa tomber son sac à dos et posa sa mallette de matériel photographique.

« Ça a pris tout la journée. Toute une foutue journée. Il y avait des travaux tout le long de la route. J'ai pris le car à Stretton. Gareth m'y a conduite.

— Oh. »

Zoé regarda la pièce et montra le carré bleu sur le mur au-dessus de la cheminée.

« C'est joli.

— C'est Oliver qui l'a fait.

— Ollie ?

— Oui.

— Bien, dit Zoé en plongeant la main dans une poche de son blouson pour en ressortir une poignée de billets qu'elle tendit à Judy. Cent quarante-six livres. Ce que je te dois.

125

« — Ça n'a pas d'importance...

— Judy, c'est ma part de loyer. Prends, et...

— Et quoi?

— J'ai dit *bien*, à propos d'Ollie. Et j'étais sincère. *Bien*. »

Judy prit mollement l'argent, sans le regarder, et le glissa dans sa poche.

« Il est venu t'apporter des fleurs. Le lendemain de ton départ. Et puis — enfin, c'est arrivé comme ça.

— Je sais. C'est ainsi que les choses se passent. J'en suis ravie. Il aime prendre soin des gens.

— Tu penses que j'ai besoin qu'on prenne soin de moi? »

Zoé se pencha et desserra les cordons de son sac à dos.

« Oui, je le crois. De même que toute ta famille. Vous avez tous besoin qu'on prenne soin de vous.

— Dans ma famille, on est des durs à cuire », déclara Judy d'un ton sans réplique.

Zoé trouva un sac en plastique blanc contenant quelque chose de léger et de volumineux. Elle le tendit à Judy.

« Puisque tu le dis. C'est pour toi. De la part de ta grand-mère.

— Qu'est-ce que c'est?

— Des petits pains.

— Tu veux dire que grand-mère t'a donné des petits pains pour moi?

— Je le lui ai proposé. »

Judy prit le sac et le jeta sur le fauteuil le plus proche.

« Ça m'ennuie vraiment que tu sois allée à Tideswell. »

Zoé, toujours accroupie près de son sac à dos, leva les yeux vers elle.

« Tu ne veux pas y aller.

— Je pourrais...

— Ne fais pas l'enfant. Ils sont gentils, ne le vois-tu pas? Ils sont gentils, et ils essaient de continuer à vivre. Ce n'est pas de leur faute, s'ils ne comprenaient pas ta mère. Et elle leur manque. Ils ont essayé d'en faire une des leurs et ils ont échoué, mais elle leur manque.

— D'où tiens-tu tout ça?

— J'y ai réfléchi. Je l'ai remarqué. Peut-être que je vois mieux les choses, étant à l'extérieur. »

Judy s'assit sur le bras du fauteuil où elle avait jeté le sac de petits pains de Dilys. « Extérieur. » Caro avait souvent utilisé ce mot. Elle l'avait rendu mystérieux et attirant, comme les mots « étranger » ou « nomade », qu'elle affectionnait aussi. Elle avait fait sentir à Judy que ne pas appartenir à une tribu, ne pas être attaché à une orthodoxie donnée en héritage, était un état désirable. « Les poètes sont des étrangers, disait Caro. Forcément. » Elle avait laissé entendre qu'être adoptée, c'était faire partie de la catégorie insaisissable, enviable, toujours en mouvement, de ceux qui parcourent la vie les yeux pleins de visions. Mais Zoé s'était située à l'extérieur, elle aussi. Pour l'instant, Judy n'avait pas envie de l'admettre dans la catégorie où se situait Caro, où Caro, avec son charme particulier et insondable, avait inclus Judy.

Incapable de chasser toute amertume de sa voix, elle demanda :

« Pourquoi est-ce que cela t'est égal, pour Oliver ?

— Et pourquoi est-ce que ça devrait m'embêter ? Je ne suis pas amoureuse de lui. Je l'aime bien, il est gentil. Je t'aime bien aussi. Pourquoi est-ce que ça devrait m'embêter que vous soyez ensemble ?

— Qu'est-ce que tu voulais faire à Tideswell ? Qu'est-ce que tu as fait ?

— Rien, dit Zoé en posant sur Judy un regard droit et simple. J'ai mangé, j'ai dormi, j'ai pris des photos, j'ai un peu aidé Gareth et j'ai parlé à des gens.

— Et mon père ?

— Tu as mauvais esprit », répondit Zoé. Elle se leva et hissa son sac sur une épaule. « Ta mère a laissé ton père en très mauvais état, comme toi. Il est seulement plus secret à ce sujet.

— Il ne l'aimait pas ! Il ne l'a jamais aimée ! Il n'a jamais su qui elle était ! »

Zoé fit un pas de côté pour prendre sa mallette.

« Oh si, il le savait. Et il l'aimait. Vous avez ça en commun.

127

— On n'a rien en commun !

— Son problème, continua Zoé, comme si elle n'avait pas entendu le cri de Judy, sa souffrance vient du fait qu'*elle* ne l'aimait pas.

— Elle ne pouvait pas ! Comment aurait-elle pu ? »

Zoé resta un moment immobile, les yeux fixés sur ses bottes posées sur le tapis jaune d'or élimé qu'avait abandonné le locataire précédent. Puis, sans un mot de plus, elle gagna sa chambre et referma la porte derrière elle, laissant Judy très seule.

Au matin, Robin décida qu'il allait sortir les vaches. Le temps s'annonçait clément et l'herbe, bien qu'un peu maigre, avait mieux poussé qu'il ne l'avait espéré ces deux dernières semaines. Cela lui donnerait aussi une chance, les vaches étant dehors, de travailler avec Gareth aux stalles de l'étable, d'en élargir certaines, de réparer les mangeoires et les séparations que les vaches avaient endommagées — en prenant son élan pour se lever, une holstein de 600 kilos peut, en quelques secondes, faire bien des dégâts.

Gareth déclara que cinq vaches souffraient de fourbure. Robin se souvint d'un général à la retraite de la vieille école qui avait essayé de diriger le village de Dean Cross comme une troupe en campagne, mais il avait rencontré des résistances à chaque pas. « L'armée, avait-il dit à l'enfant qu'était encore Robin, ce serait une merveilleuse carrière s'il n'y avait pas les soldats et leurs problèmes de pied ! » On aurait pu dire la même chose de l'élevage. Les vaches avaient toujours des problèmes avec leurs sabots qui coûtaient chaque année plus de trente millions de livres aux éleveurs à cause des régimes trop ou pas assez riches, de la station debout dans le fumier, des coups que les bêtes s'infligeaient à elles-mêmes ou les unes aux autres, des écarts malencontreux en terrain inégal, des accidents. Rien que ce dernier mois, Robin avait dû verser près de six cents livres au vétérinaire, et presque tout pour les sabots — ulcérations, inflammations ou dermatites digitales, ces croûtes épaisses à l'arrière du sabot qui font si mal aux vaches. Et maintenant, c'était la fourbure.

« On n'aurait pas dû leur donner cet orge », dit Gareth.

Robin se pencha vers le sabot d'une vache, qui respira lourdement au-dessus de lui. Il ne répondit rien. Le silence se prolongea dix minutes, puis il demanda simplement à Gareth de remplir le pédiluve à la sortie de la laiterie ; il y ferait passer les vaches plus tard.

La cuisine lui sembla curieusement silencieuse sans Zoé ; même si elle ne faisait guère de bruit, elle était causante. Le matin, elle avait laissé sur la table un mot le remerciant de l'avoir accueillie, de l'avoir « laissé rester ». Cela ne l'avait pas ennuyé, qu'elle reste. Il avait même plutôt apprécié sa présence, pour autant qu'il fût capable d'apprécier quoi que ce soit, parce qu'elle n'avait rien exigé de lui et que pourtant, parfois, elle avait vu des choses sans qu'il ait à les expliquer. C'était comme si elle respectait non pas Robin Meredith le fermier, mais juste l'homme, l'être humain avec son droit à la douleur, à la joie et à l'intimité. Il lui vint à l'idée — et il en fut surpris — que Caro l'aurait bien aimée. Parce qu'elle n'était pas indiscrète et, qu'elle ne donnait pas l'impression d'avoir besoin de vous. Si seulement il avait pu être comme elle, si seulement il n'avait pas eu besoin...

Il se leva de table et repoussa son assiette à moitié pleine — une potée à la saucisse de Dilys — sur le tas de papiers et de brochures qui encombraient le plateau. Il allait retourner à l'étable, décida-t-il, et examiner les vaches, les bien portantes et les malades, attentif à elles, qui étaient si réconfortantes pour lui. La chatte, assise sur la pile de journaux, le regarda poliment remettre ses bottes et sa veste, attendant qu'il parte, sans manifestation discourtoise d'impatience. Robin se pencha pour lui gratter la tête et lui montra la table.

« Tu ne vas pas aimer l'oignon », dit-il.

L'étable était comme il la préférait, plongée dans la pénombre et silencieuse à l'exception du doux ruminement des vaches qui ne s'étaient pas encore couchées. Il en caressa une ou deux et inspecta les sabots arrière qu'il avait soignés dans l'après-midi, curant le dessous de la corne pour éviter les pressions.

« Gentille, dit-il. Ça va, ma fille ? Bonne petite. »

Les vaches bougèrent, grognèrent, se heurtèrent aux cloisons de leurs stalles. Mais aucune ne lui décocha de coup de pied. Cela faisait des années qu'il n'en avait pas reçu, plus depuis les premiers temps, quand il ne savait pas encore ce qu'était une vache, ce qu'elle pouvait admettre et ce qu'elle ne supportait pas. Il se souvint que ses découvertes à leur sujet l'avaient stupéfié : leur brutalité les unes envers les autres, leur façon de s'en prendre aux malades et aux faibles, de les renverser. Mais il les aimait. Il avait appris à les aimer. La génétique appliquée à l'élevage ne s'était pas encore intéressée à elles comme aux cochons et aux poulets, dont les éleveurs n'étaient plus guère que des techniciens, et elles avaient conservé un caractère attachant, encore naturel, qui pouvait attendrir les hommes.

Il passa lentement dans la travée entre les stalles. Les vaches, aussi habituées à lui qu'elles l'étaient les unes aux autres, ne lui prêtèrent presque pas attention. À une extrémité, une vieille favorite rousse et blanche, qui mettait bas ses veaux aussi facilement qu'une poule pond un œuf, le regarda un moment, comme s'il constituait un élément neutre et familier de son univers. Puis elle se détourna et l'oublia.

Dehors, dans la cour, Gareth, qui pensait avoir remporté une petite victoire en condamnant l'orge dans l'alimentation, avait fait le ménage avec une célérité particulière. Le sol maçonné était impeccable, comme les mangeoires et la travée entre la laiterie et le pédiluve que Robin et lui avaient creusé et bétonné ensemble trois ans plus tôt. Un petit vent faisait claquer et tinter portes, tuyaux, barrières, feuilles de zinc et de plastique, résultat d'années de réparations et de rafistolages. Mais c'était une belle nuit et le vent allait écarter toutes les averses. Robin s'approcha de l'extrémité de la cour, posa les mains sur le muret et regarda dehors. En dessous de lui, les champs, denses dans l'obscurité, apparemment libres de toute haie, de toute clôture, descendaient jusqu'à la rivière. Seule la ligne de l'eau luisait au pied des champs, et au-delà la terre recommençait, épaisse et noire jusqu'à l'horizon. Robin serra le mur contre ses paumes et regarda l'air mouvant et sombre.

Ce n'est qu'en traversant la cour une dizaine de minutes plus tard qu'il se rendit compte que le téléphone sonnait dans la maison. Pour une raison inconnue, il eut soudain le sentiment qu'il sonnait depuis longtemps, avec insistance ; il se mit à courir et ouvrit d'un geste brusque la porte de la cuisine, qu'il traversa à pas lourds sans retirer ses bottes. Le chat, assis sur la table près de l'assiette presque vide de Robin, interrompit sa minutieuse toilette pour le regarder.

Il décrocha.

« Allô ? allô ? Ferme de Tideswell.

— Robin ?

— Oui, Lyndsay, oui...

— Il faut que tu viennes. J'ai besoin de toi. *Tout de suite*, dit-elle presque dans un cri. Viens tout de suite, Robin, viens vite. Joe a fait une chose terrible ! »

9

C'EST LE VIEUX CHIEN de Harry qui avait trouvé Joe. Comme d'ordinaire, vers neuf heures et demie du soir, Harry était sorti, sa torche électrique à la main, faire le tour de la cour et des bâtiments, accompagné par le vieil épagneul, très lent maintenant. Il avait été un chien actif, peut-être le meilleur chien de chasse que Harry ait jamais eu, mais l'arthrite avait envahi ses pattes arrière et cela le ralentissait, sans parler de la cataracte qui formait une taie laiteuse sur ses deux yeux. Mais son flair était resté aussi bon. À petits pas raides, il suivait péniblement Harry dans ces rondes nocturnes, la truffe au sol, sans jamais rater un détail.

Il s'était arrêté près de la remise où on entreposait les engrais. C'était un vaste hangar ouvert au toit de tôle ondulé où les gros sacs de 50 kilos en plastique blanc tissé étaient empilés en doubles colonnes un peu plus hautes qu'un homme, laissant d'étroits passages pour y accéder. Le chien s'était arrêté à l'entrée d'un des passages, la tête baissée, attentif.

« Allez, viens, mon vieux », dit Harry à dix mètres de lui.

Le chien ne bougea pas. En dépit de son âge et de sa décrépitude, une sorte d'urgence semblait soudain s'être saisie de lui et il se mit à renifler avec la concentration qui l'avait rendu jadis si utile dans les champs. Puis il lança un curieux petit gémissement, d'excitation et de détresse à la fois, et se jeta avec force et détermination entre les sacs blancs vers le fond de la remise. Harry revint sur ses pas.

« Allons, mon vieux, sors de là. Qu'est-ce que tu as trouvé ? »

Le chien grattait frénétiquement dans l'obscurité. Harry leva sa torche et en dirigea le rayon vers le couloir blanc entre les sacs d'engrais. Au fond, affalé de côté dans l'étroit espace, il y avait quelque chose de gros et d'horrible. Harry fit un pas hésitant en avant et se força à éclairer droit devant lui. La lumière tomba sur Joe, toujours vêtu de son bleu de travail, effondré sous un vieux fusil posé en travers de son épaule, le calibre douze avec lequel il s'était tiré une balle dans la bouche.

« Le docteur Nichols est ici, déclara Dilys, et la police arrive. »

Elle était assise à sa table de cuisine, très droite sous la lumière dure du plafonnier. En face d'elle, Harry, sur son siège habituel, gardait les yeux clos. Entre eux, Lyndsay était prostrée, la tête sur ses bras repliés, ses cheveux défaits dissimulant son visage.

Robin se pencha vers sa mère et lui entoura les épaules de son bras. Elle accepta son geste, mais ne se détendit pas.

« Un coup, a dit le docteur Nichols. Un seul. Il a pris le fusil de papa.

— Je ne l'avais pas mis sous clé, murmura Harry sans ouvrir les yeux. Je ne l'avais pas enfermé parce que je voulais tirer les corbeaux demain matin. »

Robin fit le tour de la table et posa la main sur celles de son père. Harry la prit.

« Je ne l'avais pas mis sous clé...

— Ce n'est pas de ta faute, dit Robin d'une voix qui sembla dure et forte. Il aurait trouvé une arme de toute façon, s'il en voulait vraiment une. La tienne s'est juste présentée à lui. »

Les larmes inondaient les joues de Harry. Il regarda intensément Robin, puis il ouvrit la bouche et y inséra deux doigts tandis que ses yeux s'agrandissaient d'horreur et de rage.

« Papa, reprit Robin, ce n'est pas de ta faute. Ce n'est la faute de personne. Pas même celle de Joe.

— C'est de la mienne, fit Lyndsay d'une voix lointaine, comme si son nuage de cheveux lui emplissait la bouche.

— Non », dit Robin.

Elle se redressa un peu, le regard fixé sur la table.

« Je n'ai pas compris, poursuivit-elle, je n'ai pas compris à quel point il allait mal. Je savais juste ce que ça me faisait à moi. »

Robin quitta son père et s'accroupit près de la chaise de Lyndsay.

« C'était terrible pour toi, dit-il. C'était terrible pour nous tous, mais surtout pour toi. »

Elle se tourna vers lui, lui mit les bras autour du cou et tomba contre lui, lourde et désespérée. Il se redressa avec difficulté, sans la lâcher, sentant son désespoir dans le poids de son corps.

« Je l'aimais, dit Lyndsay. Je l'aimais plus que tout au monde. »

Un petit son sortit de la gorge de Dilys, mais elle ne bougea pas.

« Je le sais. Il le savait aussi.

— Non, non. Je n'arrivais pas à l'atteindre. Il ne pouvait pas m'entendre. Et je n'ai pas insisté, je n'ai pas continué à l'aider. Il était devenu si solitaire, si seul, qu'il ne pouvait plus supporter sa douleur, et il savait que je ne pouvais pas l'aider. Je n'étais pas assez forte. Il a compris qu'il avait choisi quelqu'un qui ne lui apportait rien, quelqu'un qui le laissait tomber, l'abandonnant à sa solitude... Oh, Seigneur, sanglota Lyndsay en s'effondrant contre Robin. Oh, Seigneur, Seigneur, qu'ai-je donc fait ? »

Robin regarda sa mère. Dilys hocha la tête et se leva.

« Du brandy. Et je mets de l'eau à chauffer.

— C'est le vieux Kep qui l'a trouvé », dit Harry. Il avait refermé les yeux et sa tête roulait contre le dossier de sa chaise. « Le vieux Kep. J'ai cru qu'il en avait après des rats, juste des rats...

— Je n'ai pas réfléchi, pleurait Lyndsay. Je n'y ai pas pensé ! Il n'est pas rentré dîner, mais ça arrivait souvent. J'ai allumé la télévision. Je regardais la télévision quand Dilys a appelé. Oh, je me déteste, je me déteste, je... »

Dilys posa une demi-bouteille de brandy sur la table et plusieurs petits verres bordés de doré et ornés de canards cols-verts.

« Le thé arrive. »

Robin soutint Lyndsay et la fit doucement se rasseoir sur sa chaise, puis passa le bras devant elle pour verser du brandy dans deux verres. Il en poussa un vers son père.

« Bois ça. »

Les mains de Lyndsay tremblaient aussi violemment que si elles avaient une existence propre ; elle ne les contrôlait plus. Robin lui entoura les épaules d'un bras et leva le verre jusqu'à sa bouche.

« Prends une gorgée. Le choc de l'alcool te calmera les nerfs. »

Lyndsay avala une gorgée et toussa.

« Je ne veux plus vivre... sans lui. Je ne peux pas. Je ne peux pas... »

Robin lui présenta le verre encore une fois.

« Bois. »

Elle obéit, puis le repoussa et leva les mains devant son visage, qu'elle couvrit presque.

Harry se pencha en avant et dit à Robin d'un ton pressant :

« J'aurais dû mettre ce fusil sous clé, mon gars. J'aurais dû. J'aurais dû.

— On n'a jamais mis les armes sous clé, papa. Tu le sais. On devrait le faire, mais on ne le fait jamais. Je ne pense pas que celui de Joe soit sous clé non plus. »

De l'autre côté de la table, tout en versant l'eau bouillante dans la théière, Dilys dit d'une voix moins douce :

« Tu as tort. Tout à fait tort. Joe faisait les choses dans les règles. Il faisait toujours tout dans les règles. »

Robin étendit les mains pour toucher en même temps les épaules de Lyndsay et de Harry, puis il traversa la pièce et, s'approcha de sa mère, qu'il enlaça de nouveau. Il l'attira vers lui.

« Je sais », dit-il.

Elle lui jeta un rapide regard noir.

« Non, aucun de vous ne savait, répliqua-t-elle en couvrant la théière. Vous n'avez jamais compris. »

Robin attendit, son bras entourant toujours les épaules nouées. Il regarda derrière lui et vit que Harry avait pris le poignet de Lyndsay, bien qu'elle ne le regardât pas, bien que, derrière ses mains, elle ne pût rien voir d'autre que le noir.

Ils entendirent des voitures approcher et deux paires de phares balayèrent la cour devant la fenêtre de la cuisine. Dilys se dégagea des bras de Robin.

« Voilà la police », dit-elle.

Après l'appel de son père, Judy n'arriva pas à s'endormir. Elle n'osait même pas fermer les yeux, terrifiée par les images qui s'étaient immédiatement imprimées, horribles, à l'intérieur de ses paupières.

« Comment..., avait-elle demandé à Robin, paralysée par le choc. Comment a-t-il...

— Il a mis le canon du fusil de grand-père dans sa bouche. La balle a fait éclater l'arrière de son crâne et s'est enfoncée dans le sac derrière lui, le sac d'engrais contre lequel il était adossé. La police... la police a dit que le plomb n'était pas allé loin parce que... parce qu'il avait un crâne très épais. »

Robin avait proposé de venir à Londres.

« Je vais aller te chercher. Tu ne dois pas rester seule.

— Je ne suis pas seule. Il y a Zoé.

— Bien.

— Papa...

— Oui ?

— Pourquoi ? gémit Judy d'une voix trop aiguë qui se transforma en cri. Pourquoi ? Pourquoi ?

— Je n'en sais rien. On ne peut qu'essayer de deviner.

— Et Lyndsay ? Et les gosses ?

— C'est pas brillant. Elle est sous calmants. Mary Corriedale s'occupe des enfants.

— Qu'est-ce qui se passe ? cria Judy. Qu'est-ce qui se passe ? D'abord maman, et maintenant Joe ?

— C'est... c'est seulement comme ça, répondit-il d'une voix affaiblie par la fatigue. Parfois. C'est seulement le hasard. Et les gens. Les gens sont différents. Certains d'entre nous peuvent supporter la vie, d'autres pas... »

Sa voix se brisa.

« Tu es sûre que tu ne veux pas que je vienne te chercher?

— Oui.

— Je te rappellerai demain.

— D'accord.

— Judy...

— Oui...

— Judy, je suis désolé que ce soit toujours moi qui t'annonce... C'est toujours moi... »

Oliver avait proposé de rester. Il lui avait préparé du thé et avait essayé de lui faire manger quelque chose. Il voulait dormir là, juste pour la réconforter. Mais elle sentait qu'elle ne pourrait supporter personne, pas même Oliver, qu'elle ne pourrait supporter aucune gentillesse, aucune douceur, aucune sympathie. Ces réconforts appartenaient à un univers différent et temporairement incompatible avec celui dans lequel Joe avait fait ce qu'il avait fait, à lui-même, à eux tous. C'était au-delà de l'horreur, au-delà de l'inacceptable, parce que cela révélait une douleur que Judy ne pouvait même pas imaginer, un désespoir absolu. Malgré tout son malheur, malgré son état misérable d'insécurité et de mépris de soi, Judy savait qu'elle n'avait jamais vu en face le genre de désespoir que Joe avait connu. Elle avait plongé dans le brouillard gris de la déception, de l'angoisse, du doute; mais lui avait perdu tout espoir dans le présent et dans le sombre avenir qu'il entrevoyait, le cœur, l'esprit et l'âme brisés.

Alors, il avait préféré en finir. Pour un fermier, songea Judy, c'était si facile d'agir, une fois la décision prise que continuer à vivre était hors de question. Ces heures de solitude, ces longues heures seul dans les champs et, dans le cas de Joe, sans un être vivant, sans vaches ni moutons ni cochons avec leurs besoins immédiats, leurs bruits, leur dépendance. Et puis ces réserves de médicaments et de poisons, ces bouteilles, ces sacs, ces fioles, ces sachets

137

destinés aux parasites et aux maladies, tout un arsenal de destruction liquide ou en poudre. Et les armes. Dans l'enfance de Judy, le fusil de Harry était posé sur deux crochets vissés dans le mur près de la porte de la cuisine et disposés de façon qu'il s'y insère brisé. Des armes contre les indésirables — rats, corbeaux et autres lapins —, des armes pour tirer les pigeons, les faisans, des armes pour le vieil instinct d'autodéfense, de protection de la terre, de la famille, de tout ce qui les faisait vivre ; des armes pour le geste final d'indépendance orgueilleuse, contre toutes les lois admises du comportement humain, des armes qu'on retournait contre soi.

La poignée de la porte tourna lentement et le battant s'entrouvrit.

« Tu es réveillée ? murmura Zoé.

— Bien sûr. »

Zoé se glissa dans la chambre de Judy, vêtue de son grand T-shirt gris, pieds nus.

« C'est moche, dit Zoé en s'asseyant au pied du lit. C'est tellement moche.

— Je n'arrive pas à ne pas y penser, à me représenter...

— Moi non plus.

— C'est tellement violent...

— La mort est violente. Il doit y avoir un instant de la mort où c'est violent pour tout le monde, même pour ceux qui meurent dans leur sommeil. Mais ça, c'est le pire.

— Je n'arrive pas à imaginer ce qu'il a ressenti... »

Zoé remonta ses pieds sur le lit et tira son T-shirt sur ses genoux pliés, si bien que Judy ne vit plus d'elle qu'une ombre presque cubique se détachant sur les rideaux qu'éclairait faiblement le réverbère, dehors.

« J'espère que tu ne le pourras jamais, dit Zoé. Est-ce... est-ce que tu crois en Dieu ?

— Non.

— Moi non plus.

— Mon père non plus. Il pense que s'il y a quelqu'un là-haut, il est à coup sûr contre lui et non pour lui. Quand il doit aller à l'église, on sent qu'il n'attend que le moment d'en ressortir.

« — Est-ce que Joe sera enterré religieusement ? demanda Zoé en posant la tête sur ses genoux.

— Je n'en sais rien. Je crois. Grand-mère et grand-père le souhaiteront.

— Les pauvres...

— Grand-mère pensait que le soleil se levait et se couchait avec Joe. On le comprenait rien qu'à sa façon de le regarder.

— Je ne viendrai pas à l'enterrement. Je ne connaissais pas Joe. J'aurais l'air de ces gens qui viennent regarder un accident.

— Je ne veux pas y aller seule...

— Emmène Oliver.

— Il ne connaît personne...

— Il te connaît, toi.

— J'ai mal, Zoé, dit Judy en se redressant sur ses bras. J'ai mal partout. »

Zoé la regarda et, malgré la pénombre, Judy vit ses yeux briller.

« C'est à nouveau le chagrin, Judy. J'y pensais justement en essayant de ne pas imaginer Joe. Je me suis dit que le chagrin amène le changement. La peine change ta vie et les gens dans ta vie, elle te pousse à bouger alors que tu ne le voulais pas. Et ça fait mal. Ce sont les changements dont on ne veut pas qui font mal. »

Hughie était assis dans son fauteuil sac derrière la porte fermée de sa chambre, allongé contre Phoque, les yeux mi-clos et le pouce dans la bouche. Il était toujours en pyjama sous son anorak avec la casquette de base-ball rouge et noir que Lyndsay avait obtenue à la station-service de Dean Cross en échange de ses coupons d'essence. En fait, elle voulait deux tasses, qu'elle prévoyait de donner à Joe pour ses journées à l'extérieur parce que cela n'aurait pas d'importance s'il les cassait, mais il n'y en avait plus, alors elle avait pris la casquette à la place. De toute façon, Hughie avait fait un tel scandale, suppliant et geignant comme un bébé, certain que Lyndsay voudrait couper court à cette scène en public, qu'il avait gagné la partie à la station-service.

Le matin, il avait refusé que Mary Corriedale l'habille, tout comme il avait refusé de s'habiller tout seul. Elle avait disposé sur une chaise son jean, sa chemise écossaise, un sweat-shirt vert, des chaussettes et ses nouvelles chaussures de sport à fermeture Velcro, mais, dès qu'elle avait eu le dos tourné, il avait coincé ses vêtements derrière le radiateur. Il en voyait des morceaux qui dépassaient — le haut du jean, une manche verte du sweat-shirt, la tache sombre d'une socquette. Ses chaussures toutes neuves, il les avait laissées par terre, mais il les avait recouvertes de sa robe de chambre pour ne pas les voir.

De l'autre côté du couloir, maman était au lit. On avait tiré ses rideaux. Elle passait beaucoup de temps au lit, depuis que papa n'était plus là, et, quand elle se levait, elle s'asseyait en chemise de nuit à la table de la cuisine pour pleurer ou rester là le regard vide. Si Hughie réclamait un câlin, elle pleurait. S'il se contentait de l'observer, elle gardait les yeux dans le vide, sans le voir, sans rien voir, ni le mur, ni la bouteille de lait. Elle avait dit à Hughie que papa était mort et qu'il ne reviendrait pas.

« C'est quoi, mort ?

— Il ne vit plus. Il ne respire plus, il ne marche plus. C'est comme un sommeil dont on ne se réveille pas.

— Il a été tué ? avait demandé Hughie, qui pensait, affolé, à tout ce qu'il avait écrasé en marchant dans le jardin — scarabées, chenilles, coccinelles, fourmis.

— Oui. »

Hughie s'était souvenu d'une scène à la télévision, un jour où Lyndsay ne l'avait pas éteinte à temps.

« Avec une machette ?

— Non... Un accident.

— C'est quoi, un accident ?

— Quelque chose qui ne devrait pas arriver. Une erreur. Une erreur qui fait du mal, comme tomber d'une fenêtre, ou un accident de voiture. »

Hughie avait posé Phoque sur sa tête.

« Je peux le voir ?

— Non, mon chéri, c'est impossible, avait-elle dit d'une voix qui avait semblé très bizarre au petit garçon.

— Pourquoi pas ?

— Parce qu'il est parti. Quand on meurt, on part, le corps n'est plus là.

— Où il est, alors ?

— Aux cieux », avait répondu Lyndsay après une seconde d'hésitation.

Hughie avait renoncé à en savoir plus. À la garderie, où il allait trois matinées par semaine, on avait parlé des cieux, à Noël, quand ils avaient fabriqué des anges pour leurs mères avec des ailes en napperons de papier. Les anges vivaient aux cieux, et les cieux, c'était quelque part dans le ciel. Ils vivaient avec les avions, s'était dit Hughie. Et maintenant avec papa, d'après maman. Elle n'avait pas su mieux expliquer que ça, ni comment il tenait en l'air, ni pourquoi il ne redescendait pas.

Le fait qu'il ne reviendrait pas était la seule chose que Hughie commençât à comprendre. Mais il ne voulait pas le savoir. Il avait dans l'idée que, s'il restait quelque part sans bouger, avec Phoque dans ses bras, en suçant son pouce, il découvrirait, quand il se remettrait à bouger, que le monde était redevenu normal. Et papa serait là. Il enfonça bien la casquette jusqu'à ce que Phoque et lui, serrés l'un contre l'autre, soient tous deux protégés par la visière. Il ne savait pas combien de temps il devrait demeurer ainsi, mais ça lui était égal. Ça prendrait le temps qu'il faudrait.

Lyndsay avait pris Rose dans son lit pendant que Mary Corriedale nettoyait la cuisine et préparait à manger. Lyndsay ne voulait pas qu'on lui prépare quoi que ce soit parce qu'elle n'avait pas faim, mais Mary avait expliqué que le docteur Nichols avait ordonné qu'elle mange un peu de soupe et aussi un morceau de poisson, si elle le pouvait. Elle ne le pouvait pas. Elle ne pouvait rien avaler hormis les pilules qu'il lui avait données et qui l'avaient plongée dans le sommeil, comme si elle avait été attirée dans un grand entonnoir de velours noir.

Elle avait aussi du mal à supporter Rose, un bébé de nature active qui semblait sans cœur quand elle rampait et sautait sur le lit de Lyndsay en hurlant dans les oreillers. Lyndsay ne pouvait l'envoyer chercher Hughie parce qu'elle se lancerait immédiatement dans quelque action sauvage et destructrice, et il était impossible d'attirer Hughie dans le lit parce que, pour le moment encore plus que d'ordinaire, Rose lui était insupportable. Lyndsay savait presque tout, Hughie savait peu de choses et craignait les autres, mais Rose ne savait rien, ce qui la rendait impossible.

Lyndsay devinait que Hughie était enfermé dans sa chambre en train de mettre en œuvre un remède magique, et son cœur saignait pour lui. Son cœur ne cessait de saigner, elle le sentait, elle sentait le liquide sombre et chaud sourdre de son cœur, qu'il laissait tout fripé en elle, comme un noyau sec, poussiéreux et mort.

« Le deuil est un voyage », avait dit gravement le docteur Nichols, son jeune visage étroit tourné vers elle. Quand vous en serez venue à bout — ce qui arrivera un jour, je vous le promets —, vous ne serez plus où vous êtes en ce moment. »

Lyndsay l'avait regardé. Elle n'était nulle part, c'était un des éléments de sa douleur, elle était suspendue quelque part dans le néant, et maintenant que Joe était mort, elle y resterait. Le docteur Nichols était gentil, et il ne vous parlait pas comme à un arriéré mental, mais, malgré toute sa gentillesse et tout son respect, Lyndsay ne pouvait lui dire que Joe était tout pour elle, que même si elle ne pouvait plus lui parler, elle ne cesserait jamais de l'adorer, d'avoir besoin de lui. Elle ne pouvait révéler au docteur Nichols ce soupçon qui la hantait désormais, un hideux soupçon qu'elle n'arrivait pas à s'arracher de la tête, où il s'accrochait comme quelque champignon répugnant : s'il avait vécu, Joe et son défaitisme auraient fini par blesser les enfants, et elle, Lyndsay, aurait dû choisir entre eux.

Harry se trouvait à l'endroit où Joe était mort. La police avait emporté le sac d'engrais contre lequel sa tête avait reposé et Harry avait nettoyé le reste lui-même. Il y tenait.

Il n'y avait pas grand-chose à faire, juste quelques traînées de sang sur d'autres sacs et quelques gouttes dans la poussière, par terre, et même s'il pleurait en silence, il voulait être là où Joe avait vécu ses derniers instants.

« Désolé, mon gars, répétait-il sans cesse en nettoyant. Désolé, mon gars, désolé. »

La police avait aussi emporté son fusil. Il espérait qu'on ne le lui rapporterait jamais. Il en avait un autre qui suffirait bien pour les rats et les lapins, le vieux fusil avec lequel il avait appris aux garçons à tirer. Ils comprenaient vite, tous les deux. Si Harry avait dû, la main sur le cœur, choisir le meilleur des deux, il aurait dit Robin, parce qu'il était plus calme et plus précis. Mais il n'avait jamais eu autant de style que son frère. C'était un plaisir pour Harry de regarder Joe épauler un fusil. Il le faisait avec un tel naturel que l'arme avait l'air innocente, presque gracieuse.

Harry posa les mains sur les sacs contre lesquels Joe s'était appuyé, puis il y pressa le front. Il ne voulait pas être ailleurs, il ne pouvait penser qu'à cet endroit où Joe était venu.

« Ne t'en fais pas, papa, lui avait dit Robin. N'essaie pas de travailler pour l'instant. Je me charge des tâches les plus urgentes. »

Robin était en ce moment sur le tracteur, à s'occuper du champ de six hectares que Joe avait semé de haricots. Il en avait fait beaucoup, cette année, presque vingt-cinq hectares, et plus d'orge que d'habitude, et du lin, dont Lyndsay avait toujours aimé les fleurs bleues. Harry n'avait vu sa belle-fille que deux fois depuis la mort de Joe ; il s'était présenté chez elle, mu par quelque instinct qu'il ne pouvait définir, et, une fois arrivé, il était resté bouche cousue, même avec les enfants. Lyndsay avait l'air d'un fantôme, comme si elle n'appartenait plus à ce monde et n'en voulait plus. Pauvre fille, se disait Harry. Pauvre fille. Veuve à moins de trente ans. Elle avait toujours eu l'air d'une enfant près de Joe, tellement plus menue et plus jeune, tellement dépendante. Joe n'aurait pas dû, avait pensé Harry en regardant Lyndsay préparer pour Rose un sandwich avec une lenteur infinie, il n'aurait pas dû les laisser seuls ainsi, trois petits bouchons jetés dans l'océan. Mais enfin, lui-même n'aurait pas dû non plus laisser son fusil à portée de main.

Il avait l'impression que cette pensée ne quittait jamais Dilys. Depuis l'accident, comme elle disait, il avait le sentiment qu'elle l'en blâmait. Leur vie à tous deux avait continué presque comme d'ordinaire, sauf que ni l'un ni l'autre n'avait d'appétit, mais Harry sentait que d'une certaine façon Dilys l'avait effacé de sa vie, qu'il n'était plus ni son mari ni le père de ses enfants. Joe avait toujours été ce qui les rassemblait. Depuis plus de quarante ans, les sujets de réjouissance et d'anxiété concernant Joe leur avaient servi de lien, ils pouvaient toujours parler de lui à l'unisson. Mais maintenant, il semblait que Dilys ne voulait pas que Harry s'approche de sa douleur ni des souvenirs de Joe. Il le sentait surtout la nuit, alors qu'il était allongé à ses côtés, aussi éveillé qu'elle, et préoccupé par la même chose — mais quand il s'adressait à elle, elle se contentait de dire : « Dors, Harry. Il sera six heures avant que tu le saches. »

Et elle le laissait là, dans sa douleur et sa solitude, en se refermant sur les siennes. Harry n'avait jamais ressenti de grande douleur auparavant. Une ou deux fois, ces derniers jours, il s'était demandé, sans s'en alarmer, si cela ne risquait pas de le tuer, et il s'était dit en même temps qu'il serait content si cela arrivait vite.

Il leva la tête et regarda le toit de la remise. Joe avait remplacé quelques plaques de tôle ondulée à l'automne, mais il aurait encore fallu en changer d'autres. À certains endroits, la tôle était percée d'autant de trous qu'une feuille de chou attaquée par la piéride et la pluie était entrée, formant des taches orange sur les sacs d'engrais. Il faudrait qu'il demande à Robin de s'en occuper, ainsi que des fossés de drainage que Joe n'avait jamais curés. « Je vais le faire, je vais le faire ! » répétait Joe chaque semaine, quand Harry le lui rappelait, et puis il oubliait, parce que quelque chose d'autre se passait — par exemple, il fallait préparer l'étable pour ces bœufs sur lesquels il avait soudain jeté son dévolu. Combien de jours avait-il perdu avec ça ? Quatre cents livres par tête pour des poids moyens, peut-être plus. Et il en voulait vingt. Des here-fords ou des limousines. Harry s'était opposé à ce projet, il avait dit que jamais il n'avait eu de bétail et qu'il n'allait sûrement pas commencer. Il n'avait pas crié, mais il était resté sur ses positions, aussi têtu qu'un vieux roc, qu'une vieille souche. Cela le rendait malade de se souvenir de cette obstination, de son irritation aussi, qui n'avait rien arrangé. Et tout ça pour vingt têtes de bétail ! C'était pour-tant bien peu de chose, si cela avait pu lui faire plaisir. Surtout qu'il était prêt à faire tout le travail tout seul, il n'aurait rien demandé à son père, à part l'investissement initial. Harry s'appuya aux sacs et ferma les yeux. Il ne pouvait pas supporter la façon dont il s'était conduit avec son fils à propos de ce bétail. D'autant que maintenant, avec ce que Joe avait fait, il ne pouvait plus rien arranger.

Dilys posa le thé et le gâteau aux cerises devant le pasteur. C'était sa troisième visite depuis l'accident, et elle se faisait la réflexion qu'il n'avait toujours pas la moindre idée de ce qu'il pourrait raconter. Il s'était dit que Dilys, peut-être, s'inquiétait du fait que le suicide était un péché. Elle n'avait même pas compris de quoi il parlait.

« Qu'est-ce que c'est que cette histoire de péché ? demanda-t-elle. Qu'est-ce que le péché a à voir avec ça ? Joe a eu cet accident parce qu'il y a été poussé. Quand on est poussé à faire quelque chose, on est une victime. Les victimes sont innocentes. »

Le pasteur se demanda s'il devait préciser la différence entre innocence et impuissance, mais y renonça. Il mangea plutôt une tranche de gâteau aux cerises dont il compli-menta Dilys. Elle était merveilleuse, tout le monde le disait, continuant à vivre comme si rien n'était arrivé, sans se cacher, se montrant simplement comme à son ordinaire, faisant ses courses au village, préparant des gâteaux.

« Je prie pour vous, dit le pasteur. Chaque jour. Et pour Harry et Joe et toute votre famille. »

Dilys ne grogna pas vraiment, mais eut l'air de n'avoir jamais de sa vie entendu parler de quelque chose d'aussi inefficace. Elle rappelait au pasteur la vieille femme de Dan Cross à qui il avait rendu visite le jour où elle était morte d'une pneumonie à l'hôpital de Stretton et à qui il avait également dit qu'il priait pour elle.

« Prier ? avait-elle répété. Prier ? La prière n'a jamais mis de beurre dans les épinards. »

« Si vous souhaitez me parler, quel que soit le sujet, reprit le pasteur, appelez-moi, à n'importe quelle heure. »

Dilys le regarda sans répondre.

« La douleur est naturelle, ajouta-t-il en regardant sa tasse de thé. Mais elle peut nous effrayer en prenant des formes que nous n'attendions pas. Et Dieu...

— Non, l'interrompit Dilys. Pas Lui. »

Le pasteur soupira.

« Vous êtes très courageuse, mais vous ne pouvez pas compter sur votre seule force personnelle.

— Vraiment ? Je ne le peux pas ? demanda-t-elle en se levant pour indiquer que la visite était terminée. Je vous prie de m'excuser, monsieur le pasteur, mais c'est la seule chose qui me reste. La seule et unique. »

Elle prit la tasse de thé et la déposa dans l'évier.

10

L E JOUR DES FUNÉRAILLES de Joe, l'aube se leva, claire comme le cristal. Même Robin, qui était enclin à considérer le temps qu'il faisait d'un œil purement utilitaire, sentit vaguement que cette luminosité avait presque quelque chose de cruel, comme si elle soulignait qu'il ne pouvait et ne devait y avoir aucun moyen de cacher la manière dont Joe était mort.

Robin se regarda sans presque se reconnaître dans le miroir de la salle de bains où il se rasait avec un vieux rasoir à main, effaçant l'ombre noire qui reparaîtrait avant le soir et que Caro, au temps où elle lui accordait encore un certain intérêt, voulait qu'il fasse disparaître une seconde fois. Il s'était levé à quatre heures, réveillé par la pensée du jour qui l'attendait, par le souvenir des jours passés et des gens qui les avaient occupés — Lyndsay, ses parents, le pauvre petit Hughie. Et lui. Il n'aurait pu définir ce qu'il ressentait, sauf que la réalité s'était simplement retirée des choses, que même s'il pouvait toujours voir les lieux et les objets, ils avaient perdu leur vraie nature et lui étaient devenus étrangers. Personne ne lui avait demandé comment il se sentait. Et il ne s'attendait pas qu'on le lui demande.

Tout le monde avait considéré — et de fait, il l'avait également pensé — que c'était à lui que revenaient les tâches éprouvantes de ces dix derniers jours. C'était à lui d'identifier le corps de Joe, c'était à lui de fournir aux policiers les informations nécessaires pour leur rapport, en confirmant qu'il n'y avait eu aucune circonstance suspecte, que Joe, toujours enclin au pessimisme, avait perdu l'équilibre précaire maintenu jusque-là et avait basculé définitivement. Il avait détesté cela. Il avait eu horreur de devoir, par honnêteté, confirmer la description de la personnalité de son frère ; cela lui avait semblé terriblement déloyal, comme s'il l'avait empêché d'emporter avec lui une intimité essentielle et précieuse. Mais il fallait que ce soit fait, comme l'autopsie, comme les analyses toxicologiques pour établir que Joe n'était ni ivre ni drogué, comme l'enquête ouverte par le coroner de Stretton aux fins d'établir la cause de la mort, comme l'identification du corps, avant que l'ordre de crémation soit délivré selon ses dernières volontés, telles qu'il les avait exprimées à Judy à l'enterrement de Caro, telles que Robin les avait entendues aussi.

« Je veux être incinéré et surtout qu'on disperse mes cendres, avait-il dit. Et dans la rivière. Pas sur cette foutue terre. »

Pensait-il déjà à sa propre mort ? Joe avait-il su, devant la tombe de Caro, à quelque niveau inconscient, que la fin de Caro signifiait la sienne propre, qu'elle avait été le dernier fil qui le rattachât à l'espoir ? Pendant la nuit agitée qui avait précédé les funérailles de Joe, Robin avait été profondément troublé par l'idée que lui, Robin, plaçait de moins en moins d'espoirs en Caro, tandis que son frère, au contraire, en fondait de plus en plus, sans pouvoir rien y faire, pas plus qu'il n'avait pu se reprendre ensuite ni s'empêcher de regarder le fusil de son père en pensant que c'était là le seul moyen de s'en sortir. Pourtant, Joe avait l'air calme, à la morgue, presque soulagé. Robin en avait fait la remarque pour tenter de réconforter Lyndsay et il l'avait immédiatement regretté. Quelle femme, comprit-il trop tard, pourrait être réconfortée en constatant que son mari, dont l'acte symbolise leur échec, paraît soulagé d'être mort ?

Ces pensées avaient tourmenté Robin dans son demi-sommeil jusqu'à ce que le réveil indique quatre heures. Il s'était alors levé, avait fait du thé, répondu à quelques lettres (les dernières injonctions seulement) et était arrivé à la laiterie avant Gareth — qui l'avait mal pris. Il n'aimait pas se lever à cinq heures et quart si ce n'était pas indispensable, et il n'aimait pas que Robin soit là, sauf en cas d'urgence. Robin ne faisait pas les choses exactement comme lui, il créait une autre atmosphère ; les vaches le savaient et en profitaient, elles se poussaient à l'entrée de la laiterie, rivalisaient et donnaient des coups de pied.

Et puis Gareth n'avait pas bien dormi non plus. Debbie avait fondu en larmes alors qu'ils se couchaient et dit, entre deux sanglots, qu'il fallait qu'ils quittent Tideswell.

Gareth, qui montait dans le lit, s'était arrêté, un genou en l'air.

« Qu'est-ce que tu veux dire, quitter ?

— Il faut qu'on parte loin d'ici ! »

Elle s'était effondrée au bord du lit et avait entouré son torse de ses bras pour se balancer d'avant en arrière, comme si elle avait mal.

« Il faut que tu trouves un autre travail !

— Tu es folle ? Qu'est-ce qui t'arrive ? Tu as perdu la tête ou quoi ?

— C'est une terre maudite. Forcément. D'abord Caro, et maintenant Joe. Et un suicide, en plus ! Gareth, je n'arrive pas à penser à autre chose, j'y pense sans arrêt. On ne doit pas rester, c'est impossible. Pas avec les gosses et tout ça. C'est comme si quelqu'un avait jeté un sort à cette propriété, comme si on devait être enlevés un à un...

— Tu regardes trop la télévision, avait dit Gareth en s'allongeant sous la couette.

— Je suis sérieuse ! Tout à fait sérieuse ! »

Il l'avait regardée. Ainsi, elle ne ressemblait pas du tout à sa Debbie, mais plutôt à une bête sauvage à la gueule grande ouverte. Il avait soulevé un coin de la couette de son côté à elle et tapoté le matelas.

« Couche-toi. Viens, on va faire un câlin. »

Elle avait pleuré longtemps, parlant entre deux hoquets de Lyndsay, de Caro, de la solitude, du fait de se retrouver seul pour affronter la vie quand on en est incapable. Et puis elle s'était endormie, lourdement, toute humide contre son épaule, et c'était lui qui était resté éveillé, le regard fixe dans l'obscurité, écoutant le silence de la nuit qui ne lui semblait plus paisible mais un peu menaçant, comme si quelque force, dehors, retenait son souffle avant de se déchaîner. Quand le réveil avait sonné, Gareth était au plus profond du sommeil dans lequel il avait fini par sombrer, et se lever lui avait donné la nausée. Debbie avait continué à dormir, le visage dans son oreiller.

Et puis il avait trouvé Robin dans la laiterie.

« Il se passe quelque chose ?

— Non, c'est juste moi.

— Vous auriez pu me prévenir. Vous auriez pu me dire que vous feriez la première traite, non ?

— Je n'en savais rien moi-même. »

Gareth avait descendu les marches de béton de la fosse. Les trayeuses cognaient et pompaient ; seule la chute d'une bouse dominait de temps à autre leur bruit régulier.

Robin, qui adaptait les gobelets trayeurs aux pis d'une vache, avait lancé soudain :

« Qu'est-ce qui se passe ? Elle a perdu un trayon ?

— Oui, il y a un mois. Elle va bien. Elle donne autant de lait avec trois pis.

— Drôle de vieille fille, avait dit Robin en flattant la vache. Elle se met toujours à la même place, toujours au numéro quatre. Je vais te laisser. Il faut que j'aille me raser. »

Gareth n'avait pas répondu. Robin avait remonté les marches et s'était arrêté en haut de la fosse en s'adossant à la rampe métallique.

« Gareth, est-ce que tu viens, aujourd'hui ? Avec Debbie ?

— Je pense...

— Tu n'es pas obligé... Si... si c'est trop difficile, si tu ne peux pas... »

Gareth s'était détourné et avait appuyé sur les boutons du panneau de contrôle.

« On sera là. Qu'est-ce que vous croyez ? »

Je ne crois trop rien, se disait maintenant Robin en se rasant le menton, je voulais seulement vous épargner quelque chose, une seconde mort dans la famille en deux mois, une mort différente, une mort sur laquelle il n'y a rien à dire, aucun murmure réconfortant, seulement d'interminables questions à poser.

« Pourquoi ? avait interrogé Judy au dîner. Je sais que ce n'est pas bon de le demander, mais je ne peux pas m'en empêcher. Pourquoi ? Pourquoi à ce moment-là ? Pourquoi de cette façon ? Pourquoi n'a-t-il pas pensé à Lyndsay et aux enfants ? »

Judy était venue avec *un* ami, cette fois, un grand jeune homme, bien élevé qui portait des lunettes, appelait Robin « monsieur Meredith » et débarrassait la table sans qu'on le lui dise. Robin avait été un peu surpris de le voir, mais il avait vite compris pourquoi Judy l'avait amené. Ou du moins pourquoi elle avait amené quelqu'un. Il s'était brièvement demandé pourquoi ce n'était pas Zoé, mais il n'en avait pas parlé, et Judy non plus. Il n'avait pas été question de Zoé. À l'heure du coucher, Judy avait conduit Oliver dans la chambre que son amie avait occupée et, quelques minutes plus tard, Robin l'avait croisé dans le couloir, une serviette et une brosse à dents à la main. Il ne portait pas ses lunettes et Robin lui avait trouvé un regard vulnérable.

Robin plongea son rasoir dans l'eau chaude au fond du lavabo et le nettoya. Dans la chambre à côté, son unique costume sombre était accroché à la porte de l'armoire. Velma l'avait brossé, elle avait aussi ciré ses chaussures noires et sorti une chemise blanche, comme elle l'avait déjà fait pour l'enterrement de Caro, mais Caro n'était pas Joe, Caro n'avait jamais fait partie de l'ordre des choses, selon Velma. Joe en faisait partie, lui, depuis l'enfance — grand, lumineux, beau garçon et ténébreux, un véritable personnage romantique, même en bleu de travail. Et Velma le savait, le sentait. Robin se demanda, pendant que s'écoulait l'eau chargée de savon, si Velma allait transgresser sa règle concernant les funérailles et venir à celles de Joe. Pas à cause de la mort, pas par respect, par sympathie ou par tradition ; juste parce que c'était Joe.

Dilys se tenait très droite sur le premier banc de l'église de Dean Cross, entre Lyndsay et son mari. Du côté de Harry, au bout du banc, était assis Robin, et derrière eux, il y avait Judy et le jeune homme qu'elle avait amené. Il semblait très bien, ce jeune homme, mais de l'avis de Dilys, il n'aurait pas dû être là. Ce n'était pas un moment pour accueillir des étrangers.

Ce devait être au contraire une démonstration de force familiale, de solidarité, de bonne tenue. C'était l'occasion d'interdire toute pitié envers les Meredith. Ils avaient eu Joe, ce qui les avait rendus uniques, même si maintenant ils l'avaient perdu. Ce fait indiscutable, il fallait l'affirmer en tout, depuis les cheveux brossés jusqu'aux prières fermes, en passant par le buffet impeccable qui attendait à Dean Place, orné de brins de persil et de radis découpés en forme de roses, le tout préservé des mouches sous des dômes de mousseline blanche immaculée.

Dilys regarda le banc. Robin était presque comme elle le souhaitait — sauf qu'il avait les cheveux trop longs — et il se tenait bien, avec l'allure de son père à elle. Harry, brossé, ciré et amidonné de frais, avait comme rétréci dans ses vêtements, qui semblaient non seulement trop grands mais étrangers à sa personne. Bien qu'il les portât docilement, ils ne lui allaient pas. Ils n'allaient ni à son corps ni à son humeur. Elle lui avait coupé les cheveux et fait les ongles dans la cuisine. Il s'était soumis à l'opération comme un enfant obéissant, mais ses yeux perdus au loin, laiteux et indifférents, ne l'avaient pas regardée. Elle reporta son attention sur l'autel et le grand cercueil de chêne clair orné des lis de Lyndsay. Dilys avait voulu y déposer aussi ses propres fleurs, des fleurs du jardin de Dean Place que Joe avait connu toute sa vie, mais Lyndsay était sortie de sa torpeur pour refuser.

« Non, avait-elle dit, tandis que ses yeux lançaient des flammes. C'était *mon* mari, le père de *mes* enfants. Il n'y aura que *mes* fleurs. Des fleurs de ma part, de la part de Hughie et de Rose. »

Dilys ne jeta pas un regard à Lyndsay, bien que son épaule droite ne fût qu'à moins de vingt centimètres d'elle. Elle savait ce qu'elle aurait vu, et elle savait aussi qu'elle n'aurait pas aimé cela. Elle aurait vu les cheveux pâles et mousseux de Lyndsay retenus comme toujours par des peignes, à demi dénoués sur son dos au lieu d'être bien proprement tressés et roulés en chignon, et un long manteau vert sombre — vert, pour des funérailles ! — que Lyndsay avait absolument voulu mettre parce que c'était le dernier cadeau de Joe, à Noël. Peut-être, se disait Dilys, mais c'était une erreur, indubitablement. Il avait un col et des poignets en velours noir et des boutons dorés mats. Ce n'était pas un manteau de funérailles, pas même un manteau de printemps. Ce n'était pas un manteau pour ce jour-là, et le fait que sa belle-fille le portât l'ennuyait au plus haut point.

« Prions », dit le pasteur.

L'église s'emplit immédiatement de craquements et de chocs tandis que les fidèles s'agenouillaient. Dilys avait remarqué qu'ils étaient nombreux, beaucoup plus nombreux que pour l'enterrement de Caro. Tout le village semblait être là, Gareth et Debbie, et même Velma, et tous les gens du monde agricole local autour du président de l'Union nationale des fermiers du comté et du commissaire-priseur en chef du marché de Stretton. Dilys posa son front contre ses mains gantées serrées l'une contre l'autre et ferma les yeux. Elle espérait qu'il y aurait assez de sandwiches. Peut-être qu'en revenant du crématorium de Stretton — les funérailles de Joe n'auraient rien de cette cérémonie sentimentale à laquelle Caro avait tenu pour son enterrement —, elle devrait sortir d'autres friands à la saucisse du congélateur et les réchauffer dans le four. Robin pourrait s'occuper des boissons — jamais Harry n'avait réussi à le faire — et Judy et le jeune homme seraient là pour l'aider. Comme elle n'avait pu les déposer sur le cercueil, Dilys avait mis les fleurs sur la table, des fleurs du jardin de Joe, de sa maison, la maison où il avait grandi, son vrai foyer.

« Pour jamais et à jamais, dit le pasteur.

— Amen, répondit Dilys d'une voix ferme. Amen. »

Une nappe blanche amidonnée recouvrait la table, les fleurs trônaient dans un vase en argent près des plus beaux verres en cristal de Dilys, un régiment de bouteilles s'alignaient comme à la parade derrière les assiettes et les plats remplis de sandwiches, triangles bien réguliers sans croûte de pain blanc et de pain complet piqués de petits drapeaux en papier sur lesquels Dilys avait calligraphié « Œuf et cresson », « Saumon et concombre », « Jambon et moutarde » ou « Céleri et fromage blanc ». On avait repoussé les chaises contre les murs, astiqué les fenêtres et brossé le tapis jusqu'à ce que les poils se dressent bien droit et que les couleurs resplendissent.

« Ouvre le sherry, avait ordonné Dilys à Robin.

— Est-ce que je ne devrais pas attendre que les gens arrivent ?

— Non, ouvre-le maintenant. Qu'il soit prêt. »

Judy la trouvait très pâle, mais, sans aucun doute, ils l'étaient tous. Elle se tenait près de la fenêtre avec Oliver, à qui elle était reconnaissante d'être venu. Pendant le service religieux, il ne lui avait pas pris la main, mais, une ou deux fois, il la lui avait touchée légèrement pour la rassurer, pour qu'elle n'oublie pas la vie. Elle le trouvait extraordinaire d'accepter ainsi les choses, calmement — là, dans cette drôle de pièce trop meublée et vieillotte, avec ses grands-parents et son père que rendait muets l'intensité de la situation. Elle était étonnée que Lyndsay ne soit pas là, qu'elle ait refusé de venir en prétextant qu'elle devait retrouver les enfants. Bien sûr, il fallait qu'elle soit près d'eux, surtout de Hughie, mais son absence semblait délibérée, comme si elle voulait faire une sorte de déclaration, se distinguer du reste de la famille.

« Voilà le pasteur, annonça Dilys en regardant vers l'allée. Il est toujours le premier. »

Par la fenêtre, ils le virent tous descendre de sa voiture, lentement, vieil homme fatigué, et puis son épouse sortit par l'autre porte et regarda le corps de ferme avec appréhension.

« Oh, elle est venue aussi ! s'exclama Dilys avec une sorte de reconnaissance surprise. C'est nouveau. »

Pour accueillir le pasteur et son épouse qui arrivaient lentement, Robin passa dans l'entrée, où un lion couché en fonte, qu'il aimait beaucoup quand il était enfant, tenait ouverte la porte rarement utilisée.

« C'est très gentil de votre part d'être venus, dit-il en portant instinctivement la main à sa gorge pour desserrer sa cravate. Les autres ne vont pas tarder. »

La femme du pasteur leva les yeux. Elle avait été jolie, mais semblait avoir décidé à un certain moment qu'il s'agissait d'un atout inutile, que cela ne lui apportait rien, si bien qu'elle avait résolu de laisser sa beauté se faner, comme une robe de bal abandonnée dans un tiroir et tombant en poussière parce qu'il n'y a plus de fêtes où la porter.

« Je n'ai vu personne, dit-elle en regardant son époux comme s'il pouvait avoir un point de vue différent. Et toi ?

— Non...

— Personne ne vient ? s'étonna Robin. Personne ne vous a suivis du village ?

— Eh bien, il y a eu cette interruption, vous comprenez, commença le pasteur avec précaution. Cette interruption, vous savez, quand nous sommes allés au crématorium. Je pense que les gens sont partis à ce moment-là. Sans doute beaucoup d'entre eux ont-ils dû retourner travailler...

— Je vois, dit Robin. Mais ils étaient tous au courant. On l'a annoncé. Ils savaient tous que nous les attendions ici, que maman les attendait...

— Comment puis-je m'exprimer..., reprit le pasteur. Ce sont des funérailles particulières, vous comprenez. Cela crée... une certaine appréhension. »

Robin resta un instant silencieux pour réfléchir.

« Voulez-vous entrer tout de même ? demanda-t-il enfin. Voulez-vous entrer pendant que je préviens ma mère ? »

Ils hochèrent la tête, pénétrèrent dans la maison et s'avancèrent sur le parquet ciré vers la salle à manger.

155

« Ah, soupira Dilys en saisissant un verre de sherry et une assiette avec une serviette en papier pliée en triangle pour la femme du pasteur. Servez-vous. Allez-y, servez-vous. »

La pièce était très silencieuse.

« Maman, dit Robin.

— Oui ? »

Robin fit un pas en avant et leva un bras comme pour en entourer les épaules de Dilys, mais il le laissa retomber.

« Maman, je ne crois pas que beaucoup de gens viendront. Nous n'avons pas pensé au temps qu'a pris la crémation. Ils ont dû retourner au travail. Nous ne l'avions pas prévu. »

Dilys lui lança un regard de glace, prit un second verre et une autre assiette pour le pasteur.

« Balivernes ! » dit-elle.

« Personne n'est venu, expliquait Robin. Enfin, presque personne. Cinq ou six. Maman en attendait cinquante. »

Il s'assit au bout du canapé du salon de Lyndsay, toujours en costume noir, sa cravate desserrée, les coudes sur les genoux. Elle lui avait servi un verre de whisky et il le tenait entre ses mains sans quitter le tapis des yeux.

« Pauvre Dilys, dit Lyndsay.

— Elle n'arrivait pas à y croire. Elle ne voulait pas l'accepter. On est restés là jusqu'après quatre heures, à attendre. C'est finalement Judy, ajouta-t-il après avoir bu une gorgée, qui a eu le courage de dire : "Grand-mère, je crois que plus personne ne viendra, maintenant. Il est temps de débarrasser la table. Ça ne sert plus à rien d'attendre." Elle s'est levée et elle a commencé à emporter les plats à la cuisine. Maman n'a rien dit, mais elle n'a pas essayé de l'arrêter. Elle est restée assise tandis que nous emportions ce buffet qui aurait pu nourrir tout le village.

— Et Harry ? »

Robin baissa à nouveau les yeux vers le tapis.

« Il était dehors. Comme toujours. Dans... la remise.

— Où était Joe. Où il a trouvé Joe.

— Oui.

— Je n'arrête pas de me demander ce que j'aurais fait, si je l'avais trouvé. Parfois... parfois je crois que j'envie Harry de l'avoir trouvé.

— Tu ne devrais pas.

— Et pourquoi s'est-il suicidé là-bas ? Pourquoi ne l'a-t-il pas fait chez lui, chez nous ?

— Justement pour ça, peut-être. »

Lyndsay posa sa tasse de thé par terre entre ses pieds.

« Je me sens... Oh, Robin, je me sens si mal, je suis tellement désolée, j'ai si honte de ne pas avoir réussi à...

— C'est plutôt lui qui n'y a pas réussi. Il n'a pas réussi à être fermier, mais il savait qu'il ne pouvait rien faire d'autre. Même si tu hais cette terre, tu ne peux pas la quitter... Je dirais que dans l'esprit de beaucoup de fermiers, le suicide n'est jamais très loin, murmura-t-il.

— Robin !

— Peu de fermiers ont quelqu'un vers qui se tourner, continua Robin en regardant son whisky et ses doigts couleur d'ambre à travers le liquide. Et puis tu arrives à douter de pouvoir compter sur toi-même. Tu commences à te dire que, quoi que tu fasses, ça va forcément mal tourner. Que tu décides de pulvériser ou non, le temps change, et ton travail et ton argent sont perdus. Tu as l'impression que tout est contre toi. Que la terre t'en veut.

— C'est ton sentiment ?

— Je le constate, soupira-t-il, mais je ne le ressens pas personnellement. Du moins pas souvent. Je ne suis pas le même genre d'animal que Joe.

— Mais tu sens cela vis-à-vis de ton travail, de la terre ?

— Je crois.

— Est-ce que tu veux dire que ce qui est arrivé à Joe serait arrivé tôt ou tard ?

— Peut-être.

— Oh, Seigneur !

— J'essaie surtout de te faire comprendre que ce n'était pas de ta faute.

— Mais j'étais sa femme. J'aurais fait n'importe quoi pour lui...

— Il y avait des choses que tu ne pouvais pas faire, Lyndsay. Personne n'aurait pu. Il en était arrivé à un point où personne ne pouvait l'aider et où il ne pouvait plus s'aider lui-même.

— Il y a *toujours* quelqu'un qui peut vous aider !

— Je ne le crois pas. J'irais même plus loin : mise à part la douleur qu'il t'a causée, ainsi qu'au reste de la famille, je ne pense pas que Joe ait nécessairement fait quelque chose de mal. Finalement, notre vie nous appartient. C'est la seule chose qui soit vraiment à nous. Ce n'est pas quelque chose que nous devons aux autres. »

La porte du salon s'entrouvrit un peu.

« Hughie ? » demanda Lyndsay.

Phoque passa la porte, tenu par un bras en pyjama qui l'agita à leur intention.

« Hughie, répéta Lyndsay, est-ce que tu veux entrer ?

— Qui est là ? demanda Hughie sans se montrer et d'une voix gênée par son pouce.

— C'est moi, Robin.

— Oh.

— Tu me connais !

— Où est papa ? »

Lyndsay s'approcha de la porte entrouverte et regarda son fils sous sa casquette de base-ball rouge et noir.

« Tu sais où est papa. Papa est mort. Il est monté aux cieux.

— Je veux pas. »

Lyndsay se baissa et le prit dans ses bras.

« Non, mon chéri, dit-elle d'une voix tremblante. Aucun d'entre nous ne le veut. »

Elle cacha son visage dans le cou de l'enfant, où une bande en tricot rouge très douce ourlait le pyjama.

« Il faut qu'on l'accepte, Hughie. Il faut qu'on s'y habitue.

— Ramène-le, ramène-le ! »

Robin se leva, posa son verre de whisky sur la télévision et s'approcha de Lyndsay et Hughie.

« Tu veux bien venir me voir, fiston ? Tu veux bien venir faire un gros câlin à ton vieil oncle ? »

Hughie secoua la tête.

« J'aurais bien aimé, pourtant », dit Robin.

Lentement, sans lâcher son pouce, Hughie tourna la tête et regarda Robin en exécutant de petits mouvements rythmés dans la fourrure de Phoque, avec les doigts de sa main libre. Robin tendit les bras, Hughie baissa les yeux et accepta que son oncle le porte jusqu'au canapé.

« C'est un grand changement, expliqua Robin en installant Hughie contre lui. C'est ça qui fait peur. Personne n'aime que les choses soient différentes. »

Hughie se laissa aller contre sa poitrine, la visière de sa casquette de base-ball cachant son visage à Robin.

« Mais tu vas t'y habituer, comme tu t'es habitué à aller au jardin d'enfants, comme tu t'es habitué à ce que Rose soit là.

— Je m'y suis pas habitué, déclara Hughie en sortant quelques secondes son pouce de sa bouche pour se faire entendre clairement.

— Il faut attendre, continua Robin. On ne peut rien faire d'autre. C'est la même chose pour nous tous. Il faut attendre d'y être habitué, attendre que ça semble normal que ton papa ne soit plus là. Il faut attendre de nous sentir mieux. »

Hughie lâcha son pouce pour presser son visage ainsi que, bien inconfortablement, la visière de sa casquette contre la poitrine de son oncle. Il resta ainsi, tendu et silencieux. Robin attendit. Il leva les yeux et croisa ceux de Lyndsay.

« Pauvre gosse. Pauvre gosse. »

Il leva une main et berça Hughie contre lui.

« Il faut attendre », répéta-t-il.

Ce soir-là, Lyndsay retira les deux oreillers du côté de Joe, dans le lit, enleva les taies pour les laver et les glissa dans le placard. Elle s'était promis de le faire le soir des funérailles. Puis elle s'allongea et se dit qu'elle se donnait une demi-heure avant d'avaler le somnifère que lui avait prescrit le docteur Nichols. Au bout d'un quart d'heure, elle alla reprendre oreillers et taies avant de se recoucher avec eux et de les serrer contre elle en sanglotant.

Peu après, elle remit les oreillers où ils étaient depuis le début de son mariage et sortit dans le couloir pour aller à la salle de bains. Les portes des enfants étaient ouvertes. Rose reposait sur le dos, ses solides petits bras relevés au-dessus de sa tête, profondément endormie. Hughie était par terre, recroquevillé sur sa couette, toujours avec sa casquette. Lyndsay rabattit un pan de la couette sur lui et glissa son oreiller sous son dos ; ce serait moins inconfortable. C'était Robin qui l'avait finalement mis au lit, et il n'avait pas protesté. En fait, il s'était montré si soumis, quand Robin l'avait emporté du salon, que Lyndsay aurait voulu entendre un rugissement de Rose pour se rappeler qu'il y avait dans ce monde d'autres émotions que la douleur et la pitié.

Lyndsay ne se regarda pas dans le miroir au-dessus du lavabo. Elle avait décidé de l'éviter, pendant une ou deux semaines, pour s'épargner les traces évidentes de sa douleur qui semblaient lui avoir complètement déformé les traits. Dans l'armoire, derrière les portes miroirs, il y avait toujours le nécessaire de rasage de Joe, près des crèmes et lotions qu'elle utilisait, et, dans leur flacon de plastique bleu, les comprimés pour l'estomac qu'il mâchait à longueur de journée depuis qu'ils se connaissaient.

« Est-ce que tu ne devrais pas en parler au médecin ? avait suggéré Lyndsay. Lui dire que ça n'arrête jamais ?

— Non, ça va bien, avait répondu Joe. Je n'y pense pas. C'est rien. »

Lyndsay ressortit dans le couloir. Rien n'était jamais rien pour Joe, et rien n'était jamais allé bien non plus. Elle s'adossa au mur que Joe avait recouvert du papier qu'elle avait choisi — des bouquets de pâquerettes sur fond satiné crème — et se sentit soudain complètement submergée, non seulement par le présent ou l'avenir, et le suicide de Joe, mais par le passé et tout ce qu'elle n'avait pas compris, qu'elle n'aurait pu changer même si elle l'avait compris. Elle avait été dépassée dès le début, et seul le fait de ne pas comprendre lui avait permis de continuer. Elle se laissa

glisser contre le mur là où elle était et s'effondra sur le tapis
— bon marché, ce qui avait dégoûté Dilys — rêche contre
ses cuisses à travers le fin coton de sa chemise de nuit. Elle
ferma les yeux et laissa le silence triste bourdonner dans ses
oreilles. Était-ce cela, mûrir ?

Judy et Oliver attendaient Robin dans la cuisine de
Tideswell. Ils avaient fait du café puis s'étaient affalés l'un
en face de l'autre. Ils se touchaient brièvement les mains de
temps à autre. Oliver avait retiré son pull, qu'il avait jeté à
l'extrémité de la table maintenant jonchée en permanence
de papiers. Le chat s'était installé dessus, en boule mais sur
ses gardes, s'attendant qu'on le chasse.

« Je croyais que vous seriez couchés, dit Robin en retirant enfin sa cravate pour la lancer sur la table.

— On t'attendait, expliqua Judy.

— J'étais chez Lyndsay.

— Oui.

— J'essayais de lui dire que ce n'était pas de sa faute.

— Tu as faim ? »

Il secoua la tête.

« Du café ? proposa Oliver.

— Non, merci. J'ai pris un whisky chez Lyndsay et je
suis malade comme un chien.

— Tu as été très bien avec elle, murmura Judy. Et avec
grand-mère.

— Pauvre vieille maman...

— Est-ce que ça t'ennuie, ce que grand-mère pensait de
Joe ?

— Il n'y a pas de raison. C'est la réalité. C'était. »

Le téléphone sonna.

« Vous voulez que je décroche ? » demanda Oliver.

Il se leva et remit en place ses lunettes, comme si cela
pouvait l'aider à mieux entendre.

« Allô ? »

Il attendit une ou deux secondes, puis tendit le combiné
à Robin.

« C'est pour vous, c'est votre mère. »

161

Robin porta le combiné à son oreille.

« Maman ? Tout va bien ? »

Il se tut, écouta. Oliver passa derrière la chaise de Judy et lui posa les mains sur les épaules.

« Tu ferais mieux de venir, ordonna Dilys d'une voix claire qui s'entendit dans toute la cuisine. Viens immédiatement. Je n'arrive pas à trouver ton père. »

11

À DEUX MÈTRES de Zoé, le quatuor à cordes posait dans une énorme cage dorée. C'étaient des jeunes femmes et la cage était leur symbole, puisqu'elles s'appelaient Les Oiseaux en cage. Elles allaient se produire au Royal Albert Hall où elles interpréteraient de la musique baroque vénitienne, leur spécialité. Leurs vêtements se voulaient de style Renaissance, en satin sombre et brocart. On les photographiait pour les affiches et les programmes, et, influencées par la mode qui consistait à présenter les chanteurs et les musiciens classiques sous leur jour le plus flatteur, elles mettaient autant de sex-appeal que possible dans leur pose, autant de cheveux, de sourire et de séduction fatale que le photographe le leur demandait.

Le photographe en question adorait ça. Zoé n'avait encore jamais travaillé avec lui, mais elle l'avait immédiatement catalogué, à cause de son Hasselblad prétentieux et de ses bottes de cow-boy en lézard. Il l'appelait chérie, comme s'ils se connaissaient depuis toujours, comme s'ils avaient pris des centaines de clichés ensemble, mais jamais il ne la regardait dans les yeux. Elle faisait ce qu'il lui disait, déployait les pieds et les énormes réflecteurs dorés, mesurait la luminosité, mais sans lui adresser la parole. Une des musiciennes du quatuor, l'altiste, toute menue, avec des cheveux noirs et raides comme un rideau, croisa le regard de Zoé et lui fit un clin d'œil.

Le studio, dans une rue sordide qui donnait sur High Holborn, était complètement blanc, du sol au plafond, en passant par les murs et les stores qu'on pouvait baisser pour donner du relief. Les quatre filles dans leur cage fragile avaient l'air suspendues dans l'espace, comme si la cage flottait dans un monde inconnu créé par quelque fantasme. Zoé y avait pénétré pour arranger les plis des robes afin que les ombres se dessinent de façon aussi sensuelle que possible, et le satin captait bien la lumière. Elle avait ressenti une atmosphère différente à l'intérieur : ces filles avaient fait preuve de beaucoup d'habileté dans le choix de leur cage, qui leur conférait non seulement un certain mystère mais un véritable pouvoir. Zoé, accroupie à l'extérieur pour tenir un énorme réflecteur en nylon, sourit à l'altiste.

« Tournez le visage vers moi et les yeux de côté, lança le photographe. Quand je dirai "Maintenant !", vous me regarderez, droit dans l'objectif. Donnez tout ce que vous avez à l'appareil. »

À cet instant, songea Zoé, pendant que nous accordons toute notre attention à quatre filles en jolie robe, il y a des gens dehors qui vendent des journaux et des billets de loterie, d'autres qui fouillent dans les poubelles, d'autres encore qui regardent par la fenêtre de leur bureau en comptant les demi-heures qui les séparent de la pause, de la fin de la journée de travail...

« Maintenant ! » cria le photographe.

... et il y a des gosses à l'école, et des gens qui montent dans des ascenseurs ou des avions, qui décrochent des téléphones, et nous, on est là, avec tout ce matériel et un Hasselblad...

« Formidable, dit le photographe. Formidable. Vous savez vous y prendre, mes chéries, aucun doute là-dessus. Mais il faut que j'en fasse encore une. Les visages vers l'appareil, les yeux un peu à gauche, les bouches entrouvertes. Détendez ces lèvres, détendez-les, que je voie vos dents, juste un éclat de dents. »

... et pendant qu'on fait ça, Gareth est probablement en train de nettoyer les stalles dans l'étable, et Robin quelque part sur les terres, et Velma dans la cuisine à vaporiser un désodorisant, genre pin des Landes, son préféré...

« Lève-le, chérie, tu veux bien ? dit le photographe à Zoé d'une voix tout à fait différente. Comme avant ! Non, chérie, non. Comme *avant*. Bien, les filles, bien, mes jolies, je veux vos instruments entre vos genoux, jambes écartées. Qu'on voie un peu vos jambes, allez. »

Je parie, pensa Zoé en réorientant le réflecteur pour que le chaud reflet éclaire le visage des filles par en dessous, je parie qu'aucun d'entre eux n'a jamais touché une vache, qu'ils n'y pensent jamais, qu'ils se contentent de verser du lait dans leur café et ne se demandent jamais d'où il vient, comment vivent les vaches, qui s'en occupe. J'aimerais qu'une vache entre maintenant, qu'elle se plante au milieu du studio, pour voir ce qu'ils feraient, pour voir si elle leur donnerait un air stupide. La vache n'aurait pas l'air stupide, elle continuerait juste à être une vache...

« Chérie, dit le photographe, est-ce que tu pourrais te concentrer ? Est-ce que tu pourrais nous accorder juste une fraction de ton attention ? »

Zoé le regarda. Et les filles, dans leur cage, leurs instruments entre leurs jambes, regardèrent Zoé.

« Peut-être, dit le photographe qui sentait là une occasion de marquer un point, peut-être pourrais-tu partager tes pensées avec nous ? Hein, chérie ? Voudrais-tu nous dire ce qui te retenait si loin de nous ? »

Zoé ne cilla même pas.

« Des vaches », dit-elle.

Plus tard, dans l'appartement de Judy, mangeant à même le long sac en papier dans lequel elle avait acheté un sandwich à la salade composée, Zoé décida qu'elle travaillerait encore trois jours pour l'agence qui lui avait procuré les séances avec le quatuor à cordes, puis qu'elle retournerait à Tideswell. Trois jours de travail en plus de ce qu'elle avait déjà gagné cette semaine, cela lui procurerait l'argent du loyer et d'un billet d'autocar. Sa mère détestait la façon dont Zoé considérait l'argent, sa vision à court terme de ce dont elle avait besoin, elle voulait qu'elle économise pour se constituer une réserve de sécurité, ne fût-ce que quelques centaines de livres.

« Pour quoi faire ? disait Zoé. Pourquoi est-ce que j'économiserais ? Je serai peut-être morte demain. »

La mère de Zoé mettait de l'argent de côté pour des choses — une machine à laver ou un magnétoscope, des tables d'appoint, un four à micro-ondes.

« Quand tu les as, répétait-elle à Zoé, elles sont à toi. »

Elle voulait dire par là que les possessions constituaient en quelque sorte un rempart contre l'insécurité, la preuve de son existence dans un monde où l'anonymat, la non-existence, menaçait à chaque pas.

« Mais je n'en veux pas, se défendait Zoé. Je n'en ai rien à faire. Je n'aime pas avoir des choses. J'aime pouvoir bouger. Peut-être suis-je une vagabonde, une nomade », avait-elle suggéré lors de sa dernière conversation de ce type avec sa mère.

Nomade. C'était un terme nouveau dans la bouche de Zoé. Un nouveau concept. Robin l'avait utilisé à son endroit. Il avait dit que c'était un mot qu'affectionnait Caro, qu'elle pensait en être une, elle aussi, une personne qui resterait toujours essentiellement une voyageuse, une personne qui ne pouvait pas se fixer, même si extérieurement on le croyait. Zoé avait aimé cette idée, elle l'avait tournée et retournée dans sa tête et l'avait étudiée comme un coquillage ou un galet dans sa main, surtout sur la tombe de Caro. Cela la fascinait. Pourquoi une nomade avait-elle cherché refuge dans ce lieu en particulier, et finalement en un endroit aussi précis qu'un mètre carré de terre ? Cela semblait éclairer un aspect contradictoire de Caro, mais Zoé se rendit compte qu'elle en apprenait beaucoup sur les contradictions, sur la manière dont les gens mettaient en avant un aspect ou un autre de leur personnalité, de telle façon qu'il était impossible d'attendre d'eux autre chose que ce qu'ils choisissaient de vous montrer à un moment donné. Judy, par exemple, qui condamnait haut et fort son enfance à Tideswell et qui pourtant étant si susceptible et si jalouse de l'intérêt que Zoé portait à la ferme et à son père. Zoé elle-même, fille de la ville, qui ne connaissait comme paysage que le tracé des rues, et maintenant fascinée par l'opposé, par l'inévitable routine de la campagne que le temps et les saisons régissent comme des dieux. Comme de *mauvais* dieux, se disait-elle en récupérant une tranche de concombre sur ses genoux, des dieux qui ne veulent pas vous aider, mais vous mettre à l'épreuve. La mort de Joe lui avait fait penser à tout cela, et elle y avait beaucoup réfléchi depuis. Et à Robin aussi. Il avait à peu près l'âge que son père aurait eu s'il avait vécu, et pourtant Robin n'était pas comme un père. Peut-être pour la simple raison qu'il n'était pas physiquement le géniteur de Judy, mais seulement son père grâce à des accords administratifs, si bien qu'une partie de lui n'avait jamais connu la paternité du sang comme le père de Zoé, ou Joe. Cela mettait Robin à part. Il n'était pas vraiment inachevé, mais encore plein de virtualités, comme un jeune homme à qui il resterait beaucoup de choses élémentaires à expérimenter dans sa vie, en lui-même. Est-ce que cela ne rendait pas Robin un peu excitant, un peu original, un peu... un peu capable de quelque chose qu'il n'avait pas encore fait, mais qu'il pourrait faire ? Les pères étaient une chose, les hommes de l'âge des pères sans l'être vraiment en étaient une autre.

Zoé ouvrit les dix derniers centimètres de son bout de baguette et en sortit les légumes en tranches, les roula en un paquet humide dans une feuille de laitue et les enfonça dans sa bouche. Est-ce que Robin avait envié Joe parce qu'il avait des enfants ? Surtout Hughie, puisque les fermiers en étaient restés à des conceptions archaïques sur les filles ? Dans ce cas, se dit Zoé en mastiquant, avait-il vécu avec sa jalousie comme il vivait avec les traites, les moissons et l'ensilage ? Elle se leva en froissant le sac en papier dans sa main. Des miettes tombèrent en pluie par terre et sur ses bottes. Peut-être personne ne le lui avait-il jamais demandé. Peut-être, dans ce drôle de monde où tout semblait si pratique et si nécessaire, personne ne parlait-il jamais de ce qui n'était pas au cœur des problèmes de la ferme. Peut-être, songea Zoé en semant des miettes sur le tapis en allant à la cuisine chercher un verre d'eau, personne n'avait-il jamais dit à Robin qu'il avait le droit d'éprouver des émotions, que tout le monde en avait et que personne ne devait en avoir peur. Et si personne ne le lui avait jamais dit, peut-être était-il temps que quelqu'un le fasse.

Harry était allongé sur le côté, son dentier sur la table de nuit dans un verre de solution antiseptique, et il regardait par la fenêtre. Il voyait le long mur de brique de l'hôpital de Stretton ponctué par de jolies fenêtres à intervalles réguliers et le sommet d'une rangée de cerisiers roses qui bordait l'aire de stationnement. Au-delà, il distinguait la tour grise d'une société de services financiers, la flèche victorienne ornée d'épis et de fleurons pseudo-gothiques de l'église paroissiale Sainte-Marie, quelques toits, quelques pignons, et au loin, comme des grues, les projecteurs éclairant le stade de football de Stretton. Ce n'était pas une belle vue, en dépit des cerisiers. Il ne l'aimait pas. Il n'aimait pas voir des briques et du mortier. Il aurait voulu être chez lui. S'il devait rester au lit — de toute façon, il ne voyait pas pourquoi il le fallait pour une simple petite fatigue ! —, il préférait son propre lit, merci, avec la vue du ciel, des arbres, du champ de cinq hectares que Joe avait laissé en jachère cette année-là et où nichaient des perdrix.

Il n'était pas malade, enfin ! Il était en observation, avait-on dit. Même s'il n'y avait rien à observer, rien qu'il n'aurait pu leur dire, si on lui avait posé des questions, mais on ne lui avait rien demandé, et il n'allait quand même pas prendre les devants ! Quand il était sorti le soir des funérailles de Joe, il n'avait rien en tête, aucun projet, il voulait juste voir quelques endroits où Joe et lui avaient travaillé ensemble, où quelque chose de Joe flottait encore. Quand Robin l'avait trouvé sous une haie, il dormait comme un bébé. Il n'arrivait pas à se souvenir de grand-chose après, sauf qu'ils étaient tous en colère, surtout Dilys, à cause de la boue sur son costume, de la déchirure de sa veste. Ils criaient tous autour de lui après l'avoir installé sur sa chaise dans la cuisine, et il les regardait comme s'il les reconnaissait à peine. Il avait même pensé que ça n'avait pas d'importance qu'il ne les reconnaisse pas. Dans une minute, Joe arriverait et expliquerait tout. Il leur dirait pourquoi il était sous une haie, les yeux clos, vêtu de son plus beau costume, à dix heures du soir.

Maintenant, couché dans son lit d'hôpital, les yeux sur la girouette au sommet du clocher de Sainte-Marie, il savait que Joe ne viendrait pas. Dilys était venue. Robin était venu. Mais Joe ne viendrait pas. Pas maintenant. Il le savait sans doute depuis le début, au fond de lui, mais il ne l'avait pas cru, comme on sait qu'on va mourir un jour, sans le croire non plus. Pour être clair, Joe n'aurait pas dû mourir. Joe était le fils de Harry, et les pères mouraient avant leurs fils pour ne jamais avoir à vivre sans eux. La solitude qu'entraînait l'absence de Joe, Harry ne pouvait l'affronter que par petits éclairs, horrifié. Il était plus facile de regarder les cerisiers et l'immeuble de bureaux gris. Au moins, il pouvait les haïr. Parce qu'ils n'étaient pas ce qu'il voulait voir, parce qu'ils étaient la ville et non la campagne. Il pouvait les haïr surtout parce qu'ils étaient encore là, alors que Joe, non.

« T'as cinq ans ? » demanda Eddie, le fils de Gareth.

Il était assis à la table de la cuisine de Tideswell, vêtu d'un T-shirt de Batman et coiffé d'une visière en plastique transparent vert.

Le regard fixé sur son assiette où Debbie avait disposé des chips et une saucisse froide qui avait l'air d'un doigt mort, Hughie ne dit rien.

« Hughie ? dit doucement Lyndsay.

— Trois », chuchota Hughie.

Phoque était posé sur ses genoux, sous la table. Hughie l'empoigna.

Eddie leva les yeux au ciel.

« Trois ? *Trois ans* ! Je n'ai plus trois ans depuis *des années* !

— Depuis un an, rectifia sa mère.

— J'aurai cinq ans en juillet, le 13 juillet, dit-il en remontant sa visière. Ne l'oubliez pas.

— Ne faites pas attention, dit Debbie à Lyndsay. C'est la différence d'âge avec les deux aînés, Kevin et Rebecca, qui le rend comme ça.

— J'ai un ballon de foot, annonça Eddie. Gary Lineker l'a signé. Et toi, qu'est-ce que tu as ?

— Une batte de cricket, murmura Hughie.

— De cricket ? s'exclama Eddie. De cricket ! Il n'y a que les nouilles qui jouent au *cricket*.

— Ça suffit », ordonna Debbie.

Elle avait été très anxieuse à la perspective de cette rencontre, mais son anxiété avait disparu quand elle avait découvert Lyndsay si fragile, si vidée, si vulnérable, racontat-elle ensuite à Gareth, comme un malade qui a besoin qu'on s'occupe de lui. Pourtant, quand Robin avait demandé à Debbie de venir à la ferme, parce que Lyndsay avait besoin de sortir de chez elle, de se distraire, et que c'était tout ce qu'il avait trouvé pour la divertir, Debbie avait eu des doutes.

« Qu'est-ce que je vais lui raconter ? s'était-elle inquiétée auprès de Gareth. Qu'est-ce que je vais faire ? Enfin, c'est la belle-sœur du patron... Qu'est-ce que je pourrais bien lui dire ? Je ne peux quand même... je ne peux pas lui parler de lui !

— Emmène Eddie, avait suggéré Gareth. Eddie sait toujours quoi dire. Il tiendra compagnie au... »

Il allait dire « au fils de Joe », mais il s'était repris : « à leur gosse, au petit garçon. »

« Qu'est-ce que t'as là ? demanda Eddie en pointant une saucisse vers Hughie. Qu'est-ce que t'as sur tes genoux ? »

Hughie baissa la tête.

« C'est un phoque, expliqua Lyndsay. Il lui tient compagnie. Tu n'as pas de jouet préféré ?

— Oh, non ! s'offusqua Eddie.

— Pas de panda ? insista Debbie. Pas de panthère rose ? Pas de Sonic le Hérisson ? »

Eddie lui jeta un regard noir, posa sa saucisse, descendit de sa chaise et remonta son jean sur ses hanches menues.

« Je rentre à la maison.

— D'accord.

— Je vais voir mon papa. »

Debbie se sentit mal. Elle ne put regarder Lyndsay.

« Mon papa à moi, ajouta Eddie, il conduit des *tracteurs*.

— Ça suffit, s'écria Debbie. Arrête. File à la maison, vite, avant que je t'en colle une ! »

La porte de la cuisine claqua derrière le petit garçon, puis la porte extérieure donnant sur la cour.

« Désolée, murmura Debbie.

— Il ne pouvait pas savoir, dit Lyndsay. Comment le pourrait-il ?

— Il n'aurait quand même pas dû dire ça...

— C'est sans importance. Il se conduisait normalement. C'est bon pour nous de voir des gens qui se comportent normalement. C'est ce dont nous avons besoin. Est-ce que tu ne manges pas tes chips ? » demanda-t-elle en se penchant vers Hughie.

Il en prit une de la taille d'un bouton de chemise.

« Nous ne sommes pas des hôtes très agréables, s'excusa Lyndsay. C'est si gentil de votre part d'être venue ici. Je crois que Robin... Personne ne sait quoi faire de nous... Et nous ne savons pas quoi faire de nous-mêmes », termina-t-elle dans un murmure.

Debbie attendit, les mains serrées sur ses genoux. Les voir ainsi lui donnait à nouveau envie de pleurer et elle sentait les larmes lui serrer la gorge, puissantes et inconfortables. Elle voulait dire qu'elle était prête à tout pour les aider, tout, mais elle ne pouvait pas se résoudre à ouvrir la bouche de crainte de fondre en larmes. Elle secoua la tête d'impuissance et serra ses doigts les uns contre les autres jusqu'à ce que les articulations blanchissent.

« Encore une », dit Lyndsay à Hughie.

Il en choisit une encore plus petite que la première. Lyndsay se tourna vers Debbie.

« On a laissé sa sœur à Mary aujourd'hui, hein, Hughie ? Il y a des jours où on aime bien n'être que tous les deux.

— Rebecca a été folle de jalousie quand Kevin est né. Je ne pouvais pas les laisser seuls tous les deux, pas une minute. Un jour, elle s'est attaquée à lui avec le tisonnier.

— Rose est juste un peu bruyante, n'est-ce pas, Hughie ? Et parfois, on a besoin d'un peu de calme. Ce n'est qu'un bébé...

— Je pourrais vous aider avec elle, proposa Debbie en desserrant les mains. Je ne vais à l'école que pour les repas. Je pourrais vous aider. Vous n'aurez qu'à me le demander. Ça me ferait plaisir de vous aider.

— Merci, c'est très gentil. Merci. Je... je ne sais pas ce que je vais faire. Je vais peut-être trouver un emploi. Je n'en sais rien. Je n'arrive pas à réfléchir. Pas encore.

— Bien sûr...

— Le docteur Nichols dit que c'est le choc. Comme pour... pour le père de Joe. C'est à cause de ça. Il a dit qu'il avait eu un choc nerveux.

— Comment va-t-il ?

— Il est encore à l'hôpital. On le laissera rentrer quand il recommencera à s'alimenter. Il ne veut toujours pas manger. Je ne peux pas le lui reprocher, ajouta-t-elle d'une voix tremblante. Aucun d'entre nous n'a très faim. Ça nous semble... inutile.

— Je suis désolée, dit Debbie en regardant l'horloge qui lui rappela l'heure du thé de Gareth. Je dois...

— Bien sûr, bien sûr. Allez-y, dit Lyndsay, et elle se leva lentement. On va débarrasser, tu veux bien, Hughie ? On va tout nettoyer, et puis on attendra oncle Robin.

— Je suis vraiment sincère, à propos du bébé. Je peux vous aider pour Rose. »

Lyndsay posa une main sur la tête de Hughie, qui se recroquevilla en cachant son visage derrière Phoque.

« Merci, dit-elle. Je n'oublierai pas. »

« Ramène Hughie à la maison », dit Robin.

Il était à nouveau en veste et cravate, le nœud desserré, pourtant, sous son col de chemise ouvert.

Lyndsay s'arrêta d'essuyer les assiettes que les enfants avaient utilisées. Hughie, assis près du chat sur la pile de journaux, suçait son pouce et regardait.

« Pourquoi ?

— Mary est là ?

— Oui, mais...

— J'ai besoin de toi pour une demi-heure. Je veux que tu fasses quelque chose avec moi.

— Quoi ? »

Robin regarda Hughie.

« Viens dans la cour un moment, dit-il à Lyndsay, j'ai quelque chose à te montrer.

— Tu veux bien m'attendre ici ? demanda-t-elle à Hughie. Tu veux bien rester ici une minute avec le chat ? »

Hughie ne répondit pas.

« Je n'en ai que pour une seconde. Juste une seconde et je reviens. Ne bouge pas. »

Elle suivit Robin dans la cour. Sa voiture, la vieille guimbarde que Caro utilisait quand la Land Rover n'était pas disponible, était garée près de la porte, le siège arrière rabattu pour donner un maximum d'espace au coffre, où Lyndsay vit un rouleau de corde, quelques vieux journaux, du fil de fer et une bombonne de gaz sans doute vide. Il y avait aussi une boîte en carton toute neuve.

Robin ouvrit le hayon et tira vers lui le carton, dont il ouvrit le couvercle. Dedans, Lyndsay vit un récipient, comme une grosse boîte de café soluble au couvercle en plastique de couleur bronze.

« Je suis allé au crématorium de Stretton, cet après-midi, comme tu peux voir », dit Robin en montrant sa cravate.

Lyndsay regardait le récipient. Robin le sortit du carton et le tint dans ses mains sans vraiment le lui tendre.

« Les cendres de Joe, dit-il. Pas toutes, bien sûr... Ç'aurait été... Il faut qu'on les disperse. C'est ce qu'il voulait. Il voulait qu'on les disperse dans la rivière. Je crois que nous devrions le faire ensemble, à moins... à moins bien sûr que tu préfères le faire seule. »

Elle secoua la tête, les yeux à nouveau pleins de larmes. Robin remit le récipient dans le carton, se redressa et posa les mains sur les épaules de Lyndsay.

« C'est ce qu'il voulait. Je l'ai entendu. Il faut qu'on le fasse. Je ne peux pas le... les laisser dans la voiture. »

173

Il se tut avant de dire que rapporter les cendres de Joe à Dean Cross avait été incroyablement dur, une des choses les plus difficiles qu'il ait faites pendant ces long mois pénibles, mais il se retint.

« Reconduis Hughie à la maison. Mary le gardera. Et retrouve-moi au bord de la rivière dans une demi-heure. »

Il laissa retomber ses mains. Elle le regarda une seconde et il vit qu'elle était sur le point de s'enfuir. Il leva un doigt et elle eut un frisson.

« Lyndsay, dit-il avec colère. Lyndsay, fais-le. Cesse de penser à toi et fais-le ! »

Elle arriva avant lui et attendit. Elle avait garé sa voiture à cinquante mètres de la rivière, dans le sentier, et avait gagné la rive à pied. Elle se trouvait maintenant près d'un saule sur lequel Judy s'amusait quand elle était enfant parce qu'il avait poussé à l'horizontale, si bien qu'il formait une selle naturelle à chevaucher.

« Hughie, ça va ? demanda Robin en arrivant.

— Je crois. Aussi bien que possible. J'aimerais parfois qu'il ne soit pas aussi silencieux, aussi sage. Parfois, j'aimerais qu'il crie pour que je sache ce qu'il pense. »

Robin grogna. Il tenait au creux du bras le récipient contenant les cendres de Joe. Lyndsay le regarda.

« Est-ce qu'on n'aurait pas dû proposer à ta mère de venir ?

— Non, sauf si tu le souhaites...

— Non. J'imagine que je ne devrais pas le dire, mais je ne le souhaite pas.

— Il n'y a pas de "devrait" ou de "devrait pas", dit Robin. Il n'y a que ce qui est. Pour le moment, en tout cas. »

Il prit le récipient d'une main et en dévissa doucement le couvercle, puis il le tendit à Lyndsay. Elle remarqua qu'il portait toujours sa cravate, une cravate rouge foncé avec un tout petit motif, très conventionnelle. C'était une des trois ou quatre qu'il possédait, au maximum. Joe n'avait pratiquement pas de cravates non plus, juste celles qu'elle lui avait offertes pour des fêtes, des cravates frivoles à grands motifs, et une noire. Il y avait quelque chose d'étrange et de touchant à voir Robin sur la rive avec sa cravate. Elle regarda avec appréhension le récipient ouvert.

« Elles sont très douces, je les ai touchées. Plus douces que des cendres de bois, dit-il en lui tendant le récipient. Plonge les doigts dedans. Prends-en un peu.

« Je ne peux pas...

— Tu le peux. Tu le dois. »

Elle mit la main dans le récipient. Ce qu'il y avait à l'intérieur était effectivement doux, presque soyeux. Ses doigts s'enfoncèrent dans...

« Ce n'est pas Joe, dit Robin. Tu ne dois pas penser ça. Ce n'est pas lui.

— Pourtant...

— Alors, laisse-le partir ! cria soudain Robin. Jette-le dans la rivière et laisse ce pauvre bougre partir ! »

Elle retira brutalement sa main et un plumet de cendres d'un gris pâle presque rose la suivit et fut soufflé vers l'eau comme de la fumée.

« Encore », dit Robin.

Elle plongea de nouveau la main et lança une poignée de cendres dans la rivière, puis recommença, encore et encore, envoyant des arcs de cendres se fondre dans l'air au-dessus de l'eau. Elle crut crier. Robin plongea aussi la main dans le récipient et en sortit une grosse poignée avant de le poser dans l'herbe et de s'approcher de l'eau. Il se baissa de façon que ses doigts touchent presque l'eau, et les cendres en glissèrent, silencieuses, rapides, et disparurent. Elle l'entendit murmurer.

« Qu'est-ce que tu as dit ? demanda-t-elle dans un cri.

— Seulement : Au revoir. »

Lyndsay prit le récipient encore à demi plein, l'emporta près de la rivière, s'agenouilla près de Robin dans l'herbe boueuse, puis se pencha en avant et versa le reste des cendres dans l'eau où elles s'effacèrent presque aussitôt.

« C'est ça, dit Robin. C'est bien. »

Il se leva, Lyndsay aussi. Pendant un moment, ils restèrent là côte à côte à regarder l'eau, cette petite rivière si banale, pleine de galets, de boue et de chevesnes dans laquelle Joe avait demandé à être dispersé. Puis Lyndsay se tourna vers Robin et s'accrocha à son cou.

Il la retint, mais elle sentit la surprise dans la façon dont ses bras ne se détendirent pas. Elle se blottit contre lui.

« Serre-moi fort.

— Je le fais.

— Comme il faut. »

Il était différent de Joe, de la même taille mais plus maigre, moins solide, moins stable. Elle posa la tête sur son épaule et appuya ses mains contre son dos.

« Il savait que j'avais besoin de lui, dit Lyndsay, et il m'a laissée. Il savait que je me ferais des reproches et il m'a laissée avec mes doutes. Il savait que je ne pouvais vivre seule, il le *savait*. Il m'avait permis de m'appuyer sur lui, il m'y avait même encouragée. Ne me laisse pas tomber, Robin ! Tu ne peux pas me laisser tomber. »

Elle sentit qu'il desserrait ses bras autour d'elle.

« Non ! protesta-t-elle.

— Ce n'est pas à moi qu'il faut parler ainsi...

— Que veux-tu dire ? Pourquoi pas à toi ?

— Je suis son frère, et de toute façon...

— Quoi ?

— Je ne sais rien de... l'amour.

— Balivernes ! C'est complètement idiot. Tout le monde sait quelque chose de l'amour. C'est la seule chose que tout le monde connaisse ! »

Soudain, elle l'embrassa sur la bouche, un baiser dur, violent, et elle promena sa langue sur ses lèvres. Il laissa retomber ses bras, un peu tremblant.

— Il est temps que tu rentres...

— Non !

— Tu dois aller retrouver les enfants.

— Et qu'est-ce que tu en sais ? Qu'est-ce que tu sais des enfants ? Qu'est-ce que tu sais de ce que je dois ou ne dois pas faire ?

— Rien, dit-il en lui prenant le bras. Je t'ai prévenue. Jamais je n'ai dit que je savais. »

Lyndsay fondit en larmes.

« Désolée, dit-elle, et elle s'effondra contre lui. Désolée, je n'aurais pas dû...

— Pas de ça, dit-il en l'entourant de son bras. Je te l'ai déjà dit.

— J'ai envie de tuer quelqu'un. J'ai envie que quelqu'un paye ! »

Il l'entraîna lentement sur le sentier vers sa voiture.

« Robin...

— Oui ?

— Je suis désolée pour ce que vient de se passer. Je suis désolée de m'être ainsi...

— C'est sans importance.

— Je ne sais plus où j'en suis. Je ne sais plus que penser. Je ne sais plus rien. »

Elle s'arrêta et se tourna vers lui, ses cheveux auréolant son visage comme un nuage dans la brise.

« Tu vas me soutenir quand même, hein ? »

Il la regarda.

« Tu vas le faire, Robin, n'est-ce pas ? Tu vas m'aider à m'y retrouver, à savoir quoi faire, où aller ? Tu ne me laisseras pas seule face... à tes parents, hein ? Tu me défendras ? »

Il soupira. La peur entra brutalement dans sa poitrine comme un petit couteau froid.

« Bien sûr », dit-il.

12

DILYS se tenait dans la chambre qui avait été celle de Joe toute sa vie jusqu'à ce qu'il épouse Lyndsay, six ans plus tôt. C'était une chambre bizarre, en forme de L à cause du grand placard contenant le ballon d'eau chaude de la maison qui s'avançait dans la pièce, mais Joe l'aimait bien parce qu'elle avait vue sur deux côtés. Il y avait fait ses devoirs et collectionné ses avions miniatures, il y avait eu la rougeole et la varicelle. Au mur étaient encore accrochées les photos d'équipe du temps de l'école, encadrées en noir sur le fond de peinture crème. Il jouait au rugby, il était le meilleur demi de mêlée que l'école de Stretton ait eu depuis dix ans, et son short attendait encore dans le tiroir du fond de la grosse commode entre les fenêtres, lavé par Dilys et remisé là. Il y avait des choses du passé qu'on ne pouvait toucher; il restait en elles trop de vie.

Dilys allait chaque jour dans la chambre de Joe, parfois à deux reprises. Elle emportait un chiffon, achevait les mouches à demi mortes qui s'agglutinaient contre les fenêtres, faisait briller le petit miroir — elle éprouvait une grande fierté qu'on ait dû le suspendre si haut pour que Joe s'y regarde commodément — et lissait le dessus de lit, comme si quelqu'un avait pu le froisser depuis sa dernière visite en y dormant. Elle s'autorisait cinq minutes, dix au plus, puis elle s'arrêtait un moment à la porte, immobile, les yeux grands ouverts, avant de sortir et de fermer la porte derrière elle.

Depuis l'endroit où elle se tenait au pied du lit, elle entendit des murmures dans la cuisine. C'étaient les hommes de l'agence, ceux que Robin avait engagés pour le temps où Harry resterait à l'hôpital, qui discutaient des tâches à accomplir et se les répartissaient. C'étaient de gentils garçons, même si l'un d'eux n'était guère plus qu'un conducteur de tracteur, et, comme ils venaient de loin chaque jour pour travailler — des horaires de bureau, pensait Dilys avec mépris, de huit à seize heures trente —, elle les autorisait à déjeuner dans la cuisine. De cette façon, elle gardait aussi un œil sur eux, pour s'assurer qu'ils faisaient bien ce que Robin leur avait demandé, qu'ils ne se relâchaient pas. L'idée que quelqu'un puisse prendre à la légère le travail de cette terre dans laquelle Joe avait mis tout son cœur lui paraissait un sacrilège.

De même, à son grand désarroi, l'idée de voir revenir Harry à Dean Place. Chaque jour, quand les hommes étaient repartis chez eux, Dilys se préparait et se rendait à l'hôpital de Stretton. Elle s'asseyait au chevet de Harry pour une heure, elle lui apportait des fruits et des biscuits maison, du sirop d'orgeat au citron, et aussi des journaux, nationaux et locaux, plus l'hebdomadaire agricole auquel il était abonné et les cours du marché de Stretton. Elle lui servait à boire, puis lui faisait la lecture et lui racontait ce qui était arrivé à la ferme en lui épluchant une pomme ou une banane pour qu'il mange un peu. L'heure écoulée, elle pliait les journaux, rassemblait les pelures de fruits dans un sac en plastique et se penchait pour déposer un baiser sur son front.

« Maintenant, tâche de dormir, disait-elle. Et mange ton dîner. Tu dois essayer de dîner. Je reviendrai demain. »

Elle partait, regagnait sa voiture et rentrait à Dean Place avec un grand soulagement, celui d'échapper à la conversation avec son mari. Ils ne parlaient plus la même langue.

Elle n'aimait pourtant pas le voir alité. Elle n'aimait pas la façon dont l'hôpital semblait l'avoir vieilli, l'avoir rendu impuissant, diminué. Le docteur Nichols avait dit que c'était le choc qui l'avait poussé à partir le soir des funérailles, que la douleur pouvait créer un traumatisme capable de paralyser les fonctions et les modes de pensée ordinaires. Dilys le voyait bien, mais cela ne lui permettait pas pour autant de communiquer avec lui. Au contraire, cela renforçait en elle le sentiment obscur mais puissant qu'il l'avait trahie, qu'il l'avait laissée tomber pour cet aspect de sa vie qui nécessitait une loyauté sans faille. C'était presque un pacte entre eux, un pacte tacite : Joe était au centre de tout, au centre de leur monde, creuset de leurs espoirs et de leurs souhaits. Joe les avait liés d'une manière que Harry avait comprise aussi bien qu'elle. Et pourtant, il avait laissé son fusil à portée de main. Il avait travaillé au côté de Joe pendant tous ces jours, tous ces mois, toutes ces années, et il avait vu comment cela se passait pour lui, et pourtant il n'avait pas mis le fusil sous clé. Son obstination à s'opposer aux idées progressistes de son fils, Dilys pouvait la lui pardonner, de même que sa propension à se bagarrer avec Joe, à lui refuser tous les changements qui lui tenaient à cœur — mais pas le fusil. Il y avait quelque chose dans ce fusil offert qui lui restait en travers de la gorge et lui faisait apprécier que Harry soit dans ce lit à l'hôpital de Stretton, qu'il continue à refuser de manger plus que ce qui aurait suffi à un hamster. Quand on le renverrait à la maison, elle n'était pas certaine de pouvoir le supporter.

« Madame ! » appela un des hommes au rez-de-chaussée.

Dilys sortit de la chambre de Joe, referma la porte et passa dans le couloir. Au pied de l'escalier l'attendait le plus jeune des deux hommes, un garçon godiche qui vivait, lui avait-il dit, avec sa femme et leurs enfants chez ses beaux-parents, dans une maison à loyer modéré, de l'autre côté de Stretton.

« Je m'en vais, madame.

— Et où ça ?

— J'ai promis à ma femme d'emmener sa mère à l'hôpital dans l'après-midi, pour une visite.

— Vous devez rester jusqu'à quatre heures et demie, vous le savez.

— Désolé... Désolé, madame...

— L'avez-vous dit à M. Meredith ? Avez-vous prévenu mon fils ?

— J'ai oublié. Vous pouvez lui transmettre le message ? Et lui dire que la herse fait des siennes ?

— Elle est neuve.

— Alors, ça va, elle doit encore être sous garantie. »

Elle posa la main sur la rampe au pied de l'escalier, soudain fatiguée. Pire : un peu craintive.

« Bon, allez-y.

— Je risque d'être en retard demain matin. Vers les neuf heures, sans doute... »

Dilys détourna la tête.

« Bon, bien, salut, dit le jeune homme. À demain. »

Elle attendit d'entendre ses pas traverser la cuisine et sortir dans la cour. Joyeux et sans souci, il appela son compagnon. Elle revint presque à tâtons dans la cuisine et vit, bien qu'ils n'aient pas vraiment laissé de désordre, que deux chaises étaient de travers et que sur la table restaient une boule de film plastique et un trognon de pomme. Elle s'appuya à la porte. Le vieux chien de Harry, dans son panier leva la tête en sentant sa présence. Il cherchait son maître. Elle ferma les yeux. Aveugle et sourd, Kep continuait à chercher quelque chose qu'il voulait, dont il avait besoin, et qui n'était pas là. Comme moi, songea Dilys. Le silence de la cuisine l'enveloppa, la coupa du monde. Comme moi.

« Ça va ? demanda Bronwen, qui passait devant le bureau de Judy avec une mangue et un gobelet de café noir. Tu as vraiment l'air fatigué.

— Je le suis un peu...

— Tu veux une mangue ?

— Non, merci.

— Tu devrais demander des vacances. Tu as besoin d'une pose. Je vais à Formentera, cette année. On a loué une villa avec des amis. On dit que c'est resté authentique. »

Judy regarda son écran d'ordinateur. « La tendance cet automne, avait-elle écrit, est à l'enfance. La pièce qui occupera tous les esprits sera la nurserie. Pensez vichy et meubles peints. Pensez frises campagnardes et tapis en lirette. Pensez cheval à bascule. »

Horrible, se dit-elle, horrible, horrible. Elle cliqua sur sa souris pour effacer. « Souhaitez-vous sauvegarder ce document ? » interrogea poliment l'ordinateur.

« Non ! » cria presque Judy.

Bronwen qui, de retour à son bureau, coupait sa mangue avec un fragile couteau en plastique, leva les yeux.

« Désolée, s'excusa Judy. Désolée. Ce que je viens d'écrire est nul, c'est tout.

— Est-ce que tu m'as écoutée ? Est-ce que tu as entendu ce que j'ai dit à propos de vacances ? demanda Bronwen, qui tenait sa mangue en l'air de telle façon que le jus jaune coulait le long de son poignet. Bon sang, j'oublie toujours qu'on ne peut manger ces trucs que dans son bain !

— J'ai déjà pris tellement de jours... Tellement, ces derniers temps...

— Mais c'était pour raisons familiales. Ce n'étaient pas des vacances. On ne peut pas te pénaliser parce que... parce que tu...

— Parce que des parents à moi sont morts », termina Judy.

Du coude, Bronwen ouvrit un tiroir de son bureau, puis elle en sortit une boîte de mouchoirs en papier.

« Tu ne pourrais pas partir quelque part avec Ollie ?

— Je ne sais pas. Nous n'en avons pas parlé. Et puis, il en a tant fait, dernièrement... »

Bronwen mordit dans une moitié de mangue et arracha un gros morceau de chair glissante.

« Il aime probablement ça. Et Zoé ?

— Pas Zoé.

— Je croyais qu'elle était formidable. »

Judy se souvint de la liste d'expressions de la douleur sur le papier vert, des conversations au milieu de la nuit, de Zoé qui ne demandait rien, qui ne jugeait pas, qui était presque invisible dans l'appartement.

« Elle l'est... Enfin, elle l'était. »

La peau de la demi-mangue jetée dans la corbeille à papier fit un bruit humide.

« Qu'est-ce qui ne va pas ? »

Judy hésita. Elle lança un coup d'œil à la photo de Tideswell avec les génisses, la prairie ensoleillée et la silhouette qui pouvait être celle de Robin mais dont l'identité, jusque-là, ne l'avait jamais vraiment préoccupée. Maintenant, en y regardant de plus près, elle voulait que ce soit Robin, absolument, elle voulait en avoir la certitude. Elle s'approcha encore. La silhouette était trop grande pour qu'il s'agisse de Gareth, mais les cheveux ne semblaient pas assez sombres pour que ce soit Robin. Gareth avait les cheveux châtains, d'un brun couleur de thé léger. Peut-être l'homme près de la grange n'était-il ni Robin ni Gareth, mais Joe. Elle tourna la photo et la lumière frappa le verre de telle façon que l'image ne fut plus visible. Si cet homme était Joe, elle n'était pas encore prête à le regarder.

« Alors ? » insista Bronwen.

Elle avait terminé sa seconde moitié de mangue et se léchait les doigts un à un. Judy trouva le spectacle dégoûtant.

« Elle... Enfin, elle semble assez... accrochée à ma famille.

— Qu'est-ce que tu veux dire ? »

Judy baissa la tête et cacha son visage à Bronwen derrière ses mains.

« Elle a voulu venir voir la ferme. Alors, je l'ai emmenée. Ensuite, elle y est retournée, sans me prévenir, toute seule. Et maintenant, elle y est à nouveau.

— Ouah !

— Cette fois, elle me l'a dit, et elle n'a pas voulu venir aux funérailles de mon oncle parce qu'elle trouvait que ce ne serait pas bien. Mais elle y est retournée hier. Elle a pris un car.

— Bizarre.

— Je n'arrête pas de penser qu'elle doit chercher quelque chose. Elle dit que non. Elle dit qu'elle aime juste y être... »

Judy s'interrompit. Avant de partir pour la gare routière, Zoé avait déclaré : « Ce n'est pas moi qui dois répondre à

183

ces questions, Judy. C'est toi. C'est toi qui as dit que tu n'as jamais aimé cet endroit. C'est toi qui as dit que ta famille t'avait étouffée. Eh bien moi, j'aime bien et rien ne m'étouffe. Je ne prends rien qui t'appartienne. Je ne prends même rien du tout. Je vais juste là-bas. Si ton père me demande de partir, je partirai. »

« Il me manque un élément, expliquait maintenant Judy à Bronwen. Tout semble si simple, quand elle en parle, mais ça ne tient pas debout. »

Bronwen commençait à se lasser. Elle se leva, tenant ses mains poisseuses loin d'elle, les doigts écartés, comme le *Struwwelpeter* du conte.

« Il faut que j'aille me laver. J'ai du jus presque jusqu'aux épaules. Je te rapporte un café ? »

Judy regarda son écran vide. À midi, elle était censée remettre 500 mots au chef de la rubrique.

« Non, merci.

— Tu veux bien répondre si on m'appelle ? J'en ai pour une seconde. »

Judy hocha la tête, puis elle plaqua la photo de Tideswell face contre le bureau pour ne plus voir ni la maison, ni les vaches, ni l'homme près de la grange. « Ce n'est pas chez moi, avait-elle dit une fois à Zoé avec une certaine irritation. C'est juste l'endroit où j'ai passé mon enfance. » Eh bien, soit, pensa-t-elle en reprenant la souris de son ordinateur. Vrai ou faux ?

Le fusil de Robin était posé sur la table de la cuisine. Il était brisé, et des cartouches s'étaient éparpillées quand il les avait sorties de sa poche. Zoé n'avait jamais vu une arme en vrai, et certainement pas un fusil à long canon comme celui-là, avec sa crosse en bois et ses platines en métal repoussé. Cela n'avait rien à voir avec les armes dans les films, c'était beaucoup plus vieillot, élégant, campagnard. Zoé le touchait de temps à autre. Robin avait dit qu'il allait le nettoyer dès qu'il aurait réglé quelques problèmes qu'il croyait avoir avec la numération bactérienne de la traite du mois précédent. Elle semblait très élevée, avait-il expliqué à Zoé, de 20 en moyenne. Il fallait qu'il aille voir quelqu'un à ce sujet, qu'il vérifie l'alimentation. Elle n'avait aucune idée de ce dont il s'agissait. Parfois, quand il parlait le jargon de la ferme, elle réclamait des éclaircissements, mais cette fois elle ne l'avait pas fait. Elle avait plutôt regardé l'arme sur la table et s'était demandé si c'était avec un fusil du même genre que Joe s'était tué.

Robin l'avait utilisé la veille au soir pour tirer sur des blaireaux. C'était une espèce protégée, avait-il expliqué, mais seulement à cause des citadins qui n'y connaissaient rien, qui n'avaient pas à subir les conséquences de leurs ravages. Les blaireaux étaient très gentils, mais de loin et en petit nombre.

« Ce sont des bêtes immondes quand elles approchent des maisons chaque jour et souillent les pâturages. Elles véhiculent la tuberculose. La tuberculose bovine. Je n'en veux pas près de mon bétail. »

Il avait dit cela sans regarder Zoé. En fait, elle avait remarqué qu'il ne l'avait pas regardée du tout depuis son arrivée trois heures plus tôt, quand il l'avait trouvée dans la laiterie avec Gareth à la fin de la traite de l'après-midi.

« Tu es de retour ? avait-il demandé, comme Gareth quelques minutes plus tôt.

— Oui. »

Il n'avait pas souri.

« On aurait l'usage de bras supplémentaires, en ce moment », avait-il ajouté en s'adressant plus à Gareth qu'à elle.

Le visage vieilli, plus grave, Gareth était moins causant que d'ordinaire, lui aussi, comme s'il avait la tête pleine de pensées pénibles et préoccupantes. Il avait dit qu'il ne savait pas ce qui allait arriver, ce que leur réservait l'avenir, ce que Robin déciderait, ce qu'ils feraient de la ferme de Dean Place. Le vieil homme, avait expliqué Gareth en repoussant les tuyaux des trayeuses pour laisser passer les vaches, était toujours à l'hôpital. Et s'il ne pouvait plus travailler la terre ? Il n'était pas tellement âgé, mais si tout ça l'avait chaviré au point qu'il

185

n'avait plus toute sa tête ? Robin ne pouvait s'occuper de deux fermes. Et de toute façon, il n'aimait pas cultiver la terre.

« Il en a pas envie, avait dit Gareth en donnant une claque sur la croupe d'une vache un peu lente à rejoindre sa place. C'est pas comme le bétail. C'est tout à fait différent, de travailler avec des bêtes. »

Zoé avait failli lui demander s'il songeait à partir, mais quelque chose dans l'atmosphère l'avait retenue. L'endroit lui semblait très différent, cette fois, moins stable, moins certain, comme si l'avenir n'était plus une affaire aussi simple et solide qu'il lui avait paru. L'ambiance faisait que Zoé elle-même se sentait moins sûre d'elle, moins capable de poser des questions quand elle en avait envie, d'entrer et de sortir de ces vies apparemment équilibrées selon son humeur, les observant et les photographiant comme si sa présence ne les affectait pas plus que les pattes d'un papillon se posant sur un mur. En quittant la laiterie, elle était revenue dans la cuisine et y était restée, gênée et agitée. Avant, elle aurait simplement été là, elle aurait existé en prenant plaisir à la facilité sans fard de la situation. Maintenant, rôdant, incertaine, autour de la table sur laquelle reposait le fusil de Robin, elle se sentait mêlée à quelque conte effrayant, où les forces commandant au ciel et à la terre auraient arraché le toit des maisons et ne tarderaient pas à en abattre les murs, par simple caprice, pour voir tous les petits êtres qui y vivaient en sortir affolés.

Elle regarda dans l'évier. Elle avait envie de boire. L'assiette de Robin y était, avec un couteau et un verre. Ils semblèrent incroyablement solitaires à Zoé, signes d'une existence plutôt que d'une vie. Elle prit le verre, le rinça sous le robinet, le remplit d'eau et le vida d'un trait. L'eau avait un léger goût métallique. Elle le rinça de nouveau, puis lava l'assiette et le couteau, et les posa sur l'égouttoir avant de prendre le torchon que Velma laissait toujours bien plié en carré pour lustrer l'évier et les robinets. Jamais elle n'avait fait cela auparavant et l'éclat des chromes la laissa stupéfaite. Elle regarda son reflet déformé dans le robinet mélangeur. Elle avait des yeux énormes et un large nez au-dessus d'une bouche minuscule, sans menton ni cou. Elle inclina la tête et tira la langue, qui prit toute la place dans le reflet, comme un ballon rose mouillé, énorme et hideux.

Derrière elle, le téléphone sonna. Robin avait un répondeur qu'il oubliait souvent de brancher. Zoé attendit. Deux sonneries, trois, quatre, cinq. Il ne l'avait pas branché. Elle traversa la cuisine et décrocha le combiné.

« Ferme de Tideswell...

— Qui est-ce ? demanda Dilys d'un ton cassant.

— Zoé.

— Zoé ?... Que faites-vous là ?

— Je suis revenue.

— J'aurais pensé que vous auriez plus de tact en une période comme celle-là. Que vous auriez su qu'il n'était pas convenable de venir. Où est Robin ?

— Il vérifie le comptage des bactéries, ou je ne sais quoi. Dans le lait. Il est parti...

— Je voulais lui laisser un message à propos de son dîner.

— Je le transmettrai.

— C'est sans importance. Ce n'est plus la peine, maintenant. Je lui parlerai plus tard.

— Je vais venir le chercher, dit Zoé en changeant le combiné d'oreille. Je peux venir chercher son dîner. Je vais emprunter la bicyclette de Gareth.

— Je sors. Je vais à l'hôpital.

— Tout de suite ?

— Dans une demi-heure..

— J'en ai pour dix minutes.

— D'accord, d'accord, soupira Dilys d'une voix hésitante. Il ne s'agit que d'une tourte. Une part de tourte...

— Dix minutes, répéta Zoé. Je pars tout de suite. »

Elle raccrocha, sortit et traversa la cour à toute vitesse. Gareth avait terminé la traite. Debout au-dessus de la fosse, il dirigeait le jet sifflant du tuyau d'arrosage vers les stalles que les vaches avaient occupées. Zoé s'approcha un peu de lui et mit ses mains en porte-voix pour amplifier ses cris :

« Est-ce que je peux prendre votre bicyclette ? Je dois aller à Dean Place.

— Vous en avez pour combien de temps ?

— Une demi-heure. »

Gareth hocha la tête sans la regarder. L'eau du tuyau giclait et tourbillonnait contre le béton.

« Elle est dans la grange, derrière le tracteur. Bousillez pas mon dérailleur ! »

Elle courut jusqu'à la grange, par-delà la cuve de stockage du lait. Pas trace de Robin. La bicyclette de Gareth, un vieux VTT, était couchée sur un tas de maïs. Zoé s'en empara et sortit de la grange, toujours en courant. Cela lui donna de l'élan pour y grimper en lançant sa jambe droite par-dessus la selle afin d'éviter la barre horizontale, que Gareth avait ornée d'un ruban fluorescent pour qu'on le voie mieux la nuit.

Zoé fut heureuse de se retrouver sur une bicyclette. Elle n'en avait pas utilisé depuis des années avant d'emprunter celle de Gareth la dernière fois qu'elle était venue à Tideswell. Elle y éprouvait une sorte de liberté, de participation à ce qui l'entourait, et les haies, dans lesquelles les fleurs plates du sureau, de couleur crème, commençaient à s'ouvrir, n'avaient pas le même aspect à cette hauteur, à cette vitesse. Elle pencha la tête dans la brise qu'elle créait en pédalant telle une furie, comme si elle était en mission, comme si quelque chose de vital dépendait d'elle, le messager.

Dilys l'attendait à la fenêtre de la cuisine. Elle vit Zoé arriver en trombe dans la cour et freiner en dérapant comme si la bicyclette était un poney échappé. Elle était exactement comme dans son souvenir, et tout aussi déconcertante, toute en noir avec des cheveux courts comme un garçon. Une jeune fille n'aurait pas dû laisser voir ainsi son cou, la peau de son cou, c'était indécent, trop nu. Zoé appuya la bicyclette contre un des pots de géraniums de Dilys et arriva en courant à la porte.

« Il n'y a pas le feu, déclara la vieille dame en lui ouvrant. Ce n'est pas une question de vie ou de mort.

— Je ne voulais pas vous mettre en retard ! dit Zoé, qui avait du mal à reprendre son souffle.

— Aucun risque. »

Dilys la conduisit dans la cuisine. Sur la table, à côté d'une boîte en plastique, une assiette était proprement recouverte d'une feuille d'aluminium.

« J'en ai mis assez pour deux. Avec un peu de salade.

— Merci. »

Dilys paraissait défaite. Zoé se souvenait d'une femme sûre d'elle, solide et décidée, d'une femme dominatrice. Maintenant, elle n'était plus que l'ombre de tout cela ; ses vêtements bien nets, ses cheveux bien peignés, sa cuisine bien rangée tournaient presque en dérision les chocs terribles qu'elle avait subis.

« Vous avez bien dit que vous alliez à l'hôpital ? »

Dilys déplia un torchon et le replia exactement comme avant.

« Oui.

— Comment va-t-il ?

— Pas bien ! répondit-elle d'une voix bizarre, un peu comme si ce qu'elle annonçait la réjouissait, comme si elle en était reconnaissante. Ils n'arrivent pas à le faire manger. Il ne veut pas manger. Ils l'ont mis sous perfusion hier, conclut-elle en reposant le torchon là où il était avant, au centre exact du bord de l'évier blanc ancien.

— Oh...

— Il ne peut pas revenir ici, affirma-t-elle, de nouveau avec ce curieux air de triomphe. Il ne peut pas rentrer avant qu'on lui enlève la perfusion. »

Zoé la regarda. Elle remarqua que les mains de Dilys tremblaient quand elle reposa le torchon.

« Voudriez-vous que je vous accompagne ?

— Quoi ?

— Est-ce que je peux aller avec vous à l'hôpital ? Pour le voir ? Je ne sais pas conduire, mais je vous tiendrai compagnie.

— Mais je ne vous connais pas !

— Si, un peu. »

Dilys s'approcha de la table pour rectifier les positions de l'assiette et de la boîte en plastique.

« Ce ne serait pas... convenable.

— Et pourquoi pas ? Ce serait mieux si je venais. Beaucoup mieux. Ce serait plus facile de partir, plus facile de rentrer à la maison.

— Oh, s'exclama Dilys un peu trop rapidement, revenir est facile, ce n'est pas le retour...

— Je sais. »

Dilys leva les yeux de ses mains laborieuses et regarda Zoé.

« On ne sait jamais, reprit Zoé, ce qui va faire peur, n'est-ce pas ? Ça s'insinue en vous sans qu'on y prenne garde, et on se retrouve effrayé... Je peux rapporter le dîner sur le porte-bagages de la bicyclette, et vous me suivrez en voiture. Ensuite, on ira ensemble... J'aimerais venir. Sincèrement. »

Dilys toucha doucement l'aluminium qui recouvrait l'assiette et baissa les yeux.

« Ramenez la bicyclette. J'apporterai ça en voiture. Je ne veux pas que la tourte soit malmenée.

— D'accord », dit Zoé avec un grand sourire.

Elle gagna la porte. Dilys était toujours debout contre la table, le regard perdu dans le vague.

« Dans dix minutes ? » précisa Zoé.

La perfusion ne gênait pas Harry. Curieusement, être ainsi relié à un tuyau lui rappelait la laiterie de Robin, avec tous ces tubes et ces tuyaux, sauf que, dans ce cas, le lait sortait, alors que pour lui, lui avait-on expliqué, le glucose entrait, du glucose et des vitamines. Ça ne l'intéressait pas vraiment, pour dire la vérité. Il ne s'était jamais préoccupé de vitamines ; encore des nouveaux trucs qu'on avait inventés pendant la guerre à cause de la pénurie d'aliments. Jamais on ne parlait de vitamines, quand il était petit. Il y avait le cochon, et le pain, le fromage, les pommes de terre et le chou. Dans son enfance, on pouvait deviner les jours de la semaine et les heures du jour en fonction de ce qu'on mangeait. Quand ses sœurs ou lui tombaient malades, leur mère fabriquait une de ses décoctions —

ortie, oseille, menthe et autres trucs. Harry regarda les engins fragiles auxquels il était relié et pensa à l'arrière-cuisine de sa mère. Si elle le voyait là, elle aurait une attaque. Elle n'arriverait à penser à rien d'autre qu'au coût, à la dépense.

« Harry ! appela Dilys en apparaissant au pied de son lit, comme chaque fois, si bien qu'il devait plisser les yeux pour la distinguer. Bonsoir, mon ami.

— Bonsoir.

— Je t'ai amené de la visite. Tu te souviens de Zoé, l'amie de Judy ? »

Harry ferma un œil pour réduire son champ de vision. Dilys s'écarta et Zoé la remplaça, souriante.

« On s'est vus près de la haie, dit Zoé. Vous vous souvenez ? Vous étiez en train de la tailler. Judy et moi, nous vous apportions du thé. »

Harry hocha la tête. Il se rappela tout à coup qu'il n'avait pas son dentier.

« J'ai voulu venir, reprit Zoé. J'ai demandé à Dilys si je pouvais. »

Elle fit le tour du lit, du côté opposé à Dilys, et se pencha vers lui, toujours souriante.

« Vous voulez votre dentier ? »

Il hocha de nouveau la tête en la fixant des yeux. Il se souvenait de ses drôles de cheveux, mais il avait oublié ses grands yeux, des yeux grands comme ceux d'une vache, sauf qu'ils n'étaient pas doux mais acérés. Des yeux qui voyaient des choses.

Dilys lui tendit son dentier dans un mouchoir en papier. Il cacha ses gencives d'une main pendant qu'il le mettait en place, maladroitement à cause de la perfusion.

« Vous êtes chez Robin ?

— Oui.

— Judy aussi ?

— Non, elle travaille, mais elle vous embrasse, dit Zoé en s'asseyant au bord du lit. Elle voulait avoir de vos nouvelles.

— Les infirmières ne vont pas être contentes, déclara Dilys. Elles n'aiment pas qu'on s'assoie sur les lits.

« — J'attendrai qu'elles me chassent, répliqua Zoé en lui adressant un sourire. Que dois-je dire à Judy ? demanda-t-elle à Harry. Sur votre état ?

— Je suis fatigué.

— Mais vous ne mangez pas.

— Je ne veux pas.

— Qui est-ce que ça va aider ? À qui est-ce que cela profitera, que vous ne mangiez pas ? »

Dilys approcha une chaise en plastique gris et s'assit dessus — comme si sa réponse ne l'intéressait pas, pensa Harry.

« Ça ne vous regarde pas, répondit-il.

— C'est vrai.

— Ça ne regarde personne, ce que je fais. Plus maintenant.

— Sauf que les autres doivent s'occuper de vous. Et vous leur posez un problème, en ne mangeant pas. Vous leur causez des ennuis.

— J'ai toujours posé des problèmes, déclara-t-il en souriant soudain. J'ai été un casse-pieds toute ma vie.

— Moi aussi », dit Zoé.

Elle le regarda. Quelque part, dans ce vieux visage défait, elle retrouvait Robin — la même structure osseuse, le même léger sourire, les mêmes yeux secrets. Harry était assez petit, très petit en tout cas pour avoir engendré des fils aussi grands, mais il avait la tête large, la tête d'un homme beaucoup plus grand, une tête, songea Zoé, pleine de choses, en ce moment, qu'il ne pouvait supporter mais dont il ne pouvait se libérer. Elle jeta un coup d'œil à Dilys. C'était la même chose pour elle. Elle était assise sur sa chaise en plastique gris, à sa manière organisée, et elle aussi était enchaînée à ses pensées. Comme Harry, comme Robin, comme la jeune femme chez qui Zoé avait pris le thé et qui était maintenant la veuve de Joe. Elle croisa les mains sur ses genoux.

« Vous savez quoi ? » demanda-t-elle.

Harry la regarda.

« Vous ne mangez pas, et vous finirez par en mourir. Est-ce ce que vous voulez ? »

192

Harry détourna les yeux.

« Vous n'arrivez pas à vous décider ? »

Il ouvrit la bouche, puis la referma sans bruit.

« Bon, d'accord. Je vais décider pour vous, déclara Zoé. Pendant qu'on est en vie, on vit. Et c'est ce que vous allez faire. N'est-ce pas ? » dit-elle en interrogeant Dilys du regard.

13

LYNDSAY était allongée sur un transat. Le soleil brillait dans le jardin de ses parents, dans la banlieue de Stretton, un soleil capricieux, comme parfois à la fin du printemps. Sa mère lui avait couvert les jambes d'un plaid et les épaules d'un cardigan avant de lui apporter un thermos de café. Elle lui avait aussi fourni un magazine. Lyndsay se disait qu'elle la traitait comme une malade.

Son père avait construit cette maison trente ans auparavant sur l'ancien verger d'une grande maison qu'on avait rasée pour faire un club de tennis. Adolescents, son frère et sa sœur, tous deux plus âgés qu'elle, avaient été membres de ce club ; sa sœur avait épousé un garçon avec qui elle y jouait en double mixte. Elle était partie vivre à Droitwich avec son mari et leurs deux enfants, et elle était devenue chef du personnel dans une usine de matériel de jardinage. Son frère était comptable. Leur mère, qui avait toujours tenu les livres de l'entreprise de construction de son époux, disait que son fils avait hérité d'elle la bosse des maths.

Personne ne parlait jamais de ce dont Lyndsay avait pu hériter. Elle ressemblait à sa jolie et pâle grand-mère maternelle, mais cette grand-mère avait un côté artiste, avec un certain talent pour l'aquarelle et la broderie, alors que Lyndsay, bien qu'habile de ses mains, ne se sentait attirée ni par le pinceau ni par l'aiguille. Elle était bien une petite dernière, tant de tempérament que d'éducation. Dorlotée, disaient son frère et sa sœur, gâtée. Les photos de Lyndsay à chaque étape de son enfance ornaient toujours en abondance le salon de ses parents, plus densément encore sur les plaques des radiateurs. Toutes ces images d'enfant avec de jolies robes, des rubans plein les cheveux et des socquettes blanches la gênaient maintenant, et cela ne la surprenait pas que sa sœur en soit irritée.

Ils avaient tous été stupéfaits et soulagés quand elle avait amené Joe à la maison. Elle s'était engagée mollement dans deux années d'études d'esthéticienne après avoir quitté l'école et attendait que son père lui achète son propre salon quand elle l'avait rencontré. Dans une station-service. Elle faisait le plein de la voiture de sa mère, qu'elle avait empruntée, quand, le mécanisme d'interruption automatique de la pompe n'ayant pas fonctionné, elle avait trempé d'un flot d'essence ses vêtements et ses chaussures. Elle s'était mise à crier. Joe, qui prenait du gazole de l'autre côté de la station, s'était précipité à son secours. Elle avait empesté l'essence pendant des jours, et Joe devait raconter — pendant un certain temps du moins — que cette odeur était devenue pour lui le plus agréable parfum du monde.

Il l'avait demandée en mariage au bout de trois semaines. Et elle avait dit oui, presque avant que les mots sortent de sa bouche. En fait, elle s'en rendit compte plus tard, elle attendait qu'il lui fasse sa demande presque depuis la seconde où il avait arraché de ses mains paralysées le tuyau fou pour le jeter dans le caniveau. Ses parents lui avaient trouvé toutes les qualités dont ils rêvaient : il était plus âgé, installé, beau garçon, apparemment prospère. Il reprendrait le flambeau qu'ils pouvaient lui transmettre avec soulagement. Il s'occuperait de Lyndsay. En souriant, il avait dit, à la vue de toutes les photos dans leurs cadres argentés, qu'elle n'aurait pas à se salir les mains. Ils l'avaient tous cru.

Et tous, maintenant, étaient en état de choc. Jamais dans leur vie ils n'avaient eu à faire face à un acte aussi sauvage, à leurs yeux, que celui qu'avait perpétré Joe. Jamais ils ne l'avaient même imaginé. Ils avaient demandé à Lyndsay de venir passer quelques jours chez eux, parce qu'elle était leur fille, et qu'il y avait les enfants, mais c'était trop terrible, vraiment. Ç'avait quelque chose de scandaleux, d'extrême, qui les laissait perplexes, sans opinion. Quand Lyndsay était arrivée, ils l'avaient accueillie tendrement, mais par devoir, comme si elle était en quelque sorte un peu contaminée. Puis ils s'étaient mis à la traiter comme une invalide — petit déjeuner au lit, tasses de thé et verres de sherry doux, chaise de repos et plaid dans le jardin.

Son père, à présent à la retraite, se montrait très patient avec les enfants. Elle l'entendait, dans la maison, chanter à Rose de vieilles chansons de guerre. Rose adorait chanter. Elle aimait tout ce qui faisait du bruit : musique, motos, aboiements de chiens, rugby à la télévision. Hughie écoutait aussi, probablement, mais il n'accompagnerait sûrement pas son grand-père de ses cris, comme le faisait Rose. Il avait mouillé son lit les deux dernières nuits, et la mère de Lyndsay, sans rien dire mais ostensiblement, avait mis une alaise en caoutchouc sous son drap pour protéger le matelas.

« C'est une erreur, lui avait déclaré Hughie en refusant de s'excuser. Une erreur. »

Plusieurs fois, il avait dit à Lyndsay qu'il espérait bientôt rentrer à la maison.

« Le jardin d'enfants te manque ?

— Non.

— Alors, pourquoi veux-tu rentrer à la maison ? »

Il avait retourné Phoque tête en bas et regardé Lyndsay par-dessus sa queue.

« C'est chez moi », avait-il répondu patiemment.

Je me demande si c'est mon cas, songeait maintenant Lyndsay en levant les yeux vers le ciel pâle et propre. Je me demande où je vis. Elle suivit du regard la haie de résineux qui cachait les courts de tennis, puis s'attarda sur la maison de ses parents — des briques bien alignées, solides, respectables. En tout cas, chez moi, ce n'est pas ici. Plus maintenant.

Les portes-fenêtres du salon s'ouvrirent et sa mère sortit ; son arthrite la faisait légèrement boiter, même si elle supportait la douleur sans jamais en parler. Elle apportait une chaise pliante. Lyndsay se redressa un peu et tenta d'avoir l'air plus positive, de moins ressembler à une victime. Sa mère ouvrit la chaise, en vérifia la stabilité et s'assit.

« Bien ! dit-elle en regardant sa fille. Tu as assez chaud, ma chérie ? »

Lyndsay hocha la tête.

« Papa chante pour les enfants. Tu l'entends ? Rose aime surtout *Oublie tes ennuis,* quelle adorable enfant !

— Elle aime tout ce qui fait du bruit. »

Sylvia Walsh regarda ses mains. C'étaient de jolies mains, comme celles de Lyndsay, bien nettes. Sauf quand elle faisait le ménage, elle portait toujours sa bague de fiançailles — deux saphirs et trois petits diamants — et la bague celtique en forme de nœud de la fidélité que Roy lui avait offerte pour leurs noces d'argent.

« Je crois qu'il est temps que nous ayons une petite conversation à propos de ton avenir, ma chérie. Il est évident que papa et moi ferons tout ce que nous pourrons pour t'aider. »

Lyndsay ramena le plaid sur ses mains pour pouvoir les torturer en secret.

« Que veux-tu dire ?

— Eh bien, quelle est ta situation ? Peux-tu rester là-bas ? À la ferme ?

— Bien sûr que je peux rester ! C'est chez moi ! » répondit Lyndsay sans réfléchir.

Sylvia rajusta sa veste pour que les bords soient bien parallèles sur sa poitrine.

« Les choses ont changé, n'est-ce pas ? Je veux dire que tu ne peux tout de même pas reprendre les travaux de la ferme ! Peut-être que les Meredith auront besoin de ta maison, tu comprends, pour y loger un fermier.

— Personne n'a rien dit...

— Non, bien sûr que non. Tout est encore si nouveau et si bouleversant, et avec ton beau-père à l'hôpital... Mais il faudra bien qu'ils y réfléchissent, non ? Est-ce que Robin n'y réfléchit pas ? »

Délibérément, sachant que sa mère supporterait mal d'entendre son nom, Lyndsay dit :

« Joe avait des parts dans la ferme. Son père aussi, mais Joe davantage. Elles me reviennent, non ?

— Mais enfin, tu ne veux tout de même pas de parts dans une ferme ! Qu'en ferais-tu ?

— Non, non. Je suppose en effet que...

— Je veux dire, insista Sylvia, que tu ne peux plus rester là-bas, pas depuis... Enfin, il faudra que tu en parles avec tes beaux-parents, non ? Il faudra que vous parliez affaires.

— Je m'en sens incapable, répliqua Lyndsay en détournant les yeux. De toute façon... de toute façon, ajouta-t-elle doucement, comme si elle avouait une trahison, je déteste la ferme.

— Papa et moi nous demandions ce que tu penserais de notre projet. Ce n'est qu'une suggestion, vois-tu. C'est juste une petite idée à laquelle tu pourrais réfléchir. »

Lyndsay sortit ses mains de sous le plaid et les croisa sur son ventre.

« On se demandait si tu ne voudrais pas reprendre les choses là où tu les as laissées il y a sept ans. Si tu n'aimerais pas revenir à Stretton. On pourrait te chercher un petit salon. Pas une grosse affaire. Quelque chose que tu pourrais faire à mi-temps jusqu'à ce que les enfants soient plus grands. On a pensé, ajouta-t-elle d'une voix qu'elle voulait gentille, que ce serait bon pour toi de tout changer. »

Lyndsay posa ses mains à plat sur son ventre, qui se creusa entre les os du bassin. Elle ne croyait pas avoir jamais été aussi mince de sa vie.

« Ce ne serait pas un changement, dit-elle. Ce serait juste un retour en arrière.

— Sauf que tu as des enfants ; tu as Hugh et Rose. Et tu n'as pas terminé ce que tu avais commencé parce que... tu t'es mariée. »

Lyndsay détourna la tête. Il y avait des instants, soudains, inattendus, où son besoin de Joe la menait aux frontières de la panique. Le mariage, oh, Seigneur, le mariage, le mariage...

« Réfléchis-y un peu. Je sais combien ça doit être dur de prendre une décision, mais il le faut. La vie doit reprendre.

— Et si je ne veux pas ? Si je ne veux pas qu'il y ait une vie, après ? »

Sylvia se leva, rajusta les pans de son cardigan et la ceinture de sa jupe avec ces petits gestes précis que Lyndsay lui avait toujours connus.

« Tu ne peux pas raisonner ainsi, dit-elle. Pas avec des enfants. Quand on a des enfants, cette idée ne peut même pas vous passer par la tête. »

« Je te fixe », annonça Eddie à Zoé.

Il s'était accroupi devant elle, un pistolet à eau en plastique rouge dans la main. Zoé était assise en tailleur par terre, le dos contre le mur de la ferme, les yeux clos. Gareth venait de lui donner sa première leçon de conduite d'un tracteur, avec le vieux racleur à lisier, et elle n'avait guère montré d'aptitudes à cet exercice.

« Je peux te fixer plus longtemps que toi, insista Eddie. Je vais te fixer, maintenant. »

Zoé ouvrit le yeux. Le visage d'Eddie était à quinze centimètres du sien, déformé par l'effort, ses yeux bleu-gris rétrécis.

« Pourquoi ? » demanda Zoé.

Il ne broncha pas.

« Pourquoi tu veux me fixer ?

— Je vais te fixer jusqu'à ce que tu aies peur.

— Je n'ai pas facilement peur. »

Elle le regarda. Il avait les traits fins dans un visage étroit couvert de taches de rousseur. Elle lui tira la langue. Il ne réagit pas.

« C'est barbant », dit Zoé.

Il s'approcha un peu plus, et elle sentit son odeur, une odeur à la fois de bébé et d'homme sale. Il ressemblait un peu à Gareth, mais il avait hérité de la constitution fragile de Debbie, le genre d'ossature que Zoé associait aux enfants des villes, ceux qui couraient et zigzaguaient dans les résidences où elle avait vécu. Elle trouvait cela parfaitement normal dans les cages d'escalier, les couloirs et les espaces restreints occupés par tant d'autres gens. Mais maintenant, ici, dehors, elle se disait que c'était juste une façon de grandir parmi d'autres. Après tout, Judy avait été élevée ici, elle avait eu le bon air et les champs, les sentiers caillouteux et la rivière. Et la solitude. Et elle avait détesté ça. Zoé se pencha en avant et poussa Eddie.

« Arrête. »

Il oscilla sur ses talons mais se rattrapa et se rapprocha un peu plus, le nez presque contre celui de Zoé.

« T'es barbant, répéta Zoé. Il est temps que tu ailles à l'école et qu'on te fasse comprendre à coups de poing que t'es barbant. »

Ils entendirent un moteur de voiture, la Land Rover arriva dans la cour et s'arrêta comme Robin la garait toujours, en biais, l'avant vers la porte de la cuisine. Zoé leva les yeux pour la regarder.

« J'ai gagné ! hurla Eddie. J'ai gagné ! J'ai gagné le fixage ! »

Zoé déplia les jambes et se leva en faisant glisser son dos contre le mur. Robin sortit de la Land Rover et alla ouvrir le hayon. Zoé s'approcha. Derrière elle, Eddie tira deux jets d'eau presque dans sa direction.

La Land Rover était pleine de balles de paille. Zoé regarda.

« Qu'est-ce que c'est ? »

Robin saisit la première par ses liens en plastique et indiqua de la tête qu'elle devrait en faire autant.

« De la paille d'orge. Je veux la mettre près du maïs sur les palettes. »

Zoé souleva une balle.

« Pour quoi faire ?

— Pour les veaux. J'achète de jeunes génisses, cette année, pour en faire des reproductrices. »

Il partit vers la grange et Zoé le suivit, Eddie sur ses talons en train de vider son pistolet à eau.

« Vous n'avez pas assez de veaux à vous ?

— Trop de taurillons.

— Mais vous ne pouvez pas le savoir ? Avant, je veux dire. Quand vous inséminez une vache, est-ce que vous ne pouvez pas savoir ce qu'elle aura ?

— Non.

— Pourquoi pas ?

— Parce que nos scientifiques n'en sont pas encore là. Parce que acheter de la semence, c'est jouer au poker. Parce que j'ai payé trente inséminations à vingt-deux livres pièce et que j'ai eu vingt-huit mâles. Parce que acheter des génisses en âge de vêler me coûterait sept cents livres par tête. Sept cents, d'accord ? dit-il en se retournant vers elle. Ça te suffit ? Hein ? Tu as posé assez de questions ?

— Désolée, dit Zoé en posant sa balle.

— Continue le travail, tu veux bien ? Arrête de bavasser et mets-toi au boulot. Est-ce que j'ai pas assez à faire sans avoir à répondre à tes questions comme si tu étais une foutue journaliste ? Je sais ce que je fais, et je peux t'assurer que chaque décision est fondée, que je ne fais pas ça pour m'amuser ! »

Zoé reprit sa balle. Du coin de l'œil, elle vit la petite silhouette d'Eddie qui partait se mettre à l'abri loin des ennuis. Elle regarda ses mains et ses bras qui sortaient des manches courtes de son T-shirt noir, et ils lui parurent soudain bizarres, blancs, minces et inquiétants. Elle avala sa salive.

« Désolée, répéta-t-elle. C'était juste comme ça. »

Robin grogna et s'enfonça dans la pénombre du hangar de stockage. Elle le suivit, portant sa balle qu'elle laissa tomber juste à côté de la sienne.

« Je vais terminer, ajouta-t-elle sans le regarder. Je vais vider la Land Rover. »

Il y eut un petit silence. Il recula d'un ou deux pas en arrière.

« D'accord », dit-il.

Quand elle eut vidé la Land Rover, elle s'installa derrière le volant et regarda le dessus du tableau de bord. Il était jonché de brochures, d'emballages de barres chocolatées, de cartons de jus de fruits vides et de tickets de stationnement, il y avait aussi un petit carnet rouge dont la couverture portait la mention : « Gestion des veaux ». Le siège du passager et le sol ne valaient guère mieux, avec en plus leur lot de paille, de bouts de papier et de chiffons gras. Sur le dossier, on avait jeté n'importe comment un vieux pull bleu. Zoé le prit et le roula sur ses genoux, comme un chat, et le caressa.

En voyant la clé en place, elle eut envie de faire démarrer la voiture. Si elle savait conduire, elle pourrait aller en Land Rover à Dean Place chercher le dîner. Crise ou pas, Dilys préparait toujours les repas, ainsi que des biscuits et des gâteaux pour Harry, même si Zoé le soupçonnait de les donner aux infirmières. Dilys avait même proposé à Zoé de lui apprendre à cuisiner.

« Quoi ?

— Il faudra bien que vous appreniez un jour.

— Vraiment ? Et pourquoi ?

— Pour vivre. Pour prendre soin de vous. Pour prendre soin des autres. Savez-vous faire le grand nettoyage de printemps ?

— Jamais entendu parler.

— Et repasser une chemise ? »

Zoé secoua la tête.

« J'imagine que vous avez ces idées de maintenant, que les femmes ne sont plus faites pour tenir leur maison...

— Non...

— ... qu'il n'y a plus que leur carrière, etc.

— Non, je ne le fais pas, parce que je n'en ai pas besoin. Quand j'en aurai besoin, je crois que j'apprendrai. »

Pendant cette conversation, Dilys était à l'évier, dans sa cuisine ; elle rinçait sous le robinet des brocolis mauve foncé. Elle leva les yeux et regarda par la fenêtre, puis elle reprit d'une voix tout à fait différente :

« Quand Harry reviendra à la maison, il est possible que j'aie besoin d'aide. Peut-être qu'il me faudra une autre paire de mains. »

Il y eut un silence.

« Je vois, dit Zoé en descendant du coin de la table où elle était perchée. C'est différent. Je veux dire que si vous avez besoin que j'apprenne à repasser, j'apprendrai. »

Deux jours plus tard, Dilys lui avait appris à préparer des œufs brouillés. Zoé avait trouvé ça amusant, sauf quand il avait fallu nettoyer la poêle. Ce genre de vaisselle vous faisait vite comprendre l'avantage des sandwiches, des barquettes de nouilles et des hamburgers dans leurs boîtes en polystyrène. Elle regarda le pull de Robin sur ses genoux. Des brins de paille s'étaient pris dans les mailles et les poignets s'effilochaient. Elle le souleva et y enfouit son visage. Il ne sentait que la laine, la poussière et la laine. Elle avait été désolée que Robin crie. Pas effrayée, juste désolée, tout à fait désolée de l'avoir fait crier. Elle ne voulait rien faire qui le fasse crier, plutôt le contraire. Elle reprit le pull et le secoua, comme elle avait vu Dilys secouer la lessive avant de la suspendre à la corde, puis elle le plia et le remit sur le dossier du siège, bien à sa place.

« Quelle place ? se demanda soudain Zoé. Quelle place ? Qu'est-ce que je fais ? »

« Qu'est-ce qu'elle fabrique ici ? » demanda Debbie.

Elle avait disposé le thé de Gareth sur la table. Les enfants prenaient le leur devant la télévision. Debbie était contre, mais ce jour-là, elle en avait assez des enfants. Elle se moquait de savoir où ils prenaient leur thé, elle se moquait même de savoir s'ils mangeraient quoi que ce soit, en particulier Eddie. Le gamin avait découvert la bouteille d'eau de Javel qu'elle avait oubliée dans la salle de bains, avec le bouchon mal revissé, après avoir désinfecté. Il en avait rempli son pistolet à eau, puis il avait visé les rideaux de sa chambre, que Debbie n'avait confectionnés que six mois plus tôt dans un coton bleu nuit orné d'avions. Eddie avait été tellement fasciné par l'effet des traînées d'eau de Javel sur le tissu, qu'il était retourné dans la salle de bains recharger son pistolet — opération au cours de laquelle Debbie l'avait surpris.

« J'en sais rien, répondit Gareth, penché au-dessus de son assiette. Je lui ai donné un cours de conduite, cet après-midi, sur le tracteur.

— Gareth ! Tu ne vas pas commencer...

— Elle est pas très douée...

— Ce n'est pas ce que je veux dire. »

Gareth enfourna une fourchettée de pommes de terre et lui fit un clin d'œil.

« C'est pas mon type. On dirait un garçon. »

Elle s'assit en face de lui et se servit du thé.

« Et Robin ?

— Quoi, Robin ?

— Robin et elle ? »

Gareth haussa les épaules.

« Rien, à mon avis. Il lui a passé un savon, cet après-midi. En ce moment, il se moque de qui est là ou non. Il remarque même pas.

— Moi, je remarque.

— Toi et qui d'autre ?

— Velma. La moitié du village. »

Gareth arrosa son assiette de sauce tomate.

« Et alors, qu'est-ce que tu comptes faire ?

— Tu le sais. Je veux qu'on parte.

— Je croyais que le sujet était clos, soupira Gareth. Je croyais que tu allais aider Lyndsay pour le bébé.

— Elle est partie chez sa mère.

— Elle va revenir.

— Gareth, ce n'est pas le problème. Le problème, c'est que tout change, que rien n'est plus comme avant. »

Gareth but une gorgée de thé.

« Écoute, dit-il, j'ai un bon boulot. Le patron ne m'embête pas, on a une maison correcte, les gosses marchent bien à l'école, tu as un job aussi, on est installés.

— Je ne me sens plus installée. Je n'arrête pas de penser qu'il va se passer quelque chose. Je crois qu'il va nous arriver quelque chose, si on reste.

— C'était juste une mauvaise passe.

— Non ! Non. Tout a changé. Rien ne sera plus comme avant. »

Il la regarda. Ses cheveux blonds, qu'il avait toujours aimé voir détachés, étaient retenus en arrière et cela lui donnait un visage dur, plus vieux. Elle restait jolie, se dit Gareth, elle était encore assez canon, mais elle aussi avait changé — son corps, son esprit, son attitude. Dix ans plus tôt, jamais elle ne se serait comportée ainsi. Mais dix ans plus tôt, elle n'avait que Rebecca encore bébé. Cette naissance l'avait ravie, cette petite poupée à habiller et tout ça. Alors que maintenant, elle se faisait du souci. La responsabilité de trois enfants l'avait rendue nerveuse. Ils l'avaient changée, tout comme ses grossesses avaient modifié son corps. Il lui tendit les mains.

« Est-ce qu'on peut attendre un peu ?

— Qu'est-ce que tu veux dire ?

— Est-ce qu'on peut attendre avant de prendre une décision ? On peut se donner quelques semaines ? »

Elle regarda les mains qu'il lui tendait. Elle avait appris qu'il n'était jamais bon de se demander trop précisément ce qu'avait touché Gareth dans les heures qui précédaient.

« Tu veux dire jusqu'à ce qu'il se produise autre chose ?

— Peut-être. »

Elle soupira, prit sa tasse et regarda dedans.

« D'accord », dit-elle.

Quand Robin rentra, le soir, Zoé avait décidé qu'elle ne dirait pas grand-chose. Elle n'allait pas bouder, mais elle ne manifesterait pas trop sa présence non plus. Elle se contenterait d'être là. En fait, quand elle entendit claquer la porte de la cuisine, puis, presque immédiatement, le son de la télévision, elle était à l'étage, dans sa chambre, en train de se couper les ongles, qu'elle avait abîmés en transportant les balles de paille. C'était sans importance. Ils étaient trop longs, de toute façon. Elle avait pris l'habitude de les laisser pousser pour qu'on remarque bien le fait admirable qu'elle ne les rongeait plus.

Quand elle descendit dans la cuisine, Robin était debout sur une jambe, en train de retirer sa combinaison, les yeux sur l'écran de télévision. Il se retourna un peu à son arrivée.

« Salut.

— Salut », dit Zoé.

Robin acheva d'enlever sa combinaison et se pencha pour la ramasser par terre.

« Désolé d'avoir crié, lança-t-il par-dessus son épaule.

— C'est pas grave. J'ai posé trop de questions au mauvais moment. »

Elle s'approcha de la cuisinière où elle avait laissé, selon les instructions de Dilys, deux pommes de terre au four et un ragoût.

« Je crois que je ferais mieux de partir. De rentrer à Londres. Je ne voulais pas être une gêne, mais je pense en être une, ajouta-t-elle en ouvrant la porte du four. Vous préférez que je parte ? »

Il y eut un silence. Elle entendit Robin tirer une chaise et s'asseoir dessus pour enfiler ses chaussures.

« On commence l'ensilage lundi, de l'aube au crépuscule. On... on n'aurait pas trop de deux bras supplémentaires. »

Zoé se redressa et referma la porte du four après en avoir retiré les plats.

« Je ne crois pas être très utile. »

Il la regarda droit dans les yeux pour la première fois depuis son arrivée.

« Non, dit-il en souriant. Mais tu pourrais l'être.

— Gareth vous a parlé du tracteur ?

— Non, mais j'imagine. Ce sera mieux la prochaine fois. »

Zoé s'adossa à la cuisinière.

« Vous n'êtes pas obligé d'être gentil. Je suis venue sans invitation, et je peux repartir aussi facilement. Je veux seulement que vous soyez honnête.

— Je ne suis pas gentil, dit Robin en se levant pour aller éteindre la télévision.

— Moi, j'aimerais être gentille. Je voudrais vous aider. J'aimerais que vous alliez mieux grâce à moi. »

Robin se rassit, sans la regarder, et fourragea un peu dans les papiers qui jonchaient la table.

« Tu aurais du boulot. En plus de tout le reste, j'ai écopé d'une amende de la part du contrôle des eaux. Mille deux cents livres et ordre d'améliorer le système d'évacuation du lisier dans les six mois. Sinon... Sommations d'usage et tout et tout. Parfois, je me dis..., commença-t-il en se passant la main dans les cheveux.

— Que c'est trop d'embêtements, termina Zoé.

— Je n'arrive pas à comprendre comment on en est arrivé là, reprit Robin d'une voix presque inaudible. On dirait que maintenant que le robinet est ouvert, on ne peut plus l'arrêter. Je ne peux pas... »

Zoé se redressa. Très doucement, elle traversa la cuisine et s'arrêta tout près de la chaise de Robin, sans le toucher, mais presque.

« Je crois que vous l'avez ouvert il y a des années. »

Il lui lança un regard dur. Elle était telle qu'à son habitude, pas sentimentale le moins du monde.

« De quand datent vos dernières relations sexuelles ? » demanda Zoé.

Il sursauta et ne put échapper à la franchise.

« Un an.

— Où ça ?

— Après le Smithfield Show. À Londres.

— Avec une pute ?

— Non, avec une fille du ministère. Du bureau de la pêche, si je me souviens bien. »

Zoé s'assit tout doucement sur les genoux de Robin et lui passa les bras autour du cou. Il ne bougea pas. Il la laissa faire.

« Je pourrais être utile... pour ça, au moins. »

Il riait presque. Il se rendit compte que ses bras aussi commençaient à entourer Zoé en tremblant.

« Pourquoi...

— J'aimerais ça, pas toi ?

— Mais je suis vieux. *Vieux.* Trop vieux pour toi. Je suis assez vieux pour être ton père...

— Et alors ?

— Alors, ce n'est pas correct.

— Pour toi ?

— Non, idiote, non...

— Alors, en ce qui me concerne, c'est moi qui décide, merci, ce qui est correct ou pas. En gros, ce qui ne l'est pas, c'est de coucher avec des petits cons. L'âge n'entre pas en ligne de compte. Tu trembles.

— Bien sûr que je tremble. »

Il la serra plus fermement, si bien que leurs visages se retrouvèrent l'un contre l'autre, joue contre joue. Bon sang, pensa-t-il, il faudrait que je me rase...

« Ça n'a pas été facile, hein, toutes ces années ?

— Ce n'était pas de sa faute...

— Pas de la tienne non plus, dit-elle en lui caressant les cheveux.

— C'est de la folie.

— Pas autant que des chambres séparées.

— Je ne veux pas être un vieux bonhomme salace.

— Laisse-moi en juger.

— Bon sang ! Oh... »

Il laissa tomber sa tête sur l'épaule de Zoé, dans la laine gris anthracite de son pull, sur sa jeune épaule osseuse. Les larmes lui montèrent aux yeux, abondantes, rapides, impossibles à arrêter.

« Désolé, bredouilla-t-il. Désolé, Zoé... »

Elle ne dit rien. Elle resta sur ses genoux, dans ses bras, lui tenant la tête et le cou, et elle attendit tant qu'il pleura. Puis elle se leva et alla chercher le rouleau de papier torchon imprimé de champignons que Velma avait acheté à l'épicerie du village. Elle en déchira une longue bande.

« Tiens. »

Il se moucha furieusement.

« Tais-toi, dit Zoé. Il n'y a rien à dire. »

Il se moucha à nouveau. Elle attendit qu'il ait terminé et vint se rasseoir sur ses genoux.

« Où en étions-nous ?

— Dieu seul le sait, dit-il en l'enlaçant avec un faible petit rire. Dieu seul le sait...

— Tu as le nez rouge. »

Il hocha la tête et ferma les yeux. Elle se pencha et lui donna un coup de langue sur le nez avant de l'embrasser doucement sur la bouche.

« Heureusement, ce n'est pas ton nez qui m'intéresse. »

14

L'AMBULANCE pénétra dans la cour de Dean Place et s'arrêta près des pots de fleurs de Dilys. À l'intérieur, à côté du chauffeur à la chemise bleu ciel amidonnée, il y avait un infirmier, également en uniforme, et à l'arrière Harry, dans un fauteuil roulant. Il était vêtu des habits que Dilys lui avait apportés la veille, mais il était resté en pantoufles. Dilys ne comprit pas pourquoi la vue de ces pantoufles la choquait à ce point. Elle avait amené ses chaussures, pourtant, ses mocassins bruns, qu'elle avait cirés. Pourquoi ne les lui avait-on pas mis ?

« Bonjour, mon ami », dit-elle.

Elle se tenait au pied de la rampe qu'on avait abaissée à l'arrière de l'ambulance. Harry lui parut très petit, plus petit que jamais.

« Et voilà, dit l'infirmier à Harry en desserrant les freins du fauteuil. Prêt pour la promenade ? »

À l'hôpital de Stretton, on avait expliqué à Dilys qu'on avait besoin du lit. Harry ne perdait plus de poids, il avait même repris presque un kilo, et il continuerait sur cette voie s'il menait une vie plus active. Rester plus longtemps au lit n'était pas bon pour lui. Le moment était venu de rentrer chez lui.

« Ça ira, n'est-ce pas ? avait demandé Zoé. Je viendrai à son retour. Je serai là quand l'ambulance arrivera. »

Mais elle n'était pas là, et la fierté de Dilys lui avait interdit d'appeler Tideswell pour savoir ce qu'elle faisait.

« Vous aurez besoin d'aide, avait insisté Zoé. Il vous faudra quelqu'un pour le déplacer dans son fauteuil roulant. Je vous aiderai. »

Elle avait besoin d'aide, en effet. Ça lui faisait mal de l'admettre, mais elle avait besoin d'une aide qui n'avait rien à voir avec les efforts physiques demandés. Elle avait besoin de la présence de Zoé pour accepter le retour de Harry. Le retour de Harry, pas celui de Joe. Elle pensait que Zoé le comprenait. C'était vraiment curieux, Zoé n'étant pas le genre de personne sur laquelle Dilys aurait jamais imaginé pouvoir compter. Mais il y avait quelque chose en elle qui tombait à pic, qui correspondait à ses besoins et calmait son angoisse de se retrouver si impuissante.

Le fauteuil descendit la rampe et s'arrêta sur les graviers de la cour.

« Dans la cuisine, il y a quelqu'un qui va être content de te voir », déclara Dilys.

Elle lui posa une main sur l'épaule. Elle ne pouvait l'embrasser, surtout pas devant les ambulanciers. Une brève et folle lueur d'espoir traversa les yeux de Harry, qui s'éteignit bien vite.

« Kep ? interrogea-t-il. Le vieux Kep ? »

Elle hocha la tête et l'infirmier commença à pousser le fauteuil vers la porte ouverte de la cuisine.

« Je croyais que Zoé viendrait ; elle avait dit qu'elle serait là.

— À l'hôpital, on m'a demandé si elle était ma petite-fille.

— Elle a été très gentille. »

Dilys repoussa la porte contre le mur pour que le fauteuil passe plus facilement.

« Je dois vous remettre les consignes pour son régime alimentaire, dit l'infirmier, et un déambulateur.

— Pas question que j'utilise ce genre de truc, déclara Harry. J'ai des cannes. Les vieilles cannes de mon père. Elles me suffiront bien.

— Les déambulateurs sont plus stables, insista l'infirmier avec un clin d'œil à Dilys.

« — Je ne veux pas être stable ! Je ne veux plus qu'on me dorlote. »

Dans la cuisine, Kep se leva de son panier en faisant craquer ses os et s'avança vers Harry, lourd de soulagement, agitant la queue et grognant de plaisir.

« Ça c'est un bon garçon, dit Harry en lui touchant la tête. Ça va, mon gars ? Tout va bien. »

L'infirmier sortit de sa poche d'uniforme une liasse de papiers bien pliés et la posa sur la table de la cuisine.

« Tous les formulaires...

— Quels formulaires ?

— Les formulaires pour le fauteuil et le déambulateur. L'hôpital vous les prête.

— Vous pouvez les remporter, déclara Dilys. Nous n'en voulons pas. Aidez-le à s'asseoir dans son fauteuil, à la table, et remportez-moi tout ça.

— Vous devriez les garder, vous savez, au moins pour une dizaine de jours...

— Non, merci. »

Elle avait peur de renoncer à tous les soutiens, mais il fallait qu'il en soit ainsi. Si Zoé avait été là, elle n'aurait pas eu la moindre appréhension.

« Vous pouvez les remporter. On s'arrangera. Il n'a que soixante et onze ans, vous savez, pas un siècle ! »

L'infirmier haussa les épaules et reprit tous les papiers sauf un, une feuille vert pâle imprimée en colonnes.

« Je ne vous laisse que son régime, alors.

— Je suis femme de fermier, est-ce que vous pensez que j'ignore tout de la nutrition ?

— Comme vous voudrez, madame », soupira l'infirmier avec un brin d'exaspération.

Il ressortit dans la cour en donnant à Harry une petite tape au passage. Ils l'entendirent appeler le chauffeur.

« Est-ce que tu veux ce truc ? » demanda Dilys en montrant le fauteuil roulant.

Harry secoua la tête.

« J'ai sorti les cannes. Zoé les a nettoyées. Celle en ronce de noyer et celle de ton père, avec la poignée en corne. »

Les ambulanciers revinrent dans la cuisine.

« Très bien, sire, dit le chauffeur à Harry. On veut son indépendance, alors, sire ? Quel est votre trône ? Celui-là ? Très bien, sire, c'est sur celui-là que vous monterez. »

Dilys regarda les deux hommes se pencher et soulever doucement Harry de son fauteuil roulant pour le déposer entre les accoudoirs en bois qu'il connaissait si bien, au bout de la table de la cuisine. Il lui parut si léger entre leurs mains ! Comme s'il était en papier ou en balsa. Léger et vulnérable.

« Vous allez vous en sortir, ma petite dame ? demanda le chauffeur. Pour le bain, les toilettes, et tout ça ?

— Il va s'en sortir lui-même. Il est à la maison et il va se remettre.

— Il vaudrait mieux y aller doucement pendant un jour ou deux. Ce serait bien, si vous pouviez vous faire un peu aider, juste pour un temps...

— J'ai quelqu'un pour m'aider. Elle n'a pas pu venir ce matin, mais elle va arriver.

— Bien, très bien. Salut, sire ! dit-il à Harry. Prenez bien soin de vous. »

L'infirmier regardait Dilys. Il était inquiet, cela se lisait dans ses yeux.

« Vous êtes sûre que ça ira ?

— Très bien. Merci de l'avoir ramené.

— C'est notre boulot. Pas de problème. »

Ils ressortirent dans la cour et rentrèrent la rampe avant de claquer les portes de l'ambulance. Puis leurs portières claquèrent aussi et le moteur démarra.

« Ils s'en vont, dit Harry. Ils sont partis. »

Il était penché en avant, les mains sur les genoux. Dilys n'arrivait pas à le regarder. L'ambulance tourna lentement dans la cour, comme tous les véhicules, devant l'ancien poulailler, et s'éloigna. Peu à peu, les frondaisons de chaque côté du sentier, puis la distance, étouffèrent le bruit du moteur.

Dans la cuisine, ni l'un ni l'autre ne bougea. Le silence aurait été total sans Kep qui haletait sous la table, entre les pieds de Harry.

« Lyndsay est de retour ? demanda Harry.

— Non.

— L'agence a envoyé des gars, aujourd'hui ?

— Non. Robin les a fichus à la porte. Il essaie de trouver une autre solution.

— C'est mauvais, ça, avec l'ensilage qui commence bientôt. »

Dilys resta silencieuse. Harry la regardait.

« Alors, il n'y a personne ? dit-il en bougeant un peu les mains sur ses genoux. Personne d'autre que toi et moi ? »

Velma laissa sa bicyclette au même endroit que d'habitude, contre la clôture près de la porte de la cuisine de Tideswell. Elle la cala en glissant une brique sous une pédale, puis recouvrit la selle avec un vieux sac en plastique du supermarché, au cas où il y aurait une ondée. Comme Caro et Robin le lui avaient répété d'innombrables fois, il y avait beaucoup d'endroits où elle aurait pu mettre son vélo à l'abri, mais, comme pour l'électricité, Velma préférait faire les choses à sa façon et le laisser dehors, à cet endroit précis, sa selle protégée par le plastique.

Elle sortit un autre sac du panier de sa bicyclette. Il contenait, à la demande de Robin, une boîte de corn-flakes, une bouteille de jus d'orange, une miche de pain et un pot de confiture. Elle avait pris du pain blanc en tranches et le jus comme la confiture étaient les moins chers qu'elle avait trouvés au village. Velma n'aurait pu garantir leur qualité, mais cela n'avait aucune importance. Robin ne remarquait rien et n'importe quoi était assez bon pour cette fille, cette amie de Judy. Quand Velma avait levé les yeux vers l'étage, en garant sa bicyclette, elle avait vu les rideaux de la chambre de Zoé encore tirés. Neuf heures du matin et toujours au lit, un jeudi ! Un dimanche, encore, elle aurait eu une excuse, mais pas un jeudi. Velma ouvrit la porte de la cuisine. Il valait peut-être mieux ne pas penser aux dimanches. Les dimanches, de l'avis de son mari, de son fils et de son gendre, étaient faits pour traîner à moitié habillés jusqu'à midi, aller ensuite au pub et revenir à la maison les jambes coupées trois heures plus tard pour ronfler dans le salon. Cela signifiait que toute la journée ses filles et sa belle-fille traînaient dans ses pattes en fumant. Elle posa le sac de provisions sur la table de la cuisine. Le dimanche était devenu pour elle le pire jour de la semaine.

La petite lampe rouge du répondeur clignotait et l'écran à cristaux liquides indiquait qu'il y avait trois messages. Velma se demanda si elle devait les écouter, et se dit que non. Cette madame, en haut, pourrait s'en charger quand elle daignerait paraître. Après tout, c'était une des rares choses qu'elle savait faire, ça et occuper de l'espace.

Debbie prétendait qu'elle était bien utile à Dean Place, mais Velma en doutait. Elle était incapable d'imaginer ce que Zoé pourrait bien faire pour se rendre utile, où que ce soit. Jamais elle n'avait rencontré de fille aussi inutile, sauf peut-être Patsy, qui avait épousé son Kevin et passait sa vie à geindre pour obtenir de la moquette et des vacances à Ibiza. Kevin devait venir chez elle s'il voulait un véritable repas, puisque Patsy refusait de faire plus qu'ouvrir les paquets. Patsy et Zoé, se disait Velma en regardant l'évier d'un air résigné, étaient faites du même bois, et elle n'avait pas de temps à perdre pour elles. D'accord, elle n'était pas capable de faire la vaisselle, mais qu'est-ce qui l'empêchait de laisser couler de l'eau dans les assiettes pour que la saleté ne colle pas dessus ? Enfin, le ragoût avait été terminé. Robin avait dû dîner convenablement, au moins, parce que ce n'était sûrement pas Zoé qui l'avait mangé. Elle se nourrissait de cochonneries, comme Patsy. Inutile de gâcher de la bonne nourriture pour quelqu'un comme ça.

Velma remplit l'évier d'eau chaude et tenta, comme chaque matin, de classer la pile de papiers sur la table.

Caro appelait ça « mettre le chaos au carré ». Et elle ajoutait : « On se sent mieux, après, non ? Comme si on contrôlait la situation. »

Qu'elle le veuille ou non, Velma pensait à Caro presque tous les jours. C'était à cause de la maison, probablement, le fait d'être dans ce lieu où Caro avait passé tant d'années. Une femme laisse sa marque dans une maison, même dans une maison qu'elle n'aime pas, et Caro n'aimait pas

Tideswell. Mais il avait bien fallu qu'elle y vive. Elle était restée un mystère pour Velma. C'était une gentille patronne, respectueuse, mais distante, toujours un peu... étrangère. Jamais elle ne s'était intégrée. Même si elle n'avait pas eu cette tumeur et si elle avait vécu très vieille, jamais elle n'y serait arrivée. Pas comme Joe. Lui faisait partie de la communauté jusqu'à la moelle. Velma ne parvenait toujours pas à penser à lui sans que les larmes lui montent aux yeux.

Elle ajouta du produit à vaisselle dans l'eau chaude de l'évier et la fit mousser avec la brosse. Elle allait tout laisser tremper là un moment et monter nettoyer la salle de bains, à grand bruit, pour réveiller cette flemmarde. De toute façon, Robin transformait toujours la salle de bains en porcherie, comme s'il rapportait la moitié de la ferme chez lui chaque soir. Jamais ça n'avait été ainsi du temps de Caro. Mais Caro était américaine, et les Américains ont des salles de bains de rêve — elle en avait vu dans les magazines et à la télévision — et des théories très strictes sur l'hygiène.

Velma prit ses chiffons et ses produits d'entretien sous l'évier et monta lentement. Il y avait une chaussure sur une marche, une botte plutôt, une de ces choses affreuses que portait Zoé. Velma la ramassa, puis la reposa. Zoé la ramasserait elle-même. Velma continua son ascension et arriva sur le palier. Les portes de toutes les chambres étaient ouvertes, sauf celle de Zoé et celle de Caro. Elle constata que Robin n'avait pas fait son lit. Elle voyait le bout du drap tout froissé, et l'édredon à moitié par terre. La plupart du temps, il tentait au moins de le retaper. Peut-être ce matin-là était-il particulièrement pressé, avec ces gars qu'il voulait renvoyer de Dean Place mais qu'il faudrait bien remplacer. Elle se dit qu'elle pourrait faire son lit avant de s'attaquer à la salle de bains, parce qu'il avait bien assez de travail comme ça.

Elle posa son matériel par terre devant la porte de la salle de bains et entra dans la chambre de Robin. Les rideaux n'étaient tirés qu'à une seule des deux fenêtres, la plus proche du lit. Velma regarda le lit. Il n'avait même pas été recouvert, et il n'était pas vide non plus. Zoé y était profondément endormie, le dos tourné vers Velma, ses cheveux rouges enfoncés dans l'oreiller. Il faisait chaud dans la pièce, avec le soleil qui entrait par la fenêtre à l'est, et Zoé avait repoussé les draps, pas très bas, mais assez pour révéler à Velma qu'elle était complètement nue.

« Je suis venu voir comment tu vas », dit Robin.

Ils étaient dans le salon des parents de Lyndsay, lui, comme d'ordinaire, assis au bord d'un fauteuil, les coudes sur les genoux. Lyndsay le trouva différent, sans bien savoir définir pourquoi. Moins fatigué, peut-être, moins malheureux, moins préoccupé.

« Ça va », dit-elle.

Hughie était par terre à ses pieds. Il portait sa casquette de base-ball et des chaussures que son grand-père lui avait achetées, des chaussures de petit dur en daim marron avec des œillets dorés pour les lacets. L'enfant les trouvait stupéfiantes, il ne reconnaissait même pas ses pieds dedans. Un peu plus loin, Rose sortait des livres d'une bibliothèque, avec cette frénésie délicieuse que procure l'interdit. Son plaisir coupable la rendait temporairement silencieuse.

« Quand reviens-tu ? »

Hughie leva les yeux de ses chaussures.

« Bientôt, dit Lyndsay.

— Il y a beaucoup de choses dont nous devons discuter. Il y a plein de décisions à prendre. Papa est rentré ce matin.

— Oh... je ne suis pas sûre de rester là...

— Où ça ?

— À Dean Place.

— Tu veux partir ? s'étonna Robin.

— Je n'en sais rien. C'est juste une idée... une idée de mes parents. Une... nouvelle vie, d'une certaine façon. Une nouvelle vie pour moi.

— Lyndsay, tu as cinquante-deux pour cent de la ferme. Ce que possédait Joe est à toi.

— Je... je ne suis pas sûre d'en vouloir. »

Robin se leva et traversa l'épais tapis pour s'approcher de Lyndsay et s'asseoir près d'elle sur le canapé.

« Tu ne peux pas dire ça. »

Elle le regarda du coin de l'œil.

« Lyndsay, tu ne peux pas prendre une telle décision si vite. D'une certaine manière, cette décision ne t'appartient même pas vraiment. Il y a lui, dit-il en regardant Hughie, et Rose. Une ferme... ce n'est pas comme n'importe quelle affaire. On ne peut pas s'en débarrasser comme ça... Sans doute parce que c'est une façon de vivre.

— Et de mourir, murmura Lyndsay. Je ne crois pas en être capable.

— De quoi ?

— De continuer. De m'entendre avec tes parents.

— Je t'ai promis de t'aider, dit Robin avec une trace de son ancien épuisement.

— Vraiment ? Est-ce que tu seras à mes côtés ?

— Et pour quelle autre raison serais-je venu ? Pourquoi diable serais-je venu jusqu'à Stretton, avec le million de choses que j'ai à faire, si ce n'était pas pour te voir et te prouver que je suis sincère.

— Ce serait un point important. Mais je ne sais pas...

— Moi, je sais que tu ne vas pas vendre tes parts.

— Tu pourrais les racheter.

— Je ne peux pas, et je n'en veux pas. Je ne veux pas de toutes ces cultures. »

Il se leva, elle aussi, plus lentement. Derrière eux, Hughie grimpa sur le canapé et s'allongea sur les coussins qu'ils venaient de quitter.

« Mais tu dois revenir à la maison d'abord, reprit Robin. Il le faut.

— Oui, dit Hughie.

— Bientôt. Demain ou après-demain, insista Robin.

— Je pourrais... maintenant que je sais que tu vas m'aider.

— Je te l'avais dit...

— Je sais. Mais j'étais trop émotive à l'époque, et tu aurais pu dire n'importe quoi pour me calmer. Mais aujourd'hui, c'est différent. Je te crois, aujourd'hui. C'est gentil d'être venu. »

Il se pencha pour l'embrasser sur la joue. Elle leva les bras et le serra un instant contre elle.

« Zoé est toujours là ? À Tideswell ?

— Oui. » Il se raidit un peu dans ses bras.

« Elle t'ennuie ?

— Non, dit-il d'une voix curieuse, un peu contrainte. En fait, elle s'y prend assez bien avec maman.

— C'est ce que j'ai entendu dire. »

Robin recula d'un pas pour se libérer de son étreinte.

« Appelle-moi quand tu voudras rentrer.

— D'accord. »

Il baissa les yeux vers Hughie, sur le canapé.

« Tu lui fais tenir sa parole, fiston, d'accord ? »

Gareth, dans la réserve à côté de la laiterie où Robin conservait les médicaments et l'équipement de soin pour les vaches, testait un pistolet à comprimés. Il ne l'avait pas utilisé depuis presque un an, depuis la dernière fois que le troupeau était sorti, mais Robin avait laissé pour consigne de vermifuger les génisses avant de les sortir. Une demi-douzaine de boîtes de vermifuge étaient empilées là, propres, blanches, avec leur air de laboratoire, dans le chaos enchevêtré de toiles d'araignée de la réserve. Robin ne jetait jamais rien. Il devait y avoir là des boîtes périmées depuis dix ans. Gareth frappa le pistolet contre sa paume. Il aurait bien besoin d'un coup de main pour propulser ces comprimés dans les gorges rétives. Peut-être Zoé pourrait-elle l'aider. Il le lui demanderait au moment de sa pause, en milieu de matinée.

« Et voilà ! » claironna Velma à la porte.

Gareth se retourna. Velma était là, les bras ballants, dans son uniforme habituel : caleçon, baskets et pull long.

« Qu'est-ce qui se passe ? demanda Gareth.

— Je suis montée là-haut. Pour faire le lit de Robin et tout ça. Et elle était là ! »

Elle semblait hors d'haleine. Le visage de Gareth s'illumina.

« Zoé ?

— Dans son lit. Dans le lit de Robin. Endormie et nue comme un ver.

— Robin y était aussi ? demanda Gareth avec un grand sourire.

— Elle n'a pas bougé ! Elle n'a même pas froncé un sourcil. Je le savais. Je savais que ça se terminerait comme ça. Je l'ai vu venir de loin. Qu'est-ce qu'elle se croit ?

— Jeune ! s'écria Gareth, que la nouvelle excitait. Disponible.

— Ah, ça, pour être disponible ! Elle a jeté son dévolu sur lui dès le départ. »

Gareth glissa le pistolet dans une poche de son bleu de travail.

« Il faut être deux pour danser.

— Vous, les hommes...

— Fiche-lui la paix, tu veux ? Laisse-le tranquille ! dit Gareth en avançant pour se retrouver nez à nez avec Velma. Quand on est arrivés, Debbie et moi, Kevin n'était qu'un bébé. C'était il y a huit ans, et je peux t'assurer que Caro avait déjà sa propre chambre, à l'époque. Il y a huit ans. Et il est possible qu'elle ait quitté leur chambre des années plus tôt, des années ! Tu imagines ce qu'il a dû subir ? Et est-ce que tu as jamais entendu un mot sur lui, dans le coin ? Un seul ragot ? Pendant toutes ces années ? »

Velma le regardait. Elle finit par prendre une grande inspiration.

« Eh bien, on va en entendre, maintenant.

— Pas de ta part, Velma Simms...

— Si ! Parce que ça me regarde. Je travaille ici. Je m'occupe de Robin et de cette maison depuis bien avant ton arrivée. Comprends-moi bien ! dit-elle en levant un doigt vengeur. Je n'ai rien contre le fait que Robin se remarie. J'en serais même heureuse. J'aimerais revoir une femme dans cette maison, j'aimerais que quelqu'un prenne soin de lui. Mais cette petite punaise ? Je voudrais bien savoir qui elle est. Juste quelqu'un que Judy a trouvé à Londres ! J'ai tout de suite su qu'elle causerait des ennuis. Et j'ai eu raison. Robin se couvre de ridicule, tu verras si j'ai pas raison, tu verras ! »

Gareth se retourna et se mit à tripoter les boîtes et les flacons sur les étagères poussiéreuses. Il eut envie de dire que Zoé ne créait pas d'ennuis, qu'elle ne jouait pas un jeu, que, curieusement, il y avait bien moins de malice chez elle que chez Velma ou toute autre femme de Dean Cross, ou même que chez sa Debbie. Mais c'était inutile. Tout à fait inutile. Velma se serait mise à raconter qu'il en pinçait pour Zoé, lui aussi, et elle aurait eu raison. Si on se contentait de la regarder, Zoé n'était rien du tout. Mais il y avait quelque chose chez elle qui intriguait, une liberté, une étrangeté. Il était arrivé à Gareth de penser que si Zoé avait une aventure, elle resterait tout de même libre, qu'elle ne s'accrocherait pas, qu'elle ne commencerait pas à avoir des exigences. En fait, ce serait probablement tout le contraire.

« Laisse-les tranquilles, dit Gareth. Fiche-leur la paix. Elle ne lui fera aucun mal et il mérite bien quelques compensations... Il est probable qu'elle le fasse rire, ajouta-t-il sans réfléchir.

— Rire ? Rire ? Qu'est-ce que ça vient faire là-dedans ?

— C'est le plus important. »

Il se remémora soudain toutes les scènes chez lui, ces derniers temps, toutes ces supplications larmoyantes de la part de Debbie pour qu'il trouve un autre travail, pour qu'ils quittent Tideswell, pour échapper à ce qu'elle qualifiait toujours de malédiction.

« C'est le plus important ! répéta-t-il presque en criant. Mets-toi bien ça dans la tête, vieille peau fouinarde ! »

Sur la route du retour vers Dean Place, Rose s'endormit dans son siège de bébé. Lyndsay la voyait dans le rétroviseur, toute rose de chaleur et de sommeil, sa large tête aux boucles blondes roulant et sursautant aux irrégularités de la route, ses bras écartés, comme une poupée de chiffons. Une de ses mains heurtait Hughie quand la voiture tournait à droite et, comme il était attaché sur son propre siège, il ne pouvait l'éviter. Lyndsay le vit se recroqueviller aussi loin que possible de sa sœur. Même endormie, elle était sûre d'elle, et cette assurance l'offensait.

Les parents de Lyndsay avaient été très surpris de sa décision soudaine de rentrer chez elle. En fait, ils avaient même été un peu choqués, comme si elle se comportait de manière discourtoise et ingrate après tout ce qu'ils avaient fait pour elle et les enfants. Le père de Lyndsay, regardant Hughie, avait dit : « Mais nous avions prévu d'aller nager !

— Une autre fois », avait répondu Lyndsay.

Elle avait expliqué que la visite de Robin lui avait fait sentir qu'elle compliquait les choses pour la famille de Joe, qu'il fallait prendre des décisions, ce qui ne pouvait se faire sans elle. Son père avait voulu savoir ce que valaient les parts de Joe. Robin avait dit : Cher.

« Mais ils ne sont pas propriétaires de la ferme, pourtant ? » avait demandé le père de Lyndsay.

Non, avait-elle répondu. Elle n'y comprenait rien. Robin avait dit plusieurs choses qu'elle n'avait pas saisies. Par exemple, qu'il lui fallait plus d'un million de livres de capital pour travailler selon son idée, ce qui expliquait qu'il avait tant de dettes et qu'il ne pouvait pas acheter les parts de Joe. Elle l'avait regardé avec des yeux ronds. Cela ne signifiait rien pour elle. L'argent compté en millions n'entrait pas dans ses catégories de pensée, d'autant qu'ils vivaient de manière si modeste par rapport au genre d'existence qu'on prête en général aux millionnaires. Apparemment, dans une ferme, les millions ne concernaient rien de ce qu'une femme et des enfants pouvaient voir. Ils passaient en terres et en machines, en bâtiments et en bétail, le tout finissant de toute façon par appartenir à la banque. Pourtant, qu'elle comprenne ou non, Robin lui avait fait sentir qu'elle devait revenir et prendre une décision, face à face. C'était en faisant allusion à Hughie qu'il l'avait convaincue. À Hughie et à Rose.

« Tu dors ? demanda Lyndsay à Hughie.

— Non.

— Tu es content qu'on rentre à la maison ? »

Hughie hocha la tête. Il faillit demander si papa serait là, mais il se ravisa, parce que Lyndsay disait toujours non, et il ne voulait pas entendre cela pour la centième fois. Il agita Phoque en l'air.

« Phoque aussi.

— Tu pourras aller au jardin d'enfants le matin.

— Peut-être.

— Mary sera sans doute là. Elle sera venue nous accueillir. »

Hughie regarda par la fenêtre. Il y avait à nouveau des champs, des champs et des moutons. Dans la maison de grand-mère Sylvia, il n'y avait pas de moutons, et quand on courait dans son jardin, il fallait faire très attention. C'était difficile d'être un avion, dans ce jardin-là.

« Regarde, dit Lyndsay, l'église, et l'épicerie. »

Le bras ballant de Rose le frappa à l'épaule.

« Ouah ! » cria-t-il pour la réveiller.

Elle ouvrit les yeux très lentement et le regarda. Comme toujours, quoi qu'elle regarde, elle avait une expression calme et déterminée. Elle se passa les mains sur les yeux et s'écrasa le nez, puis, après ce temps d'adaptation du réveil, elle poussa un cri.

« On est chez nous ! » annonça Lyndsay.

La voiture quitta la route et s'engagea dans l'allée menant à Dean Place. Par-delà le champ, à sa droite, Hughie vit sa maison, telle qu'il l'avait toujours connue, telle qu'elle serait toujours.

« Sortir ! hurla Rose en s'attaquant furieusement aux sangles de son siège. Sortir, sortir, sortir !

— Une minute... »

Mary avait étendu du linge, Lyndsay vit des draps, des serviettes et une rangée de chiffons jaunes. Comme c'était gentil de sa part ! Vraiment gentil, alors qu'elle n'était censée que garder les enfants de temps à autre, quand Joe et elle sortaient. Elle se mordit la lèvre, rétrograda pour s'engager dans la petite montée conduisant à la maison et se gara à l'emplacement où elle se garait depuis des années, parfois plusieurs fois par jour, en revenant du village, du jardin d'enfants de Hughie, de chez ses beaux-parents ou de Tideswell, du supermarché, de l'hôpital pour voir Caro ou d'une sortie. Ce jour-là, elle revenait d'une façon qu'elle n'avait jamais imaginée, et c'était si dur que, pendant un instant, elle crut qu'elle serait incapable de sortir de sa voiture.

« Dehors ! beugla Rose.

222

— Sors-la, gémit Hughie en détournant la tête. Maman, je t'en prie ! »

Lyndsay descendit doucement de la voiture puis se pencha à l'arrière pour libérer Rose, qui respirait lourdement, donnait des coups de pied et gesticulait, ne pouvant attendre qu'on la mette par terre, qu'on lui rende son indépendance.

« Attention, dit Lyndsay. Attends. »

Elle jucha Rose sur sa hanche et ouvrit le hayon. Joe y avait installé un fourre-tout pour les chaussures, les manteaux, les pelles et les cannes à pêche. Les bottes de Joe s'y trouvaient toujours, ses vieilles bottes, celles qui prenaient l'eau. Il portait les neuves, ce jour-là, bien sûr, et elles étaient parties avec lui au poste de police, à la morgue, puis là où on l'avait emmené ensuite, dans ce lieu désert où Lyndsay n'avait pu le suivre.

Elle ouvrit la porte de la cuisine, qu'elle trouva reluisante de propreté, et posa Rose par terre pour aller chercher Hughie.

« Phoque, il t'aime, lui dit-il.

— Oh, bien ! Moi aussi, j'aime Phoque. »

Elle le libéra des sangles et le posa par terre près de la voiture.

« Entre. »

Il leva son petit visage et renifla comme un animal qui reconnaît un territoire familier. Elle le regarda trotter devant elle vers la maison, soudain très déterminé, presque sûr de lui. Le téléphone se mit à sonner. Lyndsay récupéra son sac à mains dans la voiture et courut, trébuchant sur Rose, pour décrocher avant que la sonnerie s'arrête.

« Allô ? »

Rose arrêta de sortir des pommes de terre du panier à légumes et leva la tête vers elle, attentive à ce qu'un appel téléphonique pouvait toujours avoir de distrayant.

« Oh, dit Lyndsay, Velma ! Oui, oui. Je passe la porte à la minute... »

Elle se tut. Rose introduisit une pomme de terre dans sa bouche et la ressortit en grimaçant. Ses lèvres étaient maculées de terre.

« Oh, Seigneur, dit Lyndsay. Oh, là, là ! Oh, là, là ! »

Rose posa la pomme de terre et partit à quatre pattes vers le salon.

« Oh, là, là ! criait-elle, tandis que ses mains potelées frappaient le sol avec détermination. Oh, là, là ! Oh, là, là ! »

15

JUDY était assise sur un banc à St James's Park, une bouteille d'eau minérale à la main. À l'autre bout du banc dormait un vieil homme plutôt négligé et misérable, dont elle avait déjà décidé de s'éloigner s'il se réveillait et tentait d'engager la conversation. Elle n'était pas venue là pour bavarder, mais pour réfléchir.

Devant elle, deux saules pleureurs caressaient l'herbe de leurs longues branches souples; plus loin, de l'eau luisait. C'était un paysage que Judy connaissait bien puisque le parc n'était qu'à un quart d'heure de marche de Soho, où se trouvait son bureau; elle y venait souvent parce qu'il était vert et qu'on pouvait y respirer. Quand elle était arrivée à Londres, elle avait évité les parcs, presque laborieusement, comme si elle avait voulu effacer de son esprit tout ce qui lui rappelait la campagne; mais, peu à peu, elle s'était retrouvée au milieu des arbres, presque sans l'avoir prévu. Elle avait fini par bien connaître St James's Park, ses bancs les mieux placés et ses habitués. Mais ce jour-là, assise sur le banc classé second dans l'ordre de ses préférences — un garçon chargé d'un énorme sac à dos rouge était allongé sur le meilleur —, rien ne lui paraissait familier, même ce qu'elle connaissait le mieux. Elle aurait aussi bien pu voir ce parc pour la première fois.

Elle dévissa le bouchon de sa bouteille en plastique et but une gorgée d'eau, trop chaude, ce qui lui donnait un goût moins propre. La veille au soir, Lyndsay l'avait appelée. Elle était dans tous ses états, non pas au bord des larmes, mais remontée, surexcitée. Elle téléphonait pour lui annoncer que Zoé couchait avec Robin, que Velma l'avait retrouvée, toute nue, dans le lit de son père, à neuf heures du matin.

Lyndsay avait l'air scandalisé. Même submergée par sa propre réaction violente, Judy n'avait pu s'empêcher de penser que Lyndsay avait des accents de femme trompée.

« Comment ose-t-elle ? s'était-elle écriée. Comment ose-t-elle ? Elle arrive ici, sans qu'on l'invite, et elle le séduit, comme ça ! »

Quand Judy avait raccroché, elle s'était sentie dans un état bizarre. Elle ne savait pas si elle était en colère, blessée ou simplement choquée. Elle n'arrivait pas à déterminer si elle s'estimait exploitée ou trahie. Pendant un bon moment, elle ne parvint pas à analyser ce qu'elle éprouvait, et pourtant elle se rendait compte que, sans doute possible, elle avait su dès le début que cela risquait d'arriver, qu'au fond d'elle-même, à un niveau mal défini, elle s'attendait que cela se produise.

Elle avait essayé d'appeler Oliver, mais il avait dû sortir dîner avec un client de la galerie et n'était pas encore rentré. Elle ne savait pas précisément ce qu'elle allait lui dire, mais elle avait un besoin urgent de lui raconter ce qui s'était passé et de connaître sa réaction, ne serait-ce que pour voir si cela aurait un rapport quelconque avec ce qu'elle ressentait. Quand elle finit par le joindre, vers minuit, il accueillit la nouvelle avec désinvolture :

« Et alors ? Qu'est-ce que tu attendais d'autre ?

— Mais c'est mon père...

— Et c'est mon ex », avait-il dit calmement.

La conversation avait pris fin peu après. Soit il n'y avait rien d'autre à dire, soit beaucoup trop. Il fallait en tout cas réfléchir — ce qui avait occupé la moitié de sa nuit et l'avait même conduite un moment dans la chambre de Zoé pour regarder intensément, presque férocement, ses quelques possessions impersonnelles, en quête d'un indice sur ses intentions.

Ce ne pouvait être uniquement le sexe, si ? Dans la vie de Zoé, dans le monde de Zoé, le sexe n'était pas grand-chose, juste un truc qu'on faisait quand on avait envie. Très simple. Mais avec *Robin* ? Penser à Zoé avec son père la troublait : Robin devenait un homme capable de relations sexuelles, un homme qui, à cette minute même, faisait peut-être l'amour, avec Zoé, à Tideswell. Judy avait toujours tenté de penser que le sexe ne concernait en rien ses parents — leurs chambres séparées n'étaient qu'un fait, depuis le départ. Et elle avait toujours accordé sa sympathie à Caro, parce que Caro, inconsciemment, la lui avait demandée, qu'elle avait souligné de façon subtile sa différence, sa lassitude, sa vulnérabilité face aux mortels moins évolués parmi lesquels elle vivait. Judy ressentit soudain une colère honteuse de n'avoir jamais pensé à Robin de son point de vue à lui, tant elle avait été séduite par celui de Caro. Et, plus douloureusement encore, elle se dit que Zoé avait vu ce qu'elle, Judy, avait éludé, et imaginé ce qu'elle avait refusé d'envisager. Zoé avait voulu quelque chose et, à sa manière franche, elle était allée le chercher. Mais ce n'était pas aussi simple, pas aussi égoïste. Tandis qu'elle enfonçait ses pouces dans la bouteille dont le plastique se déformait avec de petits craquements, Judy dut admettre que Zoé avait fait preuve de compassion. Libre à la fois de la présence et du souvenir de Caro, elle avait compris dans quelle situation se trouvait Robin, et elle avait compati. Il n'était qu'un être humain, pour elle, un type gentil accablé d'ennuis aussi délicats que profonds. Alors elle était partie l'aider... et obtenir aussi ce qu'elle désirait. Ce faisant, qu'elle l'ait prévu ou non, elle avait rendu Judy purement et simplement jalouse.

Au marché de Stretton, le jeune commissaire-priseur qui s'occupait généralement des veaux dit à Robin qu'il prévoyait une chute des cours dans la semaine. Il regarda la remorque où sept jeunes taureaux et deux vaches stériles attendaient de descendre.

« Les frisonnes feront dans les cent vingt, peut-être. Soixante de plus environ pour les plus belles. Tu as une bleue belge, là ? Elle rapportera plus. Elles sont montées à deux cent cinquante la semaine dernière. Les prix varient sans cesse à l'intersaison, quand le bétail passe de l'étable aux pâturages.

— Je voudrais en tirer cent quarante au minimum », dit Robin.

Le commissaire-priseur sourit. C'était un jeune homme chaleureux et intelligent qui, lorsqu'il ne vendait pas du bétail, évaluait les fermes et prodiguait ses conseils pour les bâtiments, l'utilisation des terres et la mise aux normes sanitaires. Il était venu aux funérailles de Joe. Robin l'avait vu près du commissaire-priseur en chef, respectueux, en noir, avec la cravate de la coopérative des fermiers de Mid-Mercia.

« Comment va ton vieux ?

— Il se remet. Mais c'est lent. Très lent.

— Il va pouvoir reprendre ?

— Je n'en sais rien, soupira Robin. Je n'en sais vraiment rien. On s'arrange au jour le jour, pour l'instant. Je ne peux pas le pousser...

— Et toi ? »

Robin détourna les yeux, au cas où l'extraordinaire légèreté de son cœur se serait vue dans ses yeux.

« À ce qu'on dit, ajouta le jeune homme d'une voix à la fois ironique et pleine d'admiration, tu ne vas pas si mal.

— On ne peut même pas changer de chaussettes tranquille, par ici, grogna Robin.

— Tu en as, de la veine ! Nous autres, on passe notre vie à courir le jupon, et toi, tu as une fille qui te tombe toute cuite dans les bras. Une veine pareille, c'est indécent. »

Robin marmonna quelque chose. Le jeune homme lui donna une tape sur l'épaule avec le carnet qu'il tenait à la main.

« Je suis vert de jalousie ! »

Il partit en sifflotant vers la salle des ventes ; Robin ouvrit l'arrière de sa remorque et abaissa la rampe. Les deux génisses stériles le regardèrent tristement. L'une avait été maladive toute sa vie, fragile et sans entrain, et maintenant, ses yeux enfoncés trahissaient la faiblesse de ses

228

poumons et elle avait toujours les naseaux festonnés de mucosités. Il n'aurait jamais dû la garder aussi longtemps, aller aussi loin, mais c'était dur, quand on élevait un animal, de ne pas lui donner toutes ses chances, de ne pas espérer qu'une nouvelle cure coûteuse d'antibiotiques réglerait le problème. C'était le vétérinaire qui avait fini pas décider de son destin. Il fallait la vendre tant qu'il lui restait de la chair sur les os, tant qu'elle n'avait pas succombé à une inflammation estivale qui lui enlèverait toute valeur marchande.

« Ça réduira vos pertes, avait dit le véto.

— Je sais, avait répondu Robin. J'ai fait ça toute ma vie. »

Sauf sur un point, à ce moment particulier. Il ne semblait pas prudent d'y réfléchir, tant Robin était habitué à ce que les ennuis s'enchaînent inéluctablement, mais il semblait qu'on lui ait accordé un bonus, qu'on lui ait fait un cadeau, qu'on lui ait presque décerné un prix pour sa patience, sa compréhension, son opiniâtreté. Quand il s'était réveillé le matin avec Zoé dans son lit, il était resté là, dans la claire lumière de l'aube, et il l'avait regardée un long moment avec délices, soulagement et stupéfaction. Il avait fallu qu'il se répète sans cesse qu'il y avait vraiment une fille dans son lit, une jeune fille chaude et nue qui respirait près de lui, et qu'elle avait passé là toute la nuit, alors que, mu par quelque sens des convenances aussi obscur que tardif, il lui avait suggéré de retourner dans sa chambre. Elle avait refusé de partir.

« Et pourquoi ? avait-elle dit. Tu as quelque chose à cacher ? »

Puis elle s'était endormie contre lui aussi facilement que si elle avait dormi là depuis des années, et, quand il était sorti du lit à la sonnerie du réveil, craignant de la gêner, elle n'avait pas bougé. Il s'était penché sur elle pour voir son visage.

« C'était bien, avait-elle dit après qu'ils eurent fait l'amour. Vraiment bien. »

Elle souriait. Ce sourire flottait encore sur ses lèvres, dans son sommeil, sept heures plus tard. Il avait embrassé son oreille ourlée d'anneaux d'argent en pensant que jamais, jamais, dans ses rêves les plus fous, il n'aurait cru laisser un jour, un jour de semaine ordinaire, dans son propre lit, une jeune fille encore endormie.

Mais c'était le cas. C'était arrivé cette nuit-là, et la suivante, et toutes les nuits depuis. Zoé continuait à entreposer sa maigre garde-robe noire dans sa propre chambre, mais elle dormait dans la sienne. Elle semblait parfaitement à l'aise quand elle sortait en bâillant de la salle de bains, enveloppée d'une simple serviette humide, quand elle retapait ses oreillers, quand elle se serrait contre lui pour trouver sa place dans le lit, quand elle lui faisait la conversation.

« Velma a le cafard », lui avait-il dit la veille.

Zoé était dans la baignoire, un pied dehors pour inspecter ses ongles.

« Pas étonnant. J'amène la décadence urbaine dans sa campagne. Je suis un poison. Je te corromps.

— Sans aucun doute, dit Robin en se souriant dans le miroir au-dessus du lavabo. Je crois qu'elle a diffusé la nouvelle. Gareth s'est montré très respectueux et Debbie n'ose plus croiser mon regard. Et maman ? »

Zoé replongea son pied dans l'eau et sortit l'autre.

« Et quoi ? Tu vas t'inquiéter pour tout le monde ?

— Ils vont nous juger et nous le faire savoir.

— Ça t'ennuie ?

— Pas pour moi...

— Pour moi ?

— Toi, dit Robin en se retournant pour lui déposer un baiser sur le sommet du crâne, tu peux prendre soin de toi tout seule.

— Très juste. Alors, pour qui t'inquiètes-tu ?

— Ce n'est pas que je m'inquiète...

— On ne fait de mal à personne. On n'a trahi personne. Il n'y a pas d'enfant en jeu.

— Tu es une enfant. »

Zoé se leva et tendit les bras pour prendre une serviette.

« Je suis vieille comme Hérode. Qu'est-ce que ça peut te faire, ce que pensent les gens ? Ce qu'ils pensent, c'est leur problème. On n'est pas responsable des complexes des autres. »

Robin l'enveloppa dans la serviette et l'aida à se hisser hors de l'eau.

« Je t'ai dit que je partirai dès que tu me le demanderas. Ça tient toujours.

— Je ne te le demande pas. Je ne veux pas que tu partes.

— Bien, fit-elle en se plantant devant lui pour qu'il l'essuie. On n'a besoin de rien d'autre. Je le dirai à Velma si tu veux. Ça m'est égal. Je n'ai pas peur de lui parler. Je l'aime bien. Elle a le droit d'avoir ses opinions, comme nous les nôtres, mais il ne faut pas qu'elle s'attende qu'on adopte les siennes, même si elle pouvait nous en expliquer les fondements — ce dont elle est incapable.

« Tais-toi, dit-il en lui posant un baiser sur l'épaule.

— Je parlais, c'est tout.

— De Velma. Je ne veux pas parler de Velma.

— C'est toi qui as commencé.

— Et maintenant, j'en ai assez, avait-il conclu en laissant tomber la serviette pour l'enlacer.

— Écoute, je suis sûre que tout le village jase à ton sujet depuis des années. D'accord? Et maintenant, après tout ce qui s'est passé, et les enterrements, ils jasent de plus belle. À cause de moi, c'est encore pire. Mais tu n'es pas obligé d'écouter. C'est ta vie, Robin. Peut-être pour la première fois, mais c'est ta vie. Alors, pourquoi ne la vis-tu pas un peu? »

Était-ce ce que le commissaire-priseur avait voulu dire quand il avait parlé de jalousie avec tant de jovialité? Ce qui l'avait poussé à déclarer à Robin qu'il avait une veine de pendu, était-ce de voir quelqu'un qui non seulement faisait quelque chose pour lui-même, mais était libre de le faire? Robin n'était pas habitué à la liberté. Il était indépendant, bien sûr, mais l'indépendance créait sa propre discipline, ses propres structures, ses propres exigences, si bien que, semblait-il, on n'était jamais libéré de son fardeau, des conséquences de ses propres décisions, sur la voie qu'on s'était tracée. Il monta dans la remorque et regarda les bêtes qui attendaient, comme elles avaient attendu toute leur vie, ce qu'on allait encore leur faire, quelle décision on prendrait à leur sujet, dans quelle étable, quelle remorque ou quel champ elles allaient se retrouver. Peut-être avait-il été comme cela lui aussi pendant des années, habitué à attendre, à réagir, à grincer des dents et à subir, à s'obéir à lui-même sans réfléchir. Un des veaux se retourna dans la paille et le regarda. Il avait quatorze jours et il avait été conçu dans une éprouvette sans contacts, sans accouplement, sans sexe. Robin le regarda avec une véritable sympathie.

« Mon pauvre vieux », dit-il.

« Vous pourriez nettoyer vous-même, lança Velma. Il est grand temps que vous appreniez, de toute façon ».

Elle jeta une pile de chiffons sur la table de la cuisine pour souligner son propos.

« L'aspirateur est sous l'escalier. Et le ramassage des ordures, c'est le vendredi.

— D'accord », dit Zoé.

Elle regarda les chiffons. Dilys pourrait sans aucun doute lui expliquer quoi en faire. Ou Debbie.

« Robin n'aura qu'à me déposer ma paye en passant. Il me doit deux semaines.

— Je le lui dirai. »

Zoé prit les chiffons et les reposa vingt centimètres plus loin, comme pour entériner le transfert des responsabilités.

« Est-ce que vous allez chercher un autre travail ? demanda-t-elle.

— Évidemment !

— Par ici ? Ou bien devrez-vous aller à Stretton ?

— En quoi ça vous regarde ?

— En rien. Je ne veux pas que vous ayez des problèmes. Vous n'êtes pas obligée de partir.

— Ah, vraiment ! Je ne suis pas obligée de partir !

— Non, pas du tout. Robin ne veut pas que vous partiez. Personne ne le veut. Qu'est-ce qui a changé ?

— Vous ne manquez pas de culot ! Comment pouvez-vous me poser une question pareille !

232

« — Mais je n'épouse pas Robin, dit Zoé d'une voix raisonnable. Je suis juste là. Et il va mieux. Vous le voyez bien. Même si vous ne pouvez pas me supporter, vous voyez bien que Robin va mieux. »

Velma gagna la porte de la cuisine où elle accrochait son anorak. Elle le portait tous les jours, été comme hiver, parce que, disait-elle, il faisait toujours frais sur une bicyclette, elle sentait le froid même les jours de canicule.

« Je pars. Je n'en supporterai pas davantage.

— Pour votre argent, je le dirai à Robin », dit Zoé sans quitter la table.

Velma se battait pour enfiler son anorak. Zoé ne pouvait voir son visage, mais ses mouvements furieux, brusques et confus trahissaient qu'elle était au bord des larmes.

« J'aimerais que vous ne partiez pas, reprit Zoé. J'aimerais que vous restiez. »

Velma, triomphante, enfonça son second bras dans sa manche.

« Et moi je suis contente de partir. Je suis ravie de me sortir de tout ça. »

Il y eut alors un tourbillon de sacs en plastique et la porte s'ouvrit pour claquer immédiatement derrière elle, assourdissante et définitive. Zoé regarda la table. Près des chiffons attendaient le courrier de Robin classé à la manière progressive de Velma, et à côté le dernier repas qu'elle lui aurait préparé, un déjeuner pour lui seul, ostensiblement : un œuf à l'écossaise coupé en deux et une poignée d'oignons au vinaigre. Zoé prit l'assiette et en regarda le contenu. Les aliments lui semblèrent tellement étrangers qu'elle ne comprenait pas à qui ils pouvaient être destinés. Elle retira le film plastique qui les recouvrait et l'utilisa comme gant protecteur pour prendre les oignons et les jeter aux ordures. Puis elle prit un couteau et coupa l'œuf en tout petits morceaux avant d'emporter l'assiette dehors pour les oiseaux — jusqu'au jardin que Caro entretenait et qui maintenant languissait, négligé, envahi par les mauvaises herbes.

« Où est papa ? demanda Robin.

— Dehors, avec un des nouveaux ouvriers. Il ne sait pas grand-chose, mais il est prêt à apprendre. L'orge n'a pas l'air très belle.

— Je sais. »

Dilys était assise à la table de la cuisine, entourée des papiers nécessaires aux comptes, comme toujours la dernière semaine du mois. Robin regarda ses mains qui passaient lentement d'un papier à l'autre et vit que ses bagues circulaient sur sa phalange avec un petit cliquettement, comme des pièces de monnaie. Elle avait perdu du poids.

« Il va falloir qu'on pense à engager de l'aide à long terme, maman. »

Elle ne répondit rien. Robin s'assit sur la chaise en face de la sienne et posa les coudes sur la table.

« Il faut qu'on se réunisse, maman, maintenant que Lyndsay est revenue. Il faut qu'on parle.

— Tu ne détiens aucune part, déclara Dilys sans le regarder.

— Non, mais je suis ton fils et je fais marcher cette ferme en plus de la mienne, pour le moment.

— On le fait, comme toujours.

— Non, maman. Plus comme avant. Tu le sais.

— Papa va beaucoup mieux. Il est resté dehors quatre heures, hier.

— Mais il n'a pas fait grand-chose. Il ne peut pas... »

Il avait envie de dire : « Son cœur n'y est pas, et le tien non plus », mais il se retint.

« D'accord, on aura ta réunion, concéda Dilys. Même si ça ne change rien. Qu'est-ce qui pourrait changer ? Que pourrait faire Lyndsay ?

— Il faudra le lui demander. Elle a des parts. Elle possède maintenant celles de Joe. »

Dilys lui jeta un coup d'œil rapide.

« Tu as bouleversé Lyndsay. »

Robin attendit.

« Je ne sais pas ce qu'elle espérait, mais tu l'as bouleversée.

— Elle veut que je la soutienne, et je la soutiendrai. Elle le sait.

— Et Zoé ?

— Quoi, Zoé...

— Pourquoi Lyndsay était-elle bouleversée ainsi à propos de Zoé ?

— Tu le sais très bien, maman. Ne prétends pas le contraire.

— Je ne prétends rien. J'ai toujours pensé que cela arriverait, dit-elle en adressant un sourire fugitif à Robin. C'est une gentille fille, Zoé. Je n'aurais jamais cru que je dirais ça un jour, mais c'est une gentille fille. Elle a une patience, avec ton père ! Une vraie sainte. Lyndsay ne peut pas le savoir, bien sûr. Et Judy non plus.

— Je n'ai pas encore parlé à Judy. »

Dilys prit plusieurs relevés de banque et les agrafa.

« Les femmes n'aiment pas laisser un homme partir, reprit-elle. Elles s'habituent aux hommes dans leur vie, et elles s'habituent à les voir toujours là.

— Mais je ne suis pas moins là parce que... parce que...

— Parce que tu as une aventure avec Zoé.

— Oui.

— Ce n'est pas ainsi que Lyndsay voit les choses. Ni Judy. Ni Velma. Velma vient de passer, elle est dans tous ses états. Elle a quitté Tideswell ce matin.

— Fichue bonne femme...

— Elle n'a pas aimé qu'on prenne sa place.

— Zoé n'a jamais pris la place de personne...

— Elle ne l'a pas fait. Elle n'a même pas essayé. Elle s'est juste installée dans ta chambre.

— Maman, qu'est-ce qui te rend aussi philosophe ? Je croyais que j'allais devoir me boucher les oreilles, à propos de Zoé. »

Dilys leva la tête et le regarda, les mains un peu tremblantes.

« Je suis fatiguée, mon petit.

— Bien sûr.

— Les choses ne sont plus ce qu'elles étaient, la vie est partie, les couleurs aussi... Il faut juste qu'on fasse au mieux avec ce qui reste, non ? Il n'y a qu'à faire ce qu'on peut, et Lyndsay aussi. Et toi. »

Robin se leva et s'approcha de la chaise de sa mère.

« Envoie-moi Zoé cet après-midi, demanda Dilys. J'aurais bien besoin qu'elle m'aide, maintenant qu'il n'y a plus de cricket à la télévision. D'ici là, papa sera fatigué, ajouta-t-elle en levant vers lui des yeux presque souriants. À condition, bien sûr, que la nouvelle maîtresse de maison ait le temps. »

Zoé n'était pas à la maison. La cuisine semblait curieusement fantaisiste, avec les chaises disposées selon des angles sans relation avec la table et une tour de vaisselle qui séchait en un équilibre périlleux.

« Sortie avec Gareth, disait un mot sur la table. Reviens plus tard. Véto attendu à 15 h 30. Velma partie. Désolée. » Suivaient trois baisers et un énorme Z fleuri. Robin regarda le répondeur. Trois messages. Un du marchand d'aliments pour bétail, un d'un conseiller en utilisation et en reconversion des terres arables qu'il avait contacté pour Dean Place, et un de Judy.

« Il faut que je te parle, disait-elle d'une voix très émue. Je veux te parler quand tu seras seul. Je suis désolée pour toi, je crois, mais je ne sais pas. Je ne sais plus où j'en suis. Appelle-moi, tu veux bien ? Appelle-moi ce soir. »

Robin soupira. Elle était désolée pour lui... Désolée de quoi, exactement, des épreuves qu'il avait traversées ou de ce qu'elle lui avait fait subir la plupart du temps ? Il s'assit à la table et prit le mot de Zoé. Les baisers et le Z devaient faire presque deux centimètres de haut. Et Judy ne pouvait ressentir que de la pitié ? De la pitié ! Seigneur !

« Plains-moi tant que tu veux. Je ne peux pas t'en empêcher. Mais je dois te dire que la meilleure réponse, la plus gentille, la plus utile, ce serait, une fois dans ta vie, d'accepter. D'accepter sans toujours juger. »

16

LE PÈRE DE LYNDSAY avait établi une liste de quatre maisons à Stretton qui pourraient convenir à l'ouverture d'un petit salon de beauté au rez-de-chaussée avec un appartement à l'étage. L'une d'entre elles avait un balcon et une autre un petit jardin clôturé d'un entrelacs de lamelles de bois, avec un carré d'herbe miteuse et quelques fleurs fatiguées autour d'un lilas. Les parents de Lyndsay avaient tout deux expliqué qu'ils l'aideraient pour les capitaux nécessaires jusqu'à ce qu'elle puisse régler financièrement la question de Dean Place, et aussi qu'ils seraient heureux de lui donner un coup de main pour les enfants le temps qu'il faudrait pour mettre l'affaire en route. Son père avait ajouté que la maison avec le jardin, bien que petite, était saine et qu'il avait conservé de nombreux contacts dans le bâtiment avec des entreprises qui pourraient réaliser pour elle des travaux de qualité à un prix raisonnable.

« Et quand les enfants auront besoin d'un jardin plus grand, avait ajouté Sylvia, ils pourront toujours venir dans le nôtre. »

Lyndsay avait souri faiblement et hoché la tête. Le jardin de sa mère mesurait environ mille mètres carrés, et le terrain derrière la maison de Stretton moins de cent. Elle monta dans l'appartement du premier étage et regarda par les fenêtres qui donnaient en façade sur la rue, à l'arrière sur le jardin ; sur les côtés, deux minuscules ouvertures seulement, avec leurs stores en lamelles de plastique, révélaient les pignons de brique des maisons voisines, si proches... Tout lui sembla étroit et étouffant. Elle se vit coucher les enfants dans une des deux petites chambres, puis revenir au salon, les soirs de semaine, et allumer la télévision, comme elle l'avait si souvent fait au cours des derniers mois de solitude inquiétante de la vie de Joe, juste pour avoir de la compagnie.

« Joli travail, dit son père en passant une main experte sur le dormant d'une fenêtre. Solide. Du bon boulot.

— C'est un peu petit, protesta faiblement Lyndsay.

— Forcément, répondit Roy Walsh. Forcément, ma chérie. Quand on a vécu à la campagne. Tu ne peux avoir dix hectares d'avoine à contempler au milieu de Stretton. C'est une jolie petite maison. Bien saine. Bien située aussi, juste au coin de la principale rue commerçante. »

Lyndsay commença à dire, vainement, que Joe ne cultivait pas d'avoine, puis elle se tut. Elle toucha le mur le plus proche, où le papier japonais s'était un peu soulevé, révélant une peinture verte en dessous.

« Est-ce juste envers les enfants ? demanda Lyndsay. Est-ce juste de les priver de la campagne pour leur demander de vivre ici ?

— Bien sûr, que c'est juste. Tant qu'ils ont leur mère avec eux, tout est juste. On sera à dix minutes, et le parc aussi. C'est beaucoup plus que ce dont disposent la plupart des enfants, beaucoup plus. »

Il regardait Lyndsay, son visage épais et gentil ridé par l'anxiété, comme toujours quand il la regardait et se rendait compte à quel point elle était sans défense, mal adaptée à cette époque où les femmes semblaient avoir pris leur vie en main — la leur et celle de quiconque passait à leur portée. Lyndsay n'était pas faite pour la condition de la femme moderne. Mais il fallait qu'elle s'en accommode tout de même. Elle avait eu un homme pour prendre soin d'elle, mais maintenant il était parti et elle devait affronter le monde seule.

« On ne peut pas remonter dans le temps, chérie, lui dit-il doucement. Tu ne peux plus faire comme si tu étais toujours une épouse, parce que tu ne l'es plus. Tu es une veuve. Une veuve avec de jeunes enfants et sans doute une trentaine d'années de travail devant toi. »

Elle glissa un ongle sous le bout de papier peint tout raide.

« Tu as dit, reprit Roy, que la réunion à Dean Place ne s'était pas très bien passée.

— Non, en effet. Ils voulaient que je devienne associée, que je reste à la maison, pour garder la ferme dans la famille.

— Et tu ne le veux pas. »

Elle ne répondit pas.

« Lyndsay, si tu ne veux pas rester à la ferme, alors tu dois faire autre chose. Tu comprends ? »

Elle se détourna de lui, avança sur l'horrible tapis fleuri qu'avait abandonné le dernier occupant et regarda par la fenêtre. En contrebas, sur le trottoir, deux jeunes femmes avec des bébés dans des poussettes, appuyées contre une poubelle, fumaient une cigarette. Un vieillard passait, très lentement, tirant un sac à provisions écossais sur roulettes, de même qu'une femme entre deux âges, un peu plus vite, en tablier rayé. Et il y avait la circulation. Voitures, camionnettes, motos de coursiers. Ces six dernières années, quand elle regardait par la fenêtre, elle ne voyait presque jamais personne, sauf le facteur ou Rose dans son parc ; les seuls véhicules étaient la Land Rover de Joe, sa propre voiture et le camion du marchand de poisson qui passait chaque semaine. Il lui était arrivé de détester le vide et l'uniformité rutilante des champs. Mais elle n'avait jamais pensé l'échanger contre ça ; jamais il ne lui était venu à l'esprit que, si elle devait renoncer au vide du paysage agricole, c'était la seule alternative.

« Je t'ai posé une question, insista patiemment Roy.

— J'ai peur du changement.

— Mais le changement est déjà intervenu, ma chérie, personne n'y peut rien...

— Robin aurait pu, dit-elle avec rage, alors qu'elle n'avait même pas eu l'intention de prononcer son nom.

— Robin ?

— Il m'a convaincue de rentrer, et maintenant, à cause de lui, il m'est impossible de rester. »

239

Roy attendit. Robin lui avait toujours paru un garçon gentil, plus calme que Joe, un peu moins sociable, peut-être, mais tout de même gentil.

« Et pourquoi ça ?

— Je ne peux pas l'expliquer, dit-elle en rajustant ses peignes. Il m'a laissée tomber.

— Tu veux dire qu'il a pris le parti de ses parents dans votre discussion ? »

Lyndsay secoua la tête. Il ne s'était pas vraiment opposé à elle, il s'était contenté de dire qu'il fallait qu'ils réfléchissent à l'avenir, qu'avec la mort du principal travailleur de l'exploitation, ils devaient penser à la façon d'organiser leurs vies, des vies dont aucun n'avait jamais envisagé qu'elles pourraient changer.

« C'est pire pour eux que pour quiconque, d'une certaine façon, avait dit Robin à Lyndsay d'une voix douce mais ferme. Parce qu'ils sont trop vieux pour changer. Trop vieux pour avoir un avenir. Mais il faut bien qu'ils continuent.

— Ils sont encore ensemble ! avait crié Lyndsay.

— Et tu crois, avait-il répliqué sans presque la regarder, que c'est ce qu'ils veulent vraiment ? »

« Il doit s'occuper d'eux, disait maintenant Roy. Il ne leur reste plus que lui. Comme ta mère et moi nous occupons de toi. Tu as ta famille, et les parents de Joe ont Robin.

— Et Robin a une maîtresse, explosa Lyndsay. Elle a l'âge de sa fille.

— Vraiment ? Eh bien... c'est une bonne chose pour lui de ne plus être seul. »

Mais ce n'est pas une bonne chose pour moi, pensa Lyndsay en remettant ses peignes avec des gestes furieux. Il m'abandonne. C'est déplacé.

« J'ai senti qu'il ne pensait pas à moi, lança Lyndsay. Il ne se mettait pas à ma place. Il ne se concentrait pas sur le problème. C'est tout.

— Mais c'est toi qui dois te concentrer. Il le faut, ma chérie. Tu n'apprécies pas d'avoir une telle responsabilité, mais tu dois l'assumer. C'est à toi de faire le prochain pas en avant, ajouta-t-il en allant ouvrir et fermer la porte pour voir son niveau par rapport au plancher. Ils en demandent quatre-vingt-huit mille livres, mais je pense l'obtenir pour quatre-vingt-deux ou trois. Il faudra compter en plus un peu de décoration à l'étage et la conversion du rez-de-chaussée en salon, quand on aura obtenu l'autorisation de l'utiliser pour un commerce. »

Il la regarda, d'un air pas particulièrement paternel, un peu comme un homme d'affaires rusé qui veut décrocher un contrat.

« Alors, ma chérie, qu'en penses-tu ? »

Chargé d'un bouquet de freesias et d'une bouteille de chardonnay de Nouvelle-Zélande, Oliver se rendait en bus vers l'appartement de Judy, juste en bas de Fulham Road. Il tenait la bouteille bien droite entre ses cuisses, et les fleurs posées en travers, mais légèrement, pour ne pas les écraser. Il transpirait un peu. Ce n'était pas une journée particulièrement chaude, mais il remarqua que, lorsqu'il touchait le sac en plastique qui enveloppait la bouteille, ses doigts glissaient un peu. Ce devait être la nervosité.

Il était nerveux à cause du courage qu'il lui avait fallu accumuler, depuis plusieurs semaines, pour aller dire certaines choses à Judy. Il voulait être gentil dans sa façon de les lui annoncer, mais il voulait aussi être très clair sur ce qu'elles signifiaient. Il voulait lui dire qu'il l'aimait, qu'elle avait éveillé en lui beaucoup d'intérêt et l'envie de la protéger, mais aussi — et là, il dut enlever sa main de la bouteille de vin — qu'il ne pouvait, pour le moment, continuer à avoir avec elle des relations de proximité constante et de fidélité sexuelle. Il n'y avait personne d'autre dans sa vie, la rassurerait-il, il pouvait le lui promettre. Mais il lui était tout simplement impossible de continuer à aimer quelqu'un qui ne savait que l'attirer dans le bourbier de ses propres problèmes. Il pouvait l'aimer, mais pas vivre cette situation.

Il trouvait que Judy avait tiré de mauvaises cartes, mais elle n'avait pas une vie aussi difficile qu'elle le pensait. Bien sûr, c'était dur d'être abandonnée par sa mère naturelle, mais, si cette mère ne l'avait jamais désirée, si elle n'avait à l'évidence jamais regretté de l'avoir laissée, pouvait-elle, à moins de s'obstiner dans le malheur, continuer à prétendre qu'elle aurait été plus heureuse avec elle ? En voyant une photo de la véritable mère de Judy et plusieurs cartes d'anniversaire ornées de fleurs flamboyantes d'Afrique du Sud, Oliver s'était dit que la femme comme les cartes lui semblaient bruyantes et insensibles. Alors que Caro, à l'évidence, n'était ni l'un ni l'autre — sans compter qu'elle avait désiré Judy aussi fort que sa mère l'avait rejetée. Et Oliver aimait bien Robin. Judy s'était beaucoup plainte de lui, surtout de la façon dont il traitait sa mère défunte, mais il trouvait qu'aucune de ses plaintes ne semblait s'appliquer à l'homme qu'il avait rencontré à l'occasion des funérailles de son frère. En rentrant à Londres, il s'était dit que cette attitude butée de Judy envers son père n'était qu'une excuse de plus pour ne pas affronter la réalité comme tout le monde. Et Oliver, tenant le bouquet de freesias du bout des doigts, en avait assez des excuses de Judy.

Le bus s'arrêta juste avant la station de Fulham Broadway, et il descendit, vin et fleurs à la main. Il lui restait dix ou douze minutes de marche jusqu'à l'appartement de Judy, assez de temps, peut-être, pour réviser ce qu'il allait lui dire, et la façon dont il allait le dire. Il ne voulait ni insister sur les effets de son défaitisme, ni sur aucun de ses défauts, mais l'amener à réfléchir. La faire sortir de ses idées préconçues sur elle-même, lui faire voir que, si elle était à ce point décidée à s'apitoyer sur son sort, personne d'autre — et certainement pas les gens qu'elle désirait attirer et dont elle avait besoin — n'aurait jamais pitié d'elle pour de bonnes raisons.

« Ce n'est pas que je ne veuille plus jamais te voir, avait-il l'intention de lui dire. Mais j'aimerais qu'on ne se voie plus pendant un moment. Plus avant que tu aies quelque chose à me donner, toi aussi. »

Il avala sa salive. Le papier enveloppant les freesias s'humectait entre ses doigts. Sa mère l'aurait admiré pour ce qu'il allait faire, elle lui aurait sans doute dit qu'il agissait avec courage et selon de bons principes. Il s'arrêta sur le trottoir pour regarder, de l'autre côté de la rue, les deux fenêtres en mansarde du salon de Judy. Le problème, pensa-t-il, c'est qu'elle aurait tort. Et sur les deux points.

Zoé était dans la chambre qu'avait occupée Caro et regardait autour d'elle. Obéissante, elle avait apporté à la fois un plumeau recommandé par Dilys et un chiffon humide conseillé par Debbie. Elle avait posé les deux sur le rebord de la fenêtre, puis elle s'était avancée jusqu'au centre de la pièce, près du pied du lit de Caro, et elle examinait ce qui l'entourait, étudiant l'atmosphère. Elle trouva que ce n'était pas un lieu aussi intéressant ni aussi révélateur que sa tombe. Elle était entrée pour faire une expérience, pour voir ce qu'elle pourrait détecter dans la pièce. Deux jours auparavant, elle avait trouvé Dilys dans la chambre de Joe, à Dean Place, et celle-ci lui avait dit, sans la moindre gêne, qu'elle venait là chaque jour, pour elle, juste pour voir. Zoé s'était demandé si les gens qui avaient perdu un être aimé entraient souvent dans sa chambre, parce que la chambre était le lieu le plus intime, le lieu où des vestiges de son essence ou des traces de lui pouvaient rester. C'était sans doute la raison pour laquelle, souvent, on ne touchait pas à la chambre après un décès, pour que les fragiles souvenirs encore suspendus ne soient pas arrachés, comme une toile d'araignée.

« Pourquoi n'utilises-tu pas la chambre de Caro ? » avait-elle demandé à Robin.

Ses lunettes de lecture sur le nez, il était plongé dans un magazine sur l'élevage laitier.

« Trop tôt.

— Pour toi, tu veux dire ? Tu y sens encore sa présence ? »

Il avait posé son magazine. Zoé y avait vu la photo d'un veau blond, avec une tache blanche sur la tête, qui se frottait le menton à une clôture.

« Trop tôt pour elle, avait dit Robin. Ç'a été sa chambre si longtemps...

— Mais elle est morte. »

Il avait rapidement levé les yeux sur elle, au-dessus de ses lunettes, avant de se replonger dans son magazine.

« Cela ne met pas nécessairement fin à tout.

— Si, pour la personne qui est morte.

— Écoute, je ne veux rien faire dans cette chambre. Je ne veux pas y penser. J'ai assez de soucis.

— Avec la ferme ? avait demandé Zoé en débarrassant la table.

— Oui.

— Mais pas à cause des gens.

— Quand je peux l'éviter.

— Pourquoi ?

— Parce que, lui avait-il dit d'une voix triste, il y a trop de choses que je ne peux pas changer. Surtout dans le passé. »

Le passé vivait depuis des années dans cette chambre, des années et des années, depuis que Caro était sortie de celle de Robin, quand Judy avait trois ans. Il le lui avait dit très ouvertement. Vingt ans de chambres séparées, presque toute la vie de Zoé. Elle saisit la barre métallique au pied du lit de Caro. À quoi avait-elle pensé, allongée seule ici ? Qu'avait-elle pensé, si elle y avait pensé, de Robin allongé de l'autre côté du couloir, seul aussi, acceptant sa décision parce qu'il n'avait pas le choix et que, certainement, au début, il l'avait aimée. Mais qu'avait-elle aimé, sincèrement aimé ? Judy, peut-être, et cette chambre avec son patchwork américain, et l'idée d'être enterrée dans une parcelle que personne ne pourrait jamais lui enlever ? Mais pas Robin, pas vraiment. Finalement, Robin n'était pas le genre de personne qu'elle aurait pu aimer, même si, peut-être, elle avait essayé. Zoé, dans sa courte vie, avait croisé beaucoup de gens qu'elle avait tenté d'aimer, en vain. Il ne suffisait pas de vouloir. Il fallait autre chose, un lien, une étincelle, quelque chose qui entretenait votre intérêt. Comme ce qu'elle ressentait pour Robin, et ce qu'il ressentait pour elle, croyait-elle.

Velma avait dit qu'elle donnait un coup rapide à la chambre de Caro une fois par semaine, sous-entendant ainsi que Zoé devrait faire de même. Mais à quoi servait de dépoussiérer une pièce où personne ne vivait, où personne ne venait, à laquelle Robin ne voulait pas même penser ? À rien, décida Zoé, absolument à rien. Elle exécuta un pas de danse sur le parquet avant de ressortir, décrivant de gracieuses révérences avec le plumeau et le chiffon. On ne peut pas changer le passé, avait dit Robin. En conséquence, il fallait le laisser tel quel. Zoé pirouetta dans l'embrasure de la porte en agitant le plumeau en direction du lit.

« Au revoir, dit-elle. Et adieu ! »

Elle claqua la porte derrière elle.

« Il faut l'admettre », déclara Dilys.

Harry ne la regarda pas. Il était adossé au vieux sycomore tout en haut du champ de sept hectares où Joe avait semé du lin, et il buvait le thé que Dilys lui avait apporté. Cela faisait des années qu'elle ne le lui avait pas apporté elle-même, qu'elle n'avait pas monté la côte d'un kilomètre au-delà du point où le sentier s'arrêtait. Il voyait le toit de sa voiture qui luisait sous le pâle soleil et les hectares de pois et d'orge qui s'étendaient jusqu'à la limite de Dean Place, où commençait Tideswell, et les champs au loin, parsemés de taches de plastique noir aux endroits où Robin faisait l'ensilage. Il l'avait fait seul avec Gareth cette année, y passant d'interminables journées. Les années précédentes, bien sûr, Joe l'avait aidé, comme Robin, en retour, l'aidait pour les récoltes.

« Rien ne sert de se voiler la face, continua Dilys, on ne peut pas continuer comme ça. »

Elle s'était assise à quelque distance de Harry sur une grosse pierre qui émergeait de la haie où poussait le sycomore, une grosse pierre ancienne qui semblait avoir eu une signification, jadis.

« On se débrouille, dit Harry en plongeant le nez dans sa tasse. On y arrive.

— Non, on n'y arrive pas », répondit doucement Dilys.

Elle se pencha pour brosser l'herbe de sa jupe.

Il attendit.

« Dans un mois ou deux, nous allons commencer à perdre de l'argent, et il n'y aura plus de quoi payer les hommes ni les factures. Jamais auparavant on n'a eu à payer des ouvriers. On n'a jamais dû compter sur de la main-d'œuvre extérieure à la famille.

— Ils ne servent à rien, de toute façon, dit Harry. Ils ne savent rien faire et ils ne veulent rien apprendre.

— Et nous, nous sommes trop vieux pour apprendre de nouvelles méthodes. »

Il lui jeta un rapide coup d'œil. Elle dévissait à nouveau le couvercle de la bouteille de thé, avec des gestes lents mais sûrs.

« Il faut l'admettre. Nous devons admettre que si nous voulons continuer à vivre comme avant, il faut que nous apprenions de nouvelles méthodes. Mais c'est inutile, parce que l'ancienne vie n'existe plus. C'est fini. Nous nous tromperions nous-mêmes si nous ne le comprenions pas. »

Il lui tendit sa tasse en silence et elle la lui remplit.

« C'était Joe qui faisait marcher la ferme, reprit-elle. Plus encore que nous ne pouvions le savoir. C'était lui. Jamais il ne s'arrêtait de travailler. Il y a consacré sa vie. Sans lui, nous ne pouvons pas y arriver. Nous ne pouvons même pas en rêver.

— Il y a Robin, dit Harry de son air buté.

— Ce n'est pas la même chose, et tu le sais. Il a sa propre exploitation, et ses propres ennuis. Il s'est montré bon comme le bon pain depuis l'accident de Joe, mais il ne peut pas faire de miracles, il ne peut pas être deux hommes à la fois, ni travailler plus de vingt-quatre heures par jour. »

Harry posa sa tasse. Quelque chose de sombre et de lourd s'installait en lui, et il en avait peur.

« Quand je suis rentré de la guerre, dit-il, j'ai cru que je n'aurais jamais plus rien d'horrible à affronter. Je pensais que tout ça, c'était derrière moi pour le restant de mes jours. »

Dilys posa les mains sur la grosse pierre de chaque côté de ses cuisses.

« Il faut renoncer à la ferme. »

Harry resta silencieux.

« Je ne voulais pas avoir à le dire, mais il faut que ce soit dit. Nous ne pouvons plus y arriver. Nous n'en avons ni la santé ni la volonté, et Lyndsay ne peut pas nous aider. Nous n'aurions probablement jamais dû le lui demander, l'attendre d'elle. Et si elle ne le peut pas, il n'y a personne d'autre, et il faut l'admettre. »

Il y eut un long silence. Harry regardait le paysage qu'il aurait pu décrire les yeux clos dans le moindre détail, chaque arbre, chaque haie, chaque pli de terrain. Il savait que ce n'était pas un très joli paysage, que ça n'avait rien à voir avec les fermes splendides du Herefordshire que Dilys et lui avaient vues une fois lors de brèves vacances, ces terres qui ondulaient vers les sombres montagnes du pays de Galles, mais c'était une terre qu'il avait touchée chaque jour de sa vie d'agriculteur, et elle lui était aussi familière que son propre corps. Le mot « dépossédé » lui vint à l'esprit et y resta suspendu. Il ferma les yeux.

« Et où est-ce qu'on irait ? demanda-t-il.

— À Stretton, pourquoi pas, soupira Dilys. Dans une petite maison à Stretton. »

Debbie avait ouvert *L'Hebdomadaire des fermiers* à la page des offres d'emploi : « Recherche vacher, annonçait l'une d'entre elles. 70 têtes, stabulation libre. Maison disponible. Surrey. » En dessous, une autre disait : « Bon salaire, maison 3 chambres chauffage central pour vacher qualifié. Unité de 160 frisonnes/holstein. Essex. » Elle entoura chacune d'un cercle, puis une autre qui demandait de l'expérience pour soigner les sabots, dans l'Oxfordshire. Gareth était capable d'occuper tous ces postes. Un des aspects positifs de ces années à Tideswell était qu'il avait dû apprendre tout ce qui concernait les soins aux vaches.

Mais il n'avait plus besoin d'en apprendre davantage. Il n'avait plus à travailler pour Robin Meredith. Il lui avait prouvé sa loyauté pendant les mois qu'avait duré la maladie de Caro, et aussi après sa mort et celle de Joe. Il ne lui devait plus rien. Gareth n'était pas de leur famille, il n'était qu'un employé et il y avait des limites à l'abnégation qu'on pouvait attendre d'un employé. S'il restait à Tideswell plus longtemps, pensait Debbie, il y serait coincé, jamais il ne progresserait dans le métier, jamais il ne s'occuperait d'un troupeau plus important, dans une unité plus moderne utilisant toutes les nouvelles technologies, avec évacuateur de lisier à palettes. Il végéterait, de plus en plus englué dans ses habitudes, et elle, Debbie, et les enfants devraient végéter avec lui, à cause de son entêtement et de son manque d'esprit d'entreprise.

Debbie se leva de la table et remplit d'eau la bouilloire électrique. Elle avait cessé de supplier Gareth de partir à cause de la peur instinctive que lui inspiraient les lieux parce qu'elle s'était rendu compte qu'elle n'arriverait à rien de cette manière. Il l'avait traitée de superstitieuse, et il méprisait la superstition — il lui arrachait le journal des mains quand il la surprenait à lire son horoscope. Alors, elle avait changé de tactique. Elle s'était mise à lui parler de son avenir, qui serait aussi celui de Rebecca, Kevin et Eddie. Elle lui avait dit que le travail ici convenait à un jeune célibataire, à un débutant, pas à un homme expérimenté père de trois enfants. Elle avait soigneusement évité de faire allusion au côté précaire de la situation des deux fermes Meredith, ou au fait que Lyndsay allait partir pour Stretton. Elle s'était tout particulièrement abstenue de parler de Zoé.

La porte s'ouvrit et Eddie se glissa à l'intérieur, furtivement, comme à son habitude.

« Qu'est-ce que tu veux ? »

Eddie posa sur la table une grande enveloppe raidie d'un côté par un carton.

« Qu'est-ce que c'est ?

— Des photos. »

Il portait un chiffon autour du front comme un bandana de hippie.

« Quelles photos ?

— Des photos de moi. C'est Zoé qui les a faites. »

Il renversa l'enveloppe et plusieurs clichés en noir et blanc glissèrent sur la table. Debbie y jeta un coup d'œil.

« Elle te les a données ?

— Oui.

— Il faut que je la paye ?

— J'sais pas. Elle me les a données. »

Il se jucha sur une chaise et se pencha, la respiration lourde, sur le journal ouvert.

« Ouah ! cria-t-il. T'as tout crabouillé le livre. On doit pas crabouiller les livres.

— Ce n'est pas un livre, c'est un journal. »

Debbie prit une des photos. Eddie, en train de grimper sur une clôture, s'était retourné pour regarder la photographe par-dessus son épaule. C'était excellent. C'était tout Eddie. Si ce n'était pas Zoé qui l'avait prise, Debbie en aurait été ravie.

« Je ne crois pas que nous pouvons les accepter », dit-elle.

Eddie ne l'écoutait pas. Il avait pris le stylo feutre de sa mère et il gribouillait sur les annonces demandant des porchers et des bergers.

« Je dirai à papa de les rapporter. Il les rendra demain matin. »

Eddie dessina une grosse tache dense, puis une autre tout près, et ricana :

« Du caca de vache...

— Sale petite brute ! cria Debbie en lui arrachant le feutre des mains. Et où donc as-tu passé tout l'après-midi ?

— Nulle part.

— Il est temps que tu ailles à l'école. Il est temps qu'on te discipline un peu. Il est temps... »

Elle s'arrêta. Eddie la regarda. Quelque chose en elle laissait penser qu'elle avait été sur le point de dire une chose qui le concernait vraiment, et cela avait suffi à mobiliser son attention. Il la fixait imperturbablement, l'observait plutôt, pour qu'elle termine ce qu'elle allait dire.

Debbie secoua la tête. Quelle importance ? Eddie avait à peine cinq ans, et elle se sentait soulagée d'exprimer son sentiment. En parler à Eddie ne pouvait pas faire de mal.

« Il est temps qu'on aille tous de l'avant », dit Debbie.

Robin était très fatigué. Quand il contracta ses épaules et son dos contre le dossier de la Land Rover, il sentit ses os et ses muscles protester par des craquements et des grincements, raidis qu'ils étaient par les longues heures de fauchage, depuis plusieurs jours, avec une faucheuse qu'il aurait dû remplacer quatre ou cinq ans plus tôt. Quand il s'était arrêté, au crépuscule, et qu'il avait renvoyé Gareth chez lui, il était rentré prendre une douche et une tasse de thé, puis il avait dit à Zoé qu'il devait se rendre à Dean Place pour voir comment ça se passait là-bas.

« Très bien », avait-elle dit.

Elle disait toujours très bien. Parfois, quand il revenait, elle n'était pas là, mais le plus souvent, si ; elle dessinait sur la table de la cuisine ou était très occupée par la nouveauté de sa version personnelle et excentrique des travaux domestiques. Mais jamais elle ne semblait l'attendre. Elle était juste là, poursuivant sa propre vie jusqu'à ce que l'occasion se présente de la fusionner avec la sienne. Elle s'était révélée assez utile à la ferme ces derniers temps, apprenant à manœuvrer le tracteur pour extraire le lisier et à utiliser les trayeuses. Mais Robin ne la laissait pas s'approcher des aliments. Personne n'y touchait à part lui, pas même Gareth. C'était trop important.

Il inséra la clé de contact de la Land Rover et la tourna. À la fenêtre éclairée de Dean Place, Dilys lui fit un signe de la main. Jamais elle n'avait fait cela auparavant quand il partait, lui semblait-il, et ce signe montrait combien elle avait changé. Il aurait préféré qu'elle n'ait pas changé. Elle était plus douce avec lui, et cela l'agaçait, comme si elle avait perdu sa force intérieure et se tournait vers lui comme Lyndsay avait tenté de le faire. Robin sortit de la cour et s'engagea dans l'allée. Il doutait de pouvoir supporter une dépendance encore accrue.

Et pourtant, assis avec ses parents ce soir-là sous le plafonnier à la lumière crue de la cuisine, il avait compris que leur dépendance était inévitable. Lentement, comme si elle récitait un texte appris par cœur, Dilys lui avait dit qu'ils avaient décidé de renoncer à la ferme. Ils étaient incapables de s'en sortir tout seuls, et ils ne pouvaient engager d'aide extérieure. Ils déménageraient dès que le propriétaire aurait trouvé de nouveaux gérants, si possible avant l'expiration des six mois de préavis. Ils allaient commencer à chercher quelque chose à Stretton, un endroit qui corresponde à leurs moyens, mais avec un jardin où Harry cultiverait quelques légumes. Le père de Lyndsay pourrait peut-être les aider.

« Je n'aurais jamais pensé en arriver là, avait dit Harry.

— Non.

— J'ai toujours cru que je mourrais ici dans mon lit.

— Voyons, Harry », avait protesté Dilys, sans aucun reproche dans la voix.

On continue, pensait maintenant Robin, épuisé. On continue parce qu'on n'a pas le choix. C'est tout ce qu'on peut faire. On ne peut être sûr de rien, on ne peut rien considérer comme acquis, parce que rien n'est jamais certain, comme on le croyait jadis. Dans quelques mois, nos vies, nos fermes, seront totalement différentes, maman et papa partis, Lyndsay partie, moi seul restant pour faire ce que je crois que je fais. Je savais ce que je faisais, avant, je m'en souviens, mais cette époque est bien loin.

Il fit pénétrer la Land Rover dans la cour de Tideswell, un nuage de petits insectes l'accueillit dans la lueur des phares. La cuisine était allumée, et aussi la salle de bains à l'étage. Son cœur se serra soudain en se rappelant la maison noire quand il revenait durant les semaines qui avaient suivi la mort de Caro, la maison vide, où seul le chat lui accordait sa compagnie distante et silencieuse. Raide de courbatures, il sortit de la Land Rover et claqua la porte avant de s'y adosser un moment, pour se reprendre. Puis il alla lentement ouvrir la porte et entra dans la cuisine.

Zoé était devant la cuisinière, une tasse entre ses mains.

« Salut », dit-elle avec un sourire.

Elle montra la table où Gareth était assis, presque étranger avec sa chemise et ses cheveux bien coiffés. Il se leva pour saluer Robin.

« Il t'attend depuis presque une heure, expliqua Zoé. Je pensais que tu rentrerais plus tôt. »

Robin regarda Gareth.

« Désolé, dit Gareth. Je suis désolé de venir si tard, et sans avoir prévenu. Mais je me demandais... je me demandais si je ne pourrais pas vous parler quelques minutes », termina-t-il avec difficulté.

17

« NON », dit Hughie.

Lyndsay lui posa la main sur l'épaule.

« Allonge-toi, Hughie. Allonge-toi. C'est l'heure de dormir. »

Hughie ne bougea pas. Sa casquette de base-ball vissée sur la tête, il était assis dans son lit, dans la plus petite chambre à coucher de chez sa grand-mère. Ce jour-là, on l'avait emmené dans un endroit qu'il n'avait pas aimé, pas du tout, et on lui avait annoncé que ce serait sa nouvelle chambre. Il avait dit non. Il n'avait pas besoin d'une chambre. Il en avait déjà une dans sa maison, avec son fauteuil-sac. C'était sa chambre à lui, avec son lit dedans. Là où ils étaient allés avec grand-mère Sylvia, la chambre qui devait être la sienne ne serait pas du tout la sienne parce que Rose y serait aussi. Il faudrait bien qu'elle y soit, parce que dans la seule autre chambre il y aurait le lit de Lyndsay. Hughie comprenait très bien pourquoi sa mère ne voulait pas de Rose dans sa chambre, et c'était justement pour ça qu'il ne comprenait pas pourquoi on espérait de lui que ça lui soit égal de l'avoir dans la sienne. Ça ne lui était pas égal. Il ne voulait pas dormir dans cette chambre, et il ne voulait pas dormir avec Rose. En fait, il ne dormirait nulle part jusqu'à ce qu'on le ramène chez lui, dans sa propre chambre.

« Non, répéta-t-il.

— S'il te plaît », murmura Lyndsay.

Elle n'osait pas parler trop fort, de crainte que ses parents ne l'entendent et n'en tirent des conclusions. Sa mère avait toujours dit qu'elle trouvait Rose incontrôlable, et maintenant elle commençait à suggérer que Hughie aussi, sous-entendant que Lyndsay n'était pas à la hauteur de la tâche — difficile, disait Sylvia, mais pas impossible — d'élever des enfants seule.

« Si je m'allonge à côté de toi, est-ce que tu voudras bien te coucher ?

— Non, répondit Hughie en serrant Phoque contre lui.

— Tu seras très fatigué, si tu ne dors pas.

— Dormir dans ma maison, dit Hughie en reprenant son langage de bébé.

— On ne peut pas. »

Hughie resta silencieux. Quand sa mère commençait à raconter des bêtises comme ça, qui n'avaient aucun sens, comme quand papa était parti, il avait appris à ne rien dire, à se contenter d'attendre. Il savait très bien attendre, maintenant. Oncle Robin lui avait dit qu'il fallait attendre pour se sentir mieux, et Hughie avait trouvé qu'il s'agissait là d'une chose dont il se sentait capable, tant que tout restait pareil, tant qu'il était dans sa maison, avec Phoque, et que Lyndsay ne passait pas son temps à le faire monter dans la voiture et à lui dire d'une voix guillerette, en laquelle il n'avait aucune confiance, qu'ils allaient voir grand-mère Sylvia. Il ne voulait pas voir grand-mère Sylvia, il ne voulait voir aucune de ses grands-mères. Il commençait à en avoir assez d'être trimbalé comme un paquet et de recevoir des ordres. Quand on demandait à Rose de faire quelque chose qu'elle ne voulait pas faire, elle rugissait. Il n'allait pas se mettre à rugir. Il ne voulait rien faire comme Rose. En réalité, il ne voulait rien faire du tout, et, s'il pouvait l'éviter, il n'allait pas se retrouver là où il ne voulait pas être. Il jeta un rapide coup d'œil à son épaule gauche. La main de Lyndsay y était toujours. Il voyait sa bague avec la pierre bleue, et la toute dorée, dont elle disait qu'on vous la donnait le jour de votre mariage. Hughie se demanda qui vous donnait la bague dorée le jour du mariage, puis il tourna la tête, rapide comme l'éclair, et mordit la main de sa mère, aussi fort qu'il le put.

Bronwen était fiancée. Toute la rubrique décoration du magazine bruissait d'excitation et l'entourait pour admirer sa bague, un bijou victorien serti de perles et de grenats, et boire du vin blanc pétillant dans des gobelets en carton.

« Il voulait attendre les vacances pour faire sa demande, expliqua Bronwen, mais il n'a pas pu attendre. Il a dit qu'il n'en pouvait plus. Alors, on va avoir une première lune de miel avant le mariage, et une autre après.

— Profites-en bien, lui dit la rédactrice en chef. C'est une période merveilleuse. Avant que la réalité te rattrape ! Savoure bien ton bonheur. »

Tessa surveillait Judy du coin de l'œil. Judy avait admiré la bague de Bronwen, comme tout le monde, elle tenait un gobelet de vin et elle avait l'air normale. Mais Tessa savait qu'Oliver ne téléphonait plus. Réconforter Judy après la mort de sa mère lui avait paru une tâche quasi impossible, tant elle se sentait gauche et maladroite, mais la consoler du départ d'Oliver, c'était autre chose. Là, Tessa était en terrain connu. Les ruptures faisaient partie des malheurs dans lesquels elle évoluait avec aisance. Elle regarda attentivement Judy et prépara un numéro réconfortant de franche camaraderie entre filles qui se moquent bien des garçons au cas où elle semblerait en avoir besoin, si la vue du triomphe de Bronwen se révélait trop dure à supporter.

Tessa avait un nouveau petit ami. Elle le connaissait depuis trois semaines, et tout se mettait en place assez agréablement dans la mesure où il était plus jeune qu'elle mais présentait une calvitie précoce. Avant lui, elle n'avait eu personne pendant presque dix mois, et le souvenir de cette période la rendait très compatissante envers Judy. Elle se pencha sur le bureau et lui posa la main sur le bras.

« Ça va ? »

Judy la regarda et hocha la tête. Elle avait l'air bien, se dit Tessa, surtout maintenant qu'elle se laissait un peu pousser les cheveux. Elle avait des cheveux impressionnants, épais et brillants, pas de ceux à qui on peut imposer une coupe en boule, comme le faisaient la moitié des filles au bureau, mais plutôt le genre à porter un peu plus long et à laisser libres.

« Je me demandais...

— Ça va.

— Tu veux qu'on en parle ? »

Judy prit une gorgée de vin.

« Il n'y a pas grand-chose à dire. Je ne sais même pas si j'étais amoureuse de lui, pas vraiment. Je l'aimais bien. On ne peut pas ne pas l'aimer, mais ce n'était pas... enfin, ce n'était pas...

— La passion. Le grand amour.

— Non.

— Mais ça ne veut pas dire qu'on souhaite être larguée.

— Il l'a fait très gentiment ! dit Judy, tout étonnée de ses propres paroles. C'était un peu étrange. Je n'ai même pas été vraiment surprise.

— Mais tu dois être blessée, tu dois... »

Judy lui adressa un rapide sourire.

« Désolée de te décevoir, mais je ne crois pas. Pas gravement, en tout cas. »

Mais Tessa était bien décidée à satisfaire son besoin de compassion.

« Et si peu après que ta mère... »

Judy sortit un crayon de sa chope et le tint en équilibre sur la pointe.

« Oliver a été parfait de ce côté-là. Il m'a fait parler d'elle. Il m'a amenée à la voir comme une personne, pas seulement comme ma mère. Il m'a fait réfléchir à un tas de choses, dit Judy en laissant tomber le crayon.

— Tu n'as pas envie de le tuer ? De fracasser sa voiture, de ruiner sa carrière, de découper la braguette de tous ses pantalons ?

— C'est drôle, mais non. J'aurais cru que j'en aurais envie, mais non. Il y a des gens que j'ai envie de tuer, mais pas Oliver.

— Tu commencerais ici ? demanda Tessa en promenant alentour un regard d'espion de série Z.

— Je me demande si je vais rester.

— Quoi ?

256

— Je ne sais pas. J'y réfléchis. Je ne vois pas bien ce que je fais ici... »

Tessa termina son gobelet et l'écrasa dans sa main.

« C'est un boulot, non ? La paye est correcte, les conditions de travail aussi, les gens ne valent pas grand-chose, mais que peut-on attendre de plus dans un magazine comme celui-ci ? Et tu fais très bien ton boulot. Je ne serais pas prête à l'avouer tous les jours, mais tu es meilleure que Bronwen et moi. Tu as plus d'idées.

— Des idées sans intérêt, la plupart du temps. Je n'arrive pas à trouver de l'intérêt à ce travail. »

D'un geste de professionnelle du basket, Tessa jeta le gobelet écrasé dans la corbeille de Judy.

« Ne me dis pas que tu as une conscience sociale ! Prochain arrêt : militante de Greenpeace.

— Non, ce n'est pas ça. Mais pas ce que je fais non plus. Pas une vie où on passe juste le temps. »

Tessa commençait à s'ennuyer. Un cœur brisé recelait de vastes possibilités de conversation passionnante, mais une discussion sur le sens de l'existence, par définition, n'en recelait aucune. Elle bâilla discrètement, mais ostensiblement.

« Quand tu auras fini de réfléchir, préviens-moi. »

Elle se leva et gagna le bureau de Bronwen pour se mêler au petit groupe qui l'entourait toujours : elle voulait savoir si elle avait l'intention, une fois mariée, de prendre le patronyme de son époux.

Une petite entreprise que Roy Walsh connaissait avait fourni à Lyndsay un devis estimatif pour les travaux de conversion du rez-de-chaussée de la maison de Stretton en salon de beauté. Il y avait la place pour l'accueil, deux cabines, des toilettes, et au fond une cabine à UV. Le coût, d'après Roy Walsh, n'était pas déraisonnable. C'était l'équipement qui allait être cher — le solarium, les lits de soins, les ustensiles électriques d'amincissement avec leurs panneaux de contrôle et leurs réseaux de tuyaux en plastique coloré. Roy voulait que Lyndsay s'assoie à la table

257

près de lui et établisse un budget et calcule en combien de temps l'investissement serait amorti et si cela valait la peine d'engager une assistante pour répondre au téléphone, préparer du café et effectuer les soins de manucure. Mais Lyndsay n'y mettait aucune bonne volonté. Elle acceptait la plupart des suggestions de son père, mais son accord n'avait rien d'encourageant.

« C'est très tôt. Trop tôt, avait dit Sylvia à son époux. Trop tôt pour qu'elle soit capable de mettre son cœur dans une telle entreprise. Les gosses lui causent du souci. »

Les enfants inquiétaient Roy et Sylvia. Rose, bébé puissant et volontaire, presque brutal, leur semblait bien peu féminine. Quant à Hughie... Enfin, Lyndsay n'aurait pas voulu qu'ils sachent que Hughie l'avait mordue, mais comment auraient-ils pu ne pas s'en rendre compte ? Ils avaient entendu son cri de douleur et de surprise, et, quand ils étaient montés en courant voir ce qui se passait, le petit garçon avait tenté de mordre à nouveau. Non seulement il mouillait son lit, mais maintenant, il mordait ! Bien sûr, il avait perdu son père, pauvre petit, mais il n'avait que trois ans. Il ne pouvait pas vraiment comprendre la réalité de la situation. Roy et Sylvia étaient persuadés que l'enfant réagissait à Lyndsay, à son incertitude, à son incapacité à prendre des décisions. À cause d'elle, il ne se sentait pas en sécurité, cela se voyait. Elle l'angoissait. Plus vite ils seraient tous installés au-dessus du salon, mieux ce serait, parce que alors seulement les enfants retrouveraient la vie régulière dont ils avaient tant besoin.

« Je vais la pousser à signer, dit Roy. Elle va me trouver dur, mais il le faut. C'est pour son bien, après tout. Il faut qu'elle affronte l'avenir. Ce n'est pas comme si elle se retrouvait sans rien. Pour ça, elle a beaucoup de chance. »

Sylvia avait reconnu dans sa voix des signes d'impatience, et elle se souvint du soulagement qu'ils avaient tous deux ressenti — mais évité d'exprimer — quand Lyndsay leur avait annoncé qu'elle allait épouser Joe. Ils l'aimaient tous deux tendrement, ils se faisaient du souci pour elle, et ils avaient été soulagés, à ce moment-là, que leur rôle de parents se termine. Maintenant que leurs trois enfants étaient installés dans leur propre foyer, avec leurs propres enfants, ils allaient pouvoir enfin jouir d'une certaine liberté et trouver du temps pour faire les choses dont ils avaient seulement rêvé auparavant, quand ils devaient consacrer toute leur énergie au travail et à leur famille. Sylvia avait pensé à un voyage en Hollande, au printemps, pour voir les champs de tulipes en fleur, et Roy avait acheté de nouvelles cannes à pêche et parlé du club de golf local. Mais si Lyndsay s'installait à Stretton, il faudrait qu'ils s'occupent des petits, surtout au début. Bien sûr, ils le feraient avec plaisir, mais ils ne pouvaient pas s'empêcher de penser que ce n'était pas ce qu'ils avaient prévu.

« Il faut que je la force, dit Roy, tu n'es pas d'accord ? Je m'en passerais volontiers, mais c'est pour son bien. Il faut que je la force à signer, pour qu'on puisse tous repartir sur des bases saines. »

Zoé gara le tracteur à sa place sous l'avancée du toit en vieille tôle ondulée. Elle le manœuvrait plutôt bien, et elle remarqua que les hommes venus avec une pelleteuse pour creuser la nouvelle fosse à lisier s'étaient arrêtés pour la regarder. Elle leur donna donc de quoi voir, ajoutant quelques fantaisies, comme une écuyère au cirque. Cela l'enchantait de se découvrir habile à une tâche dont elle ne connaissait même pas l'existence six mois plus tôt, surtout qu'elle ne savait même pas conduire une voiture. Maintenant, en plus des appareils photo, elle savait faire marcher les tracteurs.

Elle retourna dans la maison et se nettoya énergiquement à l'évier. Velma détestait voir Robin ou Gareth se laver dans l'évier après qu'ils s'étaient occupés des vaches, mais elle n'était plus là pour imposer ses préférences ni ses dégoûts, et Zoé ne voyait pas pourquoi, comme les hommes, elle n'utiliserait pas l'évier pour se laver les mains et le visage, aussi bien que pour laver casseroles et assiettes. Elle renifla ses doigts pour s'assurer que le dernier relent de vache en était parti. Elles sentaient le savon liquide. Puis elle retira son jean et son T-shirt — pourquoi monter les

enlever puisqu'il fallait les redescendre immédiatement ?
— et les jeta dans le coin de la pièce où le linge sale commençait à s'accumuler en une pile hétéroclite.

En haut, dans sa chambre, où elle conservait encore ses vêtements, Zoé enfila un jean noir moins fatigué et un T-shirt gris propre. En voyant son reflet dans le miroir inséré dans la porte centrale de l'armoire, elle se trouva différente, moins maigre, moins pâle, moins comparable à une denrée laissée trop longtemps dans l'obscurité humide. Non qu'elle eût engraissé — ses vêtements lui allaient comme avant —, mais les contours de son visage et de son corps lui semblaient plus doux, moins anguleux, et quelques taches de rousseur agrémentaient maintenant son nez et ses joues. Avant, elle détestait ses taches de rousseur, mais maintenant, sur sa peau d'un blanc moins verdâtre que d'habitude, elles faisaient bon effet. Elle s'accorda une touche de brillant à lèvres et deux giclées de l'eau de Cologne pour homme qu'elle aimait, à base, disait l'étiquette sur le flacon, de citron vert des Caraïbes. Puis elle descendit dans la cour.

Gareth habitait à quatre cents mètres de la ferme, par-delà un champ planté de maïs bruissant. Un sentier le traversait, que le vacher empruntait, à pied ou à vélo, une demi-douzaine de fois par jour. Zoé reconnut les empreintes de ses bottes dans la terre et les traces laissées par les pneus de sa bicyclette. Quand elle leva les yeux, elle vit la façade de briques rouges avec ses fenêtres rutilantes et, sur le côté du toit, la parabole blanche qui permettait de recevoir la télévision par satellite. Cette maison était vraiment laide. Zoé avait demandé à Robin pourquoi, quand il avait décidé de la construire, il l'avait faite si laide. Robin avait été stupéfait.

« Laide ?

— Oui. Très laide. De couleur, de proportions, d'emplacement, de tout.

— Mais elle est solide, et elle remplit l'usage pour lequel elle a été conçue. »

Comme sa voiture, pensa Zoé, et ses vêtements, et ce pauvre jardin négligé où les roses plantées par Caro suffoquaient maintenant dans l'entrelacs cruel des mauvaises herbes. Il fallait que les choses marchent, qu'elles remplissent leur fonction et qu'elles vaillent leur entretien ; la beauté, quand elle était présente, n'était qu'un accident.

Après le champ de maïs, Zoé déboucha dans le petit jardin en pente que Debbie entretenait autour de la maison. Il y avait un sentier pavé de carreaux légèrement colorés et tout un ensemble de jardinières et de pots plantés de pétunias et de soucis, orné çà et là d'éléments de l'arsenal d'Eddie : pistolets en plastique et bouclier, épée et bombardiers. Kevin, lui avait dit Gareth, ne s'était jamais passionné pour tous ces jeux de guerre, mais on ne pouvait en distraire Eddie.

Zoé fit le tour de la bâtisse, dépassa la porte de façade qu'on n'utilisait jamais, ici non plus, avec son rideau de dentelle derrière le verre cathédrale, et gagna l'arrière de la maison. La porte de la cuisine était grande ouverte, une serpillière et un seau attendaient sur le seuil, près du paillasson qu'on avait suspendu pour l'aérer. Zoé passa la tête à l'intérieur.

« Debbie ? »

Silence. Elle attendit. Au bout de quelques instants, Debbie arriva du salon, toute pimpante en débardeur rose et jupe courte en jean. Elle regarda Zoé.

« Qu'est-ce que vous faites ici ?

— Je suis venue vous voir.

— À quel sujet ?

— Je suis venue vous demander quelque chose. »

Debbie s'avança dans la cuisine et posa les mains sur le dossier d'une chaise.

« Vous devriez entrer...

— Ce n'est pas indispensable, dit Zoé en s'appuyant à la porte. Je suis bien ici. »

Debbie haussa les épaules, leva les bras pour rajuster l'élastique qui retenait ses cheveux et lissa sa jupe.

« Alors ?

— C'est à propos de Gareth.

— Quoi, Gareth ? » demanda Debbie d'un ton cinglant.

Zoé glissa les mains dans les poches de son jean.

« Il est venu donner son congé...

— En quoi est-ce que ça vous concerne ?

— En rien. Mais c'est mauvais pour Robin. Tout est mauvais pour Robin, ces derniers temps, et je n'en comprends pas la moitié, mais je sais qu'il s'agit d'argent, de ses parents, de Lyndsay aussi qui est partie, et des fermes. Et maintenant de Gareth.

— Gareth doit penser à lui. Gareth a des responsabilités, il a une famille... »

Zoé la regarda un moment.

« Est-ce que c'est vous qui souhaitiez qu'il parte ?

— Non.

— Je me posais juste la question. »

Zoé se pencha un peu en avant, comme pour inspecter ses bottes.

« Il est temps qu'il trouve un meilleur emploi, dit Debbie. Il est temps qu'il progresse.

— Mais pourquoi maintenant ? » demanda Zoé sans quitter ses bottes des yeux.

Debbie ne répondit pas. Elle lança un coup d'œil vers la table de la cuisine où les deux premières lettres de candidature de Gareth attendaient d'être postées.

« Si je partais, reprit Zoé en levant la tête vers Debbie, est-ce que Gareth resterait ? Juste un peu plus longtemps, jusqu'à ce que Robin s'en sorte ? Hein ?

— Je n'en sais rien..., répondit Debbie, stupéfaite.

— J'ai pensé que c'était peut-être ça, vous comprenez. J'ai cru que ça pouvait être à cause de moi. La dernière goutte...

— Non... Oui.

— Mais est-ce que Gareth changerait d'avis ? »

Debbie regarda les lettres et serra le dossier de la chaise.

« Non.

— Et vous non plus ?

— Non. C'est trop tard, dit-elle en levant brièvement les yeux sur Zoé. Il y a une limite à ce qu'on peut faire pour les autres.

— Oh, je sais. Je le sais bien. C'est seulement que... le moment est si mal choisi pour Robin...

— C'est une période difficile pour nous tous ! s'écria Debbie. Et c'est ainsi depuis des lunes, des mois et des mois, depuis bien avant votre arrivée !

— Oui. »

Debbie partit soudain vers le plan de travail et prit une grande enveloppe coincée entre le grille-pain et le mur.

« Tenez.

— Qu'est-ce que c'est ?

— Les photos. Celles que vous avez prises d'Eddie. Il n'aurait pas dû les accepter...

— Mais ce sont les siennes ! Ce sont des photos de lui. Qui d'autre pourrait les avoir ? Elles ne sont d'aucun intérêt pour personne d'autre.

— On n'en veut pas. »

Zoé prit l'enveloppe.

« Qu'est-ce qui vous ennuie ? » demanda-t-elle doucement.

Debbie ne répondit pas.

« C'est le sexe ? »

Debbie fit un petit geste.

« Laissez tomber, fit Zoé. Cela ne vous touche en rien. Cela n'a aucune influence sur votre vie. »

Debbie ferma les yeux.

« Bonne chance », dit Zoé.

Elle se détourna et Debbie l'entendit s'éloigner sur le petit sentier, par-delà les pots de fleurs et les pistolets en plastique, vers le champ de maïs. Debbie ouvrit les yeux. Les lettres étaient toujours là, deux rectangles blancs portant l'écriture soignée et rare de Gareth, avec leur timbre pour acheminement rapide. Elle les prit. Elle avait dit à Gareth qu'elle les posterait.

« Si tu veux », avait-il répondu.

Elle retourna dans le salon, les enveloppes à la main. De la baie vitrée, qu'elle nettoyait scrupuleusement, elle vit encore Zoé qui longeait sans hâte les épis verts de maïs. Elle se demanda comment elle raconterait sa visite à Gareth, comment elle la colorerait, comment elle tenterait d'expliquer et de justifier ses réactions. Puis elle se dit qu'elle ferait peut-être mieux de ne pas lui en parler.

« Demain matin, dit Lyndsay. Il faut que je dorme dessus.

— Ce sera pareil demain matin, soupira son père.

— Je ne peux pas. Je ne peux pas le faire tout de suite. Je suis fatiguée. »

Roy regarda sa femme. Assise dans son fauteuil habituel, elle brodait un écran de cheminée. Elle y travaillait depuis plus d'un an, et Roy n'arrivait pas à s'expliquer pourquoi son absorption dans cette broderie l'irritait si profondément.

« Aide-moi, chérie.

— Lyndsay, dit Sylvia en tirant l'aiguille, nous essayons seulement de t'aider. Ton père n'a pas fait ça pour lui, il l'a fait pour toi.

— Je sais.

— Reporter cette signature ne mènera à rien. Il faut que ce soit à ton nom à cause du salon. Si je pouvais signer pour toi, je le ferais, mais je ne peux pas. »

Lyndsay se leva.

« J'ai dit, déclara-t-elle d'une voix presque rageuse, que je le ferais demain matin. Je ne suis plus une enfant. »

Silence.

Roy retira ses lunettes et les posa sur le contrat.

« Alors, il faut que tu cesses de te conduire comme une enfant.

— En faisant tout ce que vous dites ? »

Il regarda à nouveau Sylvia, mais elle abordait une boucle délicate et ne croisa pas son regard.

« Pas nécessairement, reprit-il d'une voix épuisée, mais en agissant. Nous n'avons mis ce projet sur pied que parce que toi, tu n'en faisais aucun.

— Pas encore, répliqua Lyndsay d'un ton furieux. Pas *encore*. Joe n'est mort que depuis six semaines. Six *semaines*. Pourquoi devrais-je prendre une décision alors que mon mari n'est mort que depuis six semaines ? »

Sylvia piqua son aiguille dans son ouvrage et le plia.

« Inutile de te mettre dans cet état...

— Et dans quel état veux-tu que je sois ? Et cet état, comme tu dis, durera peut-être des années. Je n'en sais *rien*. Aucun de nous ne le sait. Mais je sais ce que je ne peux pas faire, et je ne peux pas signer ce contrat. Pas ce soir. »

Sylvia se leva, sans regarder Lyndsay.

« Alors, nous attendrons demain matin.

— Mais demain matin, il faudra *absolument* que tu le signes », dit Roy.

Lyndsay les regarda tous deux. Elle ouvrit la bouche pour protester, puis la referma. Au lieu de répondre, elle traversa la pièce et s'arrêta à la porte.

« Bonne nuit. »

Ils attendirent qu'elle dise autre chose, qu'elle s'excuse, mais elle n'en fit rien.

« Bonne nuit, chérie », dit Sylvia.

À l'étage, Hughie dormait, adossé à quatre oreillers. C'était son compromis entre rester assis et dormir. Sylvia désapprouvait qu'elle ait cédé, mais Lyndsay s'en moquait. Elle se moquait aussi que Hughie l'ait mordue. Ç'avait été un choc, sur le coup, mais elle n'était pas blessée, ni physiquement ni affectivement. En réalité, quand Sylvia et Roy avaient fait irruption dans la pièce, Lyndsay considérait Hughie presque avec admiration.

Elle s'assit à côté de lui. Il semblait misérablement mal installé ; il avait à moitié glissé de la précaire montagne d'oreillers qu'il s'était construite ; à cause de l'angle curieux que sa tête faisait avec l'horizontale, sa casquette de base-ball s'était relevée, si bien que la visière se dressait vers le plafond et retroussait ses cheveux en arrière. Elle était heureuse qu'il ne soit endormi, même tout tordu. Ce n'était que lorsqu'il dormait qu'elle était certaine que toutes les choses dont il choisissait de s'inquiéter ne l'oppressaient plus.

Mais choisissait-il ? En le regardant, elle vit le teint de Joe, sinon ses traits, et elle douta que Hughie ait inventé quoi que ce soit. S'il avait peur de certaines choses, il avait de bonnes raisons : ces choses étaient menaçantes pour lui. Lyndsay avait parfois préféré ne pas remarquer les ombres qui planaient sur Joe, ni y croire quand elles s'imposaient à elle, mais elle ne pouvait pas en faire autant en ce qui concernait Hughie. C'était son fils, et il dépendait entièrement d'elle, maintenant, pour garder foi en la vie. S'il s'opposait à elle, c'était tout simplement parce qu'il en avait besoin pour survivre. Il ne créait pas de problèmes, il était vrai. C'était presque comme si, à sa façon instinctive de petit enfant, il tentait de la forcer à voir que ce qu'elle était sur le point de faire était aussi mauvais pour elle que pour lui. Il l'aimait. Et personne ne l'avait jamais aimée, de toute sa vie, autant que ce tout petit garçon, et, même s'il finissait un jour par avoir honte de cet amour en grandissant, jamais elle n'oublierait l'intensité de ses sentiments et la confiance absolue qu'il lui vouait maintenant. Elle tendit la main et lui prit un pied. D'une certaine façon, elle savait qu'elle n'avait pas été à la hauteur avec Joe. Jamais elle ne l'avait voulu, et elle aurait tout fait pour éviter qu'il en soit ainsi, mais quelle qu'en soit la raison, elle avait échoué car elle ne pouvait l'atteindre. Eh bien, elle pouvait atteindre Hughie parce qu'il le lui permettait, il la laissait entrer en lui comme jamais Joe n'avait pu le faire. Et, comme il l'y autorisait, elle devait lui prouver qu'il avait raison de lui faire confiance. Ainsi, quand il serait adulte, il pourrait laisser quelqu'un d'autre entrer en lui et ne pas se retrouver acculé à l'isolement qui avait été fatal à Joe. Quoi qu'elle décide le lendemain au matin, Lyndsay devait s'en souvenir. Elle avait une occasion de ne pas faillir alors que Hughie avait besoin d'elle, et elle devait la saisir.

Ils n'avaient pratiquement pas parlé de toute la soirée. Robin était rentré tard, fatigué et en sueur, et il était monté prendre une douche avant de redescendre et de lui ébouriffer les cheveux comme si elle était un chien qu'il aimait bien et sur lequel il comptait pour ne pas parler. Elle avait posé de la soupe et un sandwich devant lui, et, tandis qu'il mangeait, il avait consulté la pile de papiers qui s'amoncelaient sur la table, retenue par une clé à molette qui traînait par là. Il s'agissait surtout de factures demandant des sommes que Zoé n'arrivait même pas à concevoir tant elles lui semblaient élevées, et pour des choses qui n'existaient déjà plus, des aliments ou des visites de vétérinaire, des médicaments ou des réparations de machines. Robin les compulsait régulièrement, toutes. Elle le regarda un moment puis reporta ses yeux sur la télévision allumée mais sans le son, si bien que les gens articulaient en silence sur l'écran, comme des poissons dans un aquarium. Elle avait de la peine pour Robin, mais elle ne pouvait rien faire, pas en ce domaine. Elle avait essayé, l'après-midi, et elle avait échoué — à cause de l'effet que produisait sur les autres l'aide qu'elle pouvait réellement apporter à Robin dans un autre domaine.

« Du café ? » demanda-t-elle.

Il secoua la tête. Elle se leva, prit son bol et son assiette et les emporta vers l'évier. Il faisait encore assez clair dans la cour, dehors, et le petit croissant de la nouvelle lune brillait au-dessus de l'étable comme une lame incurvée et dangereuse. Elle la regarda un moment, puis elle se rendit compte qu'une autre lumière arrivait, une lumière mouvante qui descendait l'allée. Une voiture avançait lentement au rythme d'un conducteur qui ne connaissait pas la route. Elle la regarda jusqu'à ce qu'elle pénètre dans la cour et s'arrête. Il y avait une personne à l'arrière et un chauffeur.

« Un taxi ! » s'écria Zoé.

Derrière elle, Robin griffonnait des chiffres sur un bout de papier. Il grogna. Zoé se pencha en avant, agrippée au bord de l'évier. Une jeune fille sortit du taxi, une grande fille en noir qui tirait un gros sac en tissu.

« Robin, dit Zoé d'une voix un peu tremblante. C'est Judy. »

18

CETTE ANNÉE, tout est en retard, songea Harry. Il regardait les hectares de lin et remarquait qu'ils étaient à peine fleuris. Il y avait eu trop de pluie en début de saison, et pas assez maintenant. Il faisait chaud depuis des semaines, et le vent se levait souvent pour tout assécher. Il posa les bras sur le portail à cinq barres transversales qui fermait le champ et sentit les papiers pliés dans sa poche. Il avait dit qu'il les lirait. Il l'avait promis à Dilys.

« Tout seul, avait-il ajouté, dehors. Je ne pourrai pas les lire si tu m'observes. »

Les papiers donnaient des détails sur deux pavillons à Stretton que Dilys avait sélectionnés parmi tous ceux dont une agence immobilière lui avait envoyé la documentation. À première vue, Harry eut autant de mal à les distinguer l'un de l'autre que de n'importe quel pavillon. S'il ne pouvait plus vivre ici, il lui était trop difficile de s'intéresser au lieu où il habiterait, difficile au point qu'il lui était impossible d'imaginer une vie après Dean Place. Il lui semblait qu'il pourrait tout simplement ne pas y avoir de vie. C'était pour cette raison qu'il n'avait pas encore donné son congé à leur propriétaire. Dilys avait fait un projet de lettre, mais il n'arrivait pas à se décider à le signer : c'était comme signer un arrêt de mort. Dilys l'accusait d'être têtu. Probablement, mais c'était autre chose aussi. Il sentait qu'il avait déjà tant perdu que rien ni personne ne pouvait lui demander de perdre davantage encore. Et certainement pas les derniers lambeaux de sa liberté.

Il sortit les papiers de sa poche et les déplia lentement. Il y avait le 67 Otterdale Close et le 20 Beech Way, qui s'appelait Les Tilleuls. « Meilleur jardin », avait écrit Dilys sur une des feuilles, et « Véranda et plus grande cuisine » sur l'autre. Quelle importance ? Qu'allait-il faire d'un jardin, il aimerait bien le savoir ? Quant à la cuisine, c'était l'affaire de Dilys, comme la véranda — dont il ne connaissait pas l'usage. Une véranda ! C'était le genre de mot qui lui faisait penser à des sorties pour club du troisième âge, en car, à Llandudno. Il replia les papiers, maladroitement, et les remit dans sa poche. Dilys n'aurait qu'à décider. Il s'en moquait, et il soupçonnait qu'elle aussi, au fond. Mais elle pourrait tout de même prendre la décision, et ensuite il serait libre de ronchonner.

Il se hissa de nouveau sur le siège du tracteur et revint en cahotant vers la maison. Son tracteur était comme un vieux cheval acariâtre aux articulations rouillées, plein de douleurs, de plaies et d'obstination — mais familier. Il avait toujours refusé de le remplacer, opposant le prix scandaleux des nouveaux et dissimulant ses fréquentes pannes par des soirées passées en cachette à le réparer quand Joe était rentré chez lui. Eh bien, maintenant, rien ne le forcerait plus à le remplacer. Tous deux seraient mis au vert ensemble, sauf que, pour Harry, il ne s'agirait, pour tout vert, que d'un bout de jardin autour d'un pavillon. Il avait dans l'idée d'emmener le tracteur avec lui. Il dirait à Dilys : « D'accord, on prend le 67 Otterdale Close, à condition qu'il y ait la place pour le tracteur dans le garage. » Il avait prévu de donner sa réponse au dîner, mais, stimulé par cette pensée, il décida de le faire tout de suite.

Il y avait une voiture dans la cour, et il fut surpris de voir qu'il s'agissait de celle de Lyndsay. Il la croyait à Stretton en train de signer les papiers pour un salon de beauté que ses parents voulaient qu'elle achète. Harry n'avait pas beaucoup de contacts avec les parents de Lyndsay. Ils étaient bien gentils, mais pas de son monde. Il était allé chez eux une fois, poussé par Dilys, à l'époque des fiançailles de Joe et Lyndsay, et il n'avait jamais vu un salon si plein de bibelots. Des petits bidules sur toutes les surfaces disponibles. Dilys l'avait installé dans un fauteuil et lui avait ordonné de ne plus en bouger, de peur qu'il ne casse quelque chose.

« Eh bien, dit Harry en pénétrant dans la cuisine, en voilà une surprise ! »

Lyndsay était assise à la table. Installée sur ses genoux, Rose, la respiration bruyante, pétrissait furieusement un bout de pâte à pain que Dilys lui avait abandonné. Lyndsay avait noué ses cheveux, ce qui lui donnait un aspect différent. Elle paraissait un peu plus âgée, plus droite. En face d'elle, Hughie dessinait de grands H sur tous les vieux catalogues des grainetiers.

« Bonjour, dit Lyndsay en adressant à Harry ce sourire timide qu'elle lui réservait depuis le premier jour où Joe l'avait amenée à la maison.

— Je suis content de te voir, chère petite ! » s'écria Harry. Il se pencha vers Hughie. « Un baiser à grand-père ? »

Obéissant, Hughie leva le visage.

« Mmmm, fit Rose pour qu'on s'intéresse aussi à elle. Mmmm, mmm, *m m m !* »

Harry s'approcha d'elle.

« Nan ! dit-elle en tentant maintenant de lui échapper. *Nan* !

— Rose ! gémit Lyndsay.

— Laisse-la, dit Harry.

— Elle est horrible. Mes parents...

— Ne t'en fais pas, mon petit », la rassura Dilys en posant un verre de jus de fruit devant chacun des enfants.

Hughie attira son jus de fruit vers lui et pencha le verre vers sa bouche sans le soulever de la table. Il regardait Lyndsay par-dessus le bord.

« Je suis... je suis en disgrâce, en quelque sorte, expliqua Lyndsay à Harry. Comme je le disais justement à Dilys...

— Auprès de qui ? demanda Harry en s'asseyant dans son fauteuil.

— De mes parents. »

Harry attendit. Rose se mit à frapper la pâte à pain, d'abord d'une seule paume, puis des deux.

« Je n'ai pas signé le contrat pour la maison de Stretton.

— Peut-être que ce n'était pas ce qui te convenait, observa Harry.

— Non. Mais rien ne me conviendra, vous comprenez. C'est cette idée qui ne me convient pas, l'idée d'aller à Stretton.

— Bien sûr », grommela Harry en pensant aux pavillons.

Hughie redressa tout doucement son verre. Dilys était venue s'asseoir près de lui et il la sentait très calme, elle aussi, et très silencieuse. Seule Rose faisait du bruit en frappant la pâte.

« J'ai changé d'avis », déclara Lyndsay, les yeux fixés sur la nuque aux boucles blondes et le petit dos solide de Rose dans sa salopette verte à pois. « J'ai changé d'avis : je ne veux pas retourner à Stretton. Je reste ici, conclut-elle en jetant un coup d'œil à Dilys.

— Eh bien..., commença Harry.

— Je veux essayer de m'occuper de la ferme. Je veux essayer de mener l'affaire comme le faisait Joe. »

Dilys et Harry échangèrent un regard.

« Mais tu n'y connais rien, objecta Dilys d'une voix toute gentille pour elle. Tu ne t'y es jamais intéressée. Tu ne saurais pas par où commencer. »

Lyndsay resta silencieuse, les yeux toujours posés sur le dos de Rose.

« L'agriculture, maintenant, c'est un jeu de dupes », dit Harry.

Il avait ressenti une bouffée d'espoir quand elle avait dit qu'elle voulait rester, mais il savait que c'était un espoir fou. Lyndsay s'occuper d'une ferme ! Une fille qui prendrait la responsabilité d'une exploitation comme Dean Place, et une fille de la ville, en plus, avec ses manières douces, et qui n'avait jamais rien fait par elle-même ! Il ne pouvait s'empêcher d'éprouver de la tendresse pour ce qu'elle avait pensé faire, mais il ne pouvait la laisser continuer dans cette voie.

« Ce n'est plus ce que c'était, continua-t-il. Ce n'est plus que de la paperasse et des subventions. On ne peut plus faire pousser de la nourriture qu'on mange, comme avant, comme c'était avant dans les fermes.

— Je pourrais engager un gérant, dit Lyndsay en regardant Hughie. Pendant quelques années, le temps d'apprendre.

— Il faudra le payer.

— Je sais.

— Et avec quoi ?

— Si je vivais ici, répondit Lyndsay après avoir pris une profonde inspiration, je pourrais avoir des locataires, ou des hôtes pendant les vacances, pour des vacances familiales, non ?

— Si tu..., s'étrangla Dilys.

— Oui, ici. Parce que vous allez à Stretton, non ? Vous achetez un pavillon ?

— Tu vivrais ici ? demanda Harry en fermant les yeux.

— Je suis majoritaire dans l'affaire, et vous déménagez.

— On renonce au bail, annonça Dilys d'une petite voix qui lui sembla étrangère.

— Mais vous ne pouvez pas, pas sans mon consentement, dit Lyndsay. N'est-ce pas ? Et je ne veux pas dénoncer le bail. Je l'ai décidé. C'est cela que je suis venue vous dire. Je pensais que vous seriez contente, Dilys. »

Dilys hocha la tête, sans voix.

« On est stupéfaits, dit Harry.

— On finit par apprendre de la vie, n'est-ce pas ? reprit Lyndsay d'une voix presque assurée. Tout au long de la vie, des changements se produisent et on en tire des leçons, qu'on le veuille ou non. Eh bien, c'est un peu mon cas. Il est possible que je ne réussisse pas, mais je vais essayer.

— Pourquoi ? demanda soudain Dilys. Pour qui ?

— Vous n'avez pas à le savoir, dit Lyndsay en regardant Hughie. C'est notre affaire à nous.

— Et nos parts ?

— Est-ce que vous ne pouvez pas les garder ? Ou bien, si vous n'en voulez pas, les vendre à quelqu'un d'autre ? »

Dilys se pencha sur la table.

« *Dis-lui*, ordonna-t-elle à Harry. Dis-lui qu'elle ne peut pas faire ça. Dis-lui que ça ne marchera pas. »

Il la regarda un moment, puis regarda Hughie, très calme, et Rose, qui enfonçait maintenant ses doigts dans la pâte et regardait dans les trous qu'elle venait de faire.

« Désolé, rétorqua Harry.

— Que veux-tu dire ?

— Je ne peux pas faire ça. Je ne peux pas lui dire ça.

— Pourquoi pas ?

— Parce que, déclara-t-il en refermant les yeux pour ressentir tout le poids de ses paroles, je ne peux pas lui dire que je crois qu'elle a tort sans le penser du fond du cœur. »

Depuis le jardin de Tideswell, Judy voyait la tête rouge de Zoé aller et venir au-dessus de la haie dans la cour devant l'étable. Elle était perchée sur le tracteur à lisier. Judy n'avait jamais conduit de tracteur, elle n'avait jamais souhaité le faire ; du moins, pas pendant les années qu'elle avait passées ici. Elle se demanda si Zoé le faisait exprès, pour la narguer. Dans ce cas, quels que soient les sentiments de Judy à l'égard de Zoé, elle devait reconnaître qu'il n'y avait pas eu jusque-là d'autre provocation. En fait, Zoé s'était faite transparente depuis le retour de Judy, silencieuse et occupée au loin. La toute première nuit, alors que Judy arpentait le palier, pleine de ressentiment et de rancune, Zoé était sortie de la chambre de Robin, tout habillée, et elle était passée devant Judy, sans un mot, pour gagner sa propre chambre, dont elle avait refermé la porte, laissant Judy dans un silence qui l'avait empêchée d'agir. Elle était restée là des siècles, sous le plafonnier blafard, devant la chambre de Robin, enrageant du désir de faire une scène et sachant qu'il n'y avait, à ce moment précis, rien qui justifiât une scène. Zoé l'avait devancée. Judy était revenue. Alors Zoé s'était retirée du lit de Robin et elle avait laissé Judy furieuse, les mains vides.

Judy se pencha à nouveau vers les rosiers et arracha une poignée de mauvaises herbes qui se laissa enlever avec une facilité suspecte, découvrant un enchevêtrement de racines blanches, comme si la plante parasite savait qu'elle avait laissé bien plus de ces racines en terre que Judy pourrait jamais en arracher. Il y avait quelque chose dans cette plante qui rappelait Zoé à Judy, la certitude de son indomptabilité et de son impunité. On ne pouvait blesser Zoé, on ne pouvait l'inciter à se faire du souci. Elle vous glissait entre les doigts, si vous l'affrontiez, pour se réfugier dans son propre monde et vous défier d'apporter la moindre preuve du mal qu'elle aurait fait. Bien sûr, elle ne faisait aucun mal, sauf à Judy, et le mal qu'elle lui faisait, c'était Judy seule qui se l'infligeait. « Je déteste cet endroit », avait-elle dit à Zoé. Mais Zoé ne l'avait pas détesté, elle n'avait rien pris que Judy ait pu vouloir. Jusque-là. Judy arracha un autre enchevêtrement d'herbes. Maintenant, tout était tellement différent ! Au point qu'elle ne savait que faire.

Pour commencer, elle ne savait que faire vis-à-vis de Robin. Il avait été surpris de son arrivée, mais il s'était montré gentil et prudent à la fois. Dans sa colère, Judy avait pensé qu'il se méfiait parce qu'il avait de bonnes raisons, lui qui couchait avec Zoé ! Mais elle n'avait pas tardé à constater qu'il n'en avait pas conscience. Comme Zoé. Il se méfiait parce qu'il n'avait jamais compris sa fille, qu'il n'avait jamais su comment s'y prendre avec elle, même quand elle n'était qu'un bébé. Elle avait clairement exprimé toute sa vie qu'en ce qui la concernait, il avait tout faux, tout le temps ; et maintenant, il ne faisait qu'attendre de commettre une nouvelle erreur qui déclencherait l'inévitable réaction scandalisée de Judy. Mais pour la première fois, il l'impressionnait. Elle ne se sentait pas capable de l'agresser. Elle se disait que c'était de la faute de Zoé, mais elle savait que ce n'était pas vrai : le changement n'était ni en Robin ni en Zoé. Il était en elle.

Elle se pencha pour ramasser l'énorme tas pourtant léger de mauvaises herbes et le laissa tomber dans la brouette. Il faisait un temps nuageux, lourd et chaud. Elle poussa la brouette vers le coin où Caro faisait son compost, puis l'abandonna pour entrer dans la cuisine et boire un verre d'eau. Robin était en train d'ouvrir son courrier avec l'ongle de son pouce.

« Oh...

— Quoi ? demanda-t-il en levant les yeux.

— Je te croyais dehors.

— J'y étais. J'y retourne dans une minute. C'est important ?

— Non, bien sûr que non. »

Judy se sentit rougir. Robin ne dit rien. Elle gagna l'évier et ouvrit le robinet d'eau froide.

— Papa...

— Oui ?

— Est-ce que je peux te demander quelque chose ?

— Bien sûr. »

Elle se retourna, un verre dégoulinant dans une main, l'autre main fouillant dans sa poche.

« Je suis allée dans la chambre de maman. Je ne sais pas pourquoi, mais je suis entrée et j'ai regardé dans les tiroirs, et... »

Robin attendit, le pouce à moitié enfoncé dans la déchirure d'une enveloppe.

« Et j'ai trouvé ça. »

Elle lui montrait une petite enveloppe en papier fort, très vieille et très froissée.

— Oui.

— Tu sais ce que c'est ?

— Un billet d'avion.

— Oui, mais qu'est-ce que c'est ?

— C'est le billet de retour du voyage qu'on avait offert à ta mère en 1971 pour visiter l'Angleterre.

— Et qu'elle n'a jamais utilisé...

— Non.

— Mais tu connaissais son existence ? »

Il hésita, puis posa l'enveloppe qu'il tenait.

« Oui.

— Tu as regardé dans ses tiroirs ?

— Non, mais elle me l'a montré... souvent.

— Souvent ?

— Judy, je ne veux pas en faire une histoire, mais en vérité, elle m'a montré ce billet plusieurs fois par an.

— Mais il n'était valable que six mois.

« — Je sais.

— Papa, est-ce qu'elle te... menaçait tout le temps de partir ? »

Il la regarda brièvement d'un air malheureux mais ne répondit pas.

« Et elle ne l'a jamais fait...

— Non.

— Elle aimait juste savoir...

— Peut-être. Ça n'a plus d'importance, maintenant.

— Mais si ! cria presque Judy. Ça en a pour moi !

— Pourquoi ? demanda Robin avec méfiance.

— Parce que je ne la connaissais pas ! Je ne connaissais que les bribes qu'elle me laissait voir !

— Elle n'arrivait pas à se fixer, dit Robin en baissant la tête, et elle ne pouvait pas repartir. Peut-être ce billet lui donnait-il l'illusion que c'était possible.

— Oh, papa...

— C'est rien.

— Mais elle te faisait du chantage...

— Non, ce n'est pas ça.

— Ça ne te rendait pas fou ? »

Il se détourna et fourragea machinalement dans le tas de choses qui recouvraient la table.

« Je m'y étais habitué. »

Judy jeta le billet en direction de la boîte à ordures et se rapprocha de Robin. Hésitante, elle étendit la main pour toucher la manche de son père.

« Papa, murmura-t-elle d'une voix presque inaudible. Papa, je suis désolée, tellement *désolée.* »

« T'es contente ? demanda Gareth en regardant Debbie d'un air furieux. T'as eu ce que tu voulais ? »

Debbie tenait sur sa hanche un panier plein du linge qu'elle allait accrocher dehors quand Gareth l'avait trouvée. Il brandissait une lettre et, quand il l'avait vue, il l'avait jetée dans le panier par-dessus les T-shirts et les chaussettes humides.

« Lis ça, avait-il dit. Lis un peu ! »

La lettre venait d'une ferme près de Melton Mowbray dans le Leicestershire. On proposait à Gareth, après une entrevue, une place dans une équipe de quatre hommes s'occupant de quatre cents vaches. « Polygone à trente-deux côtés, disait la lettre, stabulation libre, évacuation du lisier et alimentation automatiques. Excellente maison moderne proche du travail. Deux lettres de références. »

« Tu as *déjà* une excellente maison moderne, dit Gareth, et je suis libre de m'organiser, je ne fais pas partie d'une équipe. Mais si c'est ce que tu veux... »

Debbie hocha la tête en silence. Gareth se mettait rarement en colère, et cela la déconcertait quand il criait, mais pour ce nouveau poste, elle n'était pas prête à perdre le terrain gagné.

« Tu seras moins seul si tu travailles avec d'autres gens...

— Je ne suis pas seul.

— Il n'y a pas que toi en cause.

— Regarde, dit Gareth en reprenant la lettre. La paie n'est pas meilleure.

— Mais c'est une plus grande exploitation, plus moderne, plus technique...

— Tu n'as pas l'intention de céder, hein ? Tu as pris ta décision et point final ! »

Elle se mordit les lèvres. Elle avait pris sa décision. Sa peur instinctive s'était durcie en une résolution que plus rien ne pourrait ébranler. Rien.

« Alors, reprit Gareth, on emmène les gosses loin d'une région où ils se sont fait leur place, on les change d'école...

— Ils s'habitueront ailleurs. Et nous aussi.

— Tu n'as rien eu à faire pour ça, dit Gareth en venant coller son nez à celui de sa femme. C'est moi qui suis allé voir Robin, c'est moi qui ai dû lui parler de notre décision, alors que j'y étais pour rien, que c'était toi qui avais décidé, seule. Et c'est moi qui devrai m'arracher à un travail que je connais, un travail qui me convient, pour tout recommencer, et dans le Leicestershire, en plus ! Tu insistes pour que je le fasse, mais tu n'as rien à faire en échange. Tu n'as qu'à suivre.

— Je ne le fais pas pour rien, murmura Debbie.

277

— C'est à moi que tu veux faire croire ça ? On va passer pour des idiots. Pour des idiots complets. Tout va reprendre sa place ici. Jamais je n'aurais dû m'inquiéter !

— Qu'est-ce que tu veux dire ?

— Lyndsay est revenue. Velma l'a vue. Et Judy est à la maison aussi.

— Qu'est-ce que ça change ?

— Peut-être qu'elles sont revenues pour de bon. Pour rester.

— Ne me fais pas rire ! À quoi pourraient-elles bien servir toutes les deux ? De toute la famille, elles sont les plus inutiles ; et de toute façon, Robin et Judy ne se sont jamais entendus, jamais. Ce sera pire qu'avant, si elles reviennent, dit-elle en reprenant son panier. Tu verras. Et puis, de toute façon, Zoé est toujours là, non ? »

Zoé était assise dans son lit. Elle portait une vieille chemise en flanelle sans col de Robin qu'elle avait trouvée au fond d'un placard en cherchant une serviette pour se sécher les cheveux. La chemise était immense et usée, et Zoé en avait roulé les manches jusqu'à ce qu'elles forment de gros coussins très doux autour de ses coudes. Comme elle avait posé la lampe de chevet par terre, l'ampoule projetait au plafond une lueur mouvante et peuplait la pièce d'ombres bizarres et énormes. Elle avait relevé les genoux pour y poser un carnet à croquis. Elle dessinait la tête d'une vache, de mémoire, avec un crayon à mine grasse.

Il était beaucoup plus de minuit. L'atmosphère de la soirée avait été contrainte, comme tous les soirs depuis le retour de Judy. Zoé avait l'impression que Judy étouffait quelque chose, qu'elle réprimait une folle envie de demander ou de dire quelque chose. Mais Zoé n'avait pas l'intention de l'aider, pas avant d'avoir tiré les choses au clair avec Robin. Elle ne savait pas quand cela arriverait. On ne pouvait pas brusquer Robin. On ne pouvait pas le pousser dans ses retranchements et insister pour qu'il s'exprime. Il fallait attendre, un peu comme on attend la pluie, une heure du jour ou une phase de la lune.

Tandis qu'elle changeait de position dans le lit, elle entendit le parquet craquer sur le palier, doucement, presque furtivement. Elle retint son souffle. Il y eut un autre pas, puis on frappa un coup léger à sa porte.

« Entre », dit Zoé.

La porte s'ouvrit très lentement et Robin se montra, dans le pyjama dont elle s'était moquée, à rayures bleues, très enfantin.

« Salut. J'ai cru que c'était Judy. »

Robin referma doucement derrière lui.

« Est-ce qu'elle t'a parlé ?

— À peine, bien qu'elle en meure d'envie. J'attends. »

Robin s'assit au bord du lit et la contempla.

« On dirait que tu as dix ans.

— On me dit toujours ça. Je suis plus vieille que vous tous.

— Je sais », dit Robin avec un sourire.

Elle rassembla crayon et carnet et se pencha de côté pour les poser par terre près de la lampe. Puis elle se tortilla pour se mettre à genoux et entourer le cou de Robin de ses bras.

« Robin...

— Oui, dit-il en l'enlaçant.

— Robin, il faut que je parte. »

Il y eut un silence.

« Je sais.

— Je devais repartir, dès la minute où je suis arrivée, et je le savais. Toi aussi. »

Il la serra très fort.

« J'ai été là au bon moment, mais je ne serais pas ce qu'il te faut pour toujours.

— Je le sais. Mais je ne veux pas que ce moment se termine.

— Il est terminé. Tout a changé. Tout a déjà changé. Ça s'est passé au retour de Judy.

— Elle a quitté son travail, dit Robin en enfouissant son visage dans le cou de Zoé.

— J'avais pensé que ça pourrait arriver. C'est une bonne chose.

— Et elle m'a embrassé.

279

« — Oui ?

— Et elle a dit qu'elle était désolée. Je ne sais pas vraiment pour quoi.

— Pour tout.

— Jamais elle n'avait dit ça avant.

— Peut-être ne l'avait-elle jamais ressenti.

— Zoé, tu as été comme des vacances.

— De quand dataient tes dernières vacances ?

— Je n'en avais jamais eu.

— Et tu en auras d'autres ?

— Peut-être. Pas immédiatement. Je n'en aurai pas besoin avant longtemps.

— Bien. »

Il laissa glisser ses mains jusqu'à sa taille et l'écarta de lui. « Où vas-tu aller ?

— À Londres. Je rentre à Londres.

— Que vas-tu faire ?

— Ce que je faisais. Mais mieux. Je vais voyager. Je vais aller chercher des choses auxquelles j'ai seulement pensé jusque-là ; je les regarderai et je les prendrai en photo.

— Tu vas vagabonder...

— Non. J'ai tout appris du vagabondage. Je sais que je ne peux pas encore m'enraciner quelque part, mais je ne peux plus vagabonder. Je vais trouver des gens qui ont besoin de moi.

— Ils auront de la chance. »

Elle le prit doucement par les oreilles. « Est-ce que tu vas aller de l'avant, maintenant ?

— Oui. Je ne sais pas bien comment, mais oui. »

Elle se pencha vers lui, sans lui lâcher les oreilles, et l'embrassa.

« J'ai bien aimé ça, dit Zoé. J'ai vraiment aimé ça. D'être ici, avec toi. »

Judy entendit la porte de Robin se refermer. Puis toute la maison fut soudain plongée dans le silence. Pendant qu'il était dans la chambre de Zoé, elle avait cru entendre des murmures, une conversation régulière et calme, mais elle ne pouvait en être sûre. Peut-être qu'ils n'avaient pas parlé. Peut-être qu'ils... Arrête ! s'ordonna-t-elle. Arrête ça. Ça ne te regarde pas. C'était ce que Dilys lui avait dit, très clairement. Elle en était restée interdite.

« C'est la vie de ton père, lui avait déclaré sa grand-mère, et tu n'es plus une enfant. Tu as clairement signifié que tu ne voulais rien avoir à faire avec lui, et ce depuis ta plus tendre enfance. Si tu as changé d'avis maintenant, si tu découvres que tu n'aimes pas ce qui se passe, c'est ton problème, pas le sien. »

Judy avait été stupéfaite. Elle était allée à Dean Place annoncer qu'elle avait décidé de démissionner de son emploi à Londres, qu'elle revenait à la maison, en s'attendant à l'accueil dû au retour de la fille prodigue. Mais ils s'étaient montrés préoccupés et nerveux, et lui avaient dit qu'il n'y avait rien ici pour elle.

« Nous allons de l'avant, lui avait expliqué Dilys. Nous déménageons à Stretton. Lyndsay nous a informés qu'elle veut vivre ici. Elle va exploiter la ferme. Je ne sais pas ce qu'en dira ton père.

— Il ne dira trop rien, avait répondu Judy d'un ton de mépris. Il est trop occupé...

— Tu veux dire par Zoé ? avait demandé brutalement Dilys.

— C'est ça.

— Il n'y a rien à reprocher à Zoé.

— Elle l'a changé...

— Elle lui a rendu un peu de cœur à l'ouvrage, si c'est ce que tu veux dire, avait déclaré Dilys avant d'émettre un petit rire pareil à un aboiement. Du cœur. Nous en aurions tous besoin. »

Judy se retourna dans son lit. Elle n'avait pas fermé les rideaux, si bien qu'elle distinguait une tranche du ciel de ce début d'été, sombre mais pas tout à fait noir. Dehors, il y avait la cour, les vaches, certaines dans l'étable, les plus jeunes dans le champ, sous la maison, et plus loin la maison où Gareth était peut-être éveillé comme elle, réfléchissant à son avenir, se demandant s'il avait pris la bonne décision, craignant le changement.

« Il n'a pas eu le choix, lui avait expliqué Robin. Il ne voulait pas partir. C'est Debbie. Il ne me l'a pas dit, mais je l'ai compris. Lui ne voulait pas partir. »

Mais il partait, et grand-mère et grand-père aussi. Même Lyndsay, à sa grande surprise, sortait de l'état de dépendance qu'elle avait toujours connu, s'éloignait de tous ceux qui prenaient les décisions pour elle, des liens les plus forts de son passé, des liens étouffants qui lui avaient fait autant de mal que de bien. Comme moi, se dit Judy. Comme moi. Ou du moins comme je devrais le faire.

19

« VIENS-LÀ », dit Lyndsay.

Elle ouvrit la porte, et Hughie vit une grande chambre avec deux fenêtres et un lit. Il s'arrêta à l'entrée et regarda. Il y avait des photos aux murs, beaucoup de photos, et une commode, et une abeille qui zonzonnait contre une fenêtre. Hughie n'aimait pas les abeilles.

Lyndsay s'avança dans la chambre et y déambula lentement. De temps à autre, elle s'arrêtait près d'un des murs et regardait une photo. Elles semblèrent à Hughie pleines de rangées de gens, des gens qui se tenaient les uns derrière les autres avec les plus petits devant, comme sur les photos pour la pièce de Noël au jardin d'enfants. Il serra Phoque et attendit.

Lyndsay continuait à regarder les photos. Elle marchait très doucement, sans bruit, sa jupe se balançant derrière elle. Une jupe bleue. Hughie savait quelle serait la sensation du tissu dans sa main s'il s'y accrochait, comme venait de le faire Rose juste avant qu'on la couche pour sa sieste du matin. Elle y avait laissé une tache. Rose laissait toujours des taches sur ce qu'elle touchait. Ses mains avaient toujours touché autre chose avant.

« Viens voir ça », dit Lyndsay.

Hughie s'avança tout doucement.

« Pose Phoque. »

Hughie le serra plus fort.

« Non, pose-le. Je veux te montrer quelque chose qu'on ne montre qu'à un grand garçon. »

Hughie hésita.

« Phoque, c'est pour dormir, déclara Lyndsay, pas pour toute la journée. Maintenant, il va y avoir d'autres choses pour la journée. »

Hughie regagna la porte. Lyndsay attendit qu'il la franchisse pour dire :

« Il y a une photo de papa ici. Je crois qu'il était un peu plus grand que toi, mais pas beaucoup. Il tient une batte de cricket. »

Hughie s'arrêta mais ne se retourna pas.

« Cette chambre était celle de papa. Quand il était enfant. Quand il était un petit garçon, et quand il était un grand garçon. Sur toutes ces photos, il y a papa. »

Hughie se retourna à demi et lui offrit son profil.

« Cette chambre peut devenir la tienne. Elle peut devenir ta chambre à toi tout seul. Tu peux avoir toutes les photos de papa, et tu peux aussi mettre tes photos à toi. Tu peux avoir ce lit. »

Hughie le regarda. Il lui sembla très haut. Il avait des pieds noirs et un dessus de lit en tissu chenillé.

« Si tu préfères, on peut aussi apporter ton propre lit de la maison et l'installer ici à la place de celui-là.

— Fais sortir l'abeille.

— S'il te plaît.

— S'il te plaît. »

Lyndsay ouvrit la fenêtre la plus proche de l'abeille et la chassa d'un geste lent de la main.

« Elle est partie. Elle était très endormie, dit Lyndsay en regardant Hughie, qui oscillait un peu, comme s'il réfléchissait. Est-ce que tu aimes cette pièce ? »

Il ne répondit pas.

« Je serais juste à côté, tu vois. Je prendrais l'ancienne chambre de grand-mère. J'y mettrais mon lit. Et Rose aurait la chambre près de la salle de bains. »

Hughie s'approcha d'un mur et regarda. Il y avait quatre photos dessus, quatre groupes d'hommes en vêtements de sport. Ils se ressemblaient tous. Hughie ne sut pas reconnaître Joe, mais il était là, puisqu'il était rugbyman, lui aussi. À côté des photos d'équipes, la grande fenêtre n'avait pas de barreaux comme ceux qui obstruaient la sienne maintenant. La vitre de cette fenêtre lui sembla très vide et propre. Il se retourna. Lyndsay se tenait immobile et le regardait. Il courut presque jusqu'au lit et monta sur la chaise à côté, une chaise en bois sans coussin. À genoux dessus, il s'arrêta un instant, puis il posa Phoque sur l'oreiller. Il redescendit et sortit de la chambre en courant.

Zoé faisait ses bagages. Ses vêtements, ses rares vêtements, formaient une pile sombre par terre, et elle était agenouillée pour retirer des affaires oubliées du fond de son sac à dos, des chaussettes et des rouleaux de pellicule, ainsi qu'un horaire de car de la saison passée. Elle remit le tout à l'intérieur.

« Oh ! » s'exclama Judy du seuil de la porte.

Elle tenait deux tasses de café. Zoé s'assit sur ses talons et demanda sans ressentiment :

« Est-ce que tu venais me dire de partir ?

— Oui, articula péniblement Judy.

— Eh bien, voilà, je pars.

— Je n'étais pas venue te dire de partir, j'étais venue te le demander. Je pensais...

— Quoi ?

— Je pensais que nous ne pouvions pas vivre ensemble comme ça. Plus maintenant que je suis revenue.

— Non. Je sais. Je le savais avant que tu reviennes.

— S'il te plaît, dit Judy d'un ton plus cassant, pourquoi faut-il toujours que tu aies raison ?

— Je n'ai pas toujours raison. Est-ce que tu voudras toujours rester avec ton père quand je serai partie ?

— Tais-toi...

— Alors ? »

Judy renversa un peu de café en posant les deux tasses sur la petite commode près du lit. Elle se ressaisit et dit avec précaution :

« Il y avait beaucoup de choses que je n'avais pas vues.

— Tu as une sacrée chance d'avoir un père. »

Zoé tendit le bras pour prendre une pile de T-shirts qu'elle enfonça dans le sac à dos.

« En fait, continua-t-elle d'une voix moins assurée qu'à l'ordinaire, tu as une sacrée chance tout court. Tu es une sale gamine gâtée-pourrie. »

Judy s'assit très doucement sur le coin du lit.

« Je n'ai rien pris, reprit Zoé d'une voix toujours défaite. J'avais dit que je ne prendrais rien, et je n'ai rien pris. Mais cela ne signifie pas que je ne voulais rien. Des choses que tu as. Des choses que je n'aurai jamais. Tu peux te dire que tu n'as besoin de rien de tout ça. De toute cette famille. Tu peux te dire... »

Elle s'interrompit et se détourna brusquement, un bras replié sur ses yeux.

« Zoé...

— Tais-toi ! N'aggrave pas les choses en essayant de me dire que tout ira bien.

— Non, ce n'est pas ça. Je suis désolée...

— Bien sûr que tu l'es, bien sûr. Tu n'as jamais voulu que tout cela se produise. Moi non plus. Ton père non plus. » Elle se retourna pour extraire un paquet de mouchoirs en papier de sa poche de jean et se moucha. « Eh bien, c'est arrivé, et maintenant il nous reste à passer à la suite.

— Est-ce que tu as de l'argent ?

— Non, mais ça n'a pas d'importance. L'argent m'est égal. J'en trouverai...

— Tu peux rester dans l'appartement, si tu veux, proposa Judy, un peu gênée. J'ai donné un mois de préavis et le loyer est payé. Alors, il est tout à toi, si tu veux, pour un mois. Et... et, enfin, tes hérons sont là-bas aussi. Et ton patchwork. »

Zoé pressa un sweat-shirt gris sur ses yeux.

« Merci.

— Et je peux te donner un peu de liquide...

— Non, c'est pas la peine, Robin s'en est chargé. »

Judy ferma les yeux.

« Est-ce que tu es amoureuse de lui ?

— Probablement. Je n'en sais rien. Je n'ai aucune référence en ce domaine.

— Non.

— Il a été bon pour moi. J'ai été bonne pour lui.

— Oui.

— Et c'est dur de quitter ça, dit-elle en tournant vers Judy un petit visage de nouveau fripé. Mais je vais le faire. »

Plus tard, Judy proposa de l'emmener à Stretton pour prendre le car de Londres, mais elle dit que c'était inutile, merci, Gareth l'accompagnait. Robin lui prêtait la Land Rover parce qu'il avait plusieurs choses à prendre à Stretton de toute façon, et il conduirait Zoé à la gare routière. Si Gareth n'était pas rentré pour la traite de l'après-midi, précisa Robin, il s'en chargerait. Il regarda alors Judy, comme s'il envisageait de lui demander de l'aide, mais décida que non. Judy retourna dans la maison pour les laisser se dire au revoir sans en être témoin.

Quand elle entendit la Land Rover sortir de la cour, elle monta à l'étage dans la chambre de Caro et regarda la voiture s'éloigner sur le chemin puis tourner à gauche vers le village et s'engager sur la route de Stretton. Elle ne ressentit aucun soulagement en la voyant partir, seulement une étrange petite douleur, et l'impression qu'elle devait à Zoé plus qu'elle ne l'avait reconnu, mais qu'il était trop tard maintenant pour défaire ce qui était arrivé et adoucir ses paroles.

Elle se détourna de la fenêtre et regarda le lit de Caro avec son patchwork américain rouge et blanc. Ce n'était qu'un lit. Comme il était extraordinaire qu'après toutes ces années le lit dans lequel Caro avait été tellement malade soit tout simplement devenu un lit et rien de plus. Peut-être, songea Judy, vais-je dormir dedans. Peut-être vais-je m'installer dans cette chambre, en bouleverser tout l'agencement et y dormir. Si papa... si ça n'ennuie pas papa.

En bas, le téléphone sonnait. Judy attendit, comptant les sonneries. Il semblait bien qu'il n'ait pas branché le répondeur. Elle bondit dans l'escalier et décrocha le combiné fixé au mur de la cuisine.

« Allô ? Ferme de Tideswell...

— C'est Judy ? demanda Velma.

— Velma...

— Tu es rentrée ?

— Oui.

— Tu es rentrée pour de bon ?

— Je ne suis là que depuis trois jours. Je n'en ai même pas discuté avec papa. Pas encore.

— Pas tant qu'elle était là, madame !

— Quoi ?

— Je savais qu'elle partirait. Je le savais. Je viens de voir Gareth qui l'emmenait il n'y a pas trois minutes. Elle rentre à Londres ?

— Oui. Oui, je crois...

— Et elle ne revient pas ?

— Velma, ça ne te regarde vraiment pas.

— De toute façon, je ne t'appelais pas toi. Je voulais parler à ton père.

— Il s'occupe des bêtes.

— Alors, tu veux bien lui transmettre un message ? Hein ? Dis-lui que je viendrai demain comme avant.

— Oh...

— Dis-lui bien, insista Velma d'une voix assurée et complaisante.

— Désolée, Velma.

— Désolée de quoi ?

— Ton emploi n'est plus disponible. Il n'y a plus de "comme avant", déclara Judy en fermant les yeux pour imaginer Zoé dans le car de Londres, en train de regarder par la fenêtre, les yeux vides. Tu es partie, et maintenant tu peux rester hors d'ici », ajouta-t-elle d'un ton définitif.

« Papa ? »

Robin se retourna. Dans la pénombre de la grange, il vit la silhouette de sa fille qui se détachait à la porte.

« Salut.

— Papa, je viens de faire quelque chose : j'ai congédié Velma.

— Velma !

288

— Elle a vu Gareth emmener Zoé, et elle a appelé aussitôt pour dire qu'elle revenait ; et je lui ai dit non. »

Il sourit.

« Tu as bien fait.

— Ça ne t'ennuie pas ? »

Il secoua la tête.

« Je ferai ce qu'elle faisait.

— Ce que personne ne faisait..., rectifia-t-il avec un nouveau sourire.

— Papa, est-ce que ça va ?

— Ça ira, dit-il, et il se pencha pour ramasser un maillet dans la paille à ses pieds.

— Je ne sais pas si c'est le bon moment pour te le demander, mais...

— Alors ?

— Est-ce que je peux te demander quelque chose ?

— Bien sûr, répondit-il en lui prenant le bras. Viens dehors, viens à la lumière.

— Je n'ai aucun droit de te le demander, en fait...

— Quoi ? De quoi s'agit-il ? »

Il l'entraîna dans la cour jusqu'à l'appentis près de la réserve d'aliments où Gareth laissait son vélo.

« Est-ce que je peux rester ?

— Rester ? s'étonna-t-il.

— Oui. Vivre ici. Vivre avec toi. »

Il lui lâcha le bras et leva le visage vers le ciel un moment avant de dire :

« Judy, ma chérie, il faut que je vende la ferme.

— Que tu...

— Oui. Que je la vende. J'espère la vendre et la reprendre en gérance. Avec le quota laitier. Je ne sais pas si c'est possible, mais il faut que j'essaie. Je ne peux pas me permettre de remplacer Gareth, tu comprends, dit-il en lui jetant un regard rapide. Et les dettes sont... Enfin, il vaut mieux ne pas y penser. La nouvelle fosse à lisier n'est qu'un détail. Je l'ai vu venir, et pourtant, je n'ai rien vu venir. Je ne voulais pas le voir. Il faut que je recommence comme au premier jour — que je m'occupe de la traite tout seul, à plein temps. C'est le seul moyen. Au moins, conclut-il en regardant à nouveau le ciel, cela donnera à grand-père l'occasion de dire qu'il m'avait prévenu. »

Judy s'adossa au mur gris et chaud de la réserve et y posa les mains à plat de chaque côté.

« Je ne savais pas...

— Non. Comment l'aurais-tu su ?

— J'ai toujours cru que tu t'en sortais bien, que ce serait toujours comme ça, qu'il y avait ici une sorte de permanence.

— Il n'y a de permanence nulle part.

— Quand tu vendras, est-ce que tu pourrais aller ailleurs ?

— Je ne veux pas aller ailleurs.

— Pour la continuité ? À cause du changement ?

— Ce n'est pas grand-chose, ici, mais c'est moi qui l'ai fait et... je connais.

— Alors même que c'est si dur ? Alors que ça a toujours été si dur...

— Oui, dit-il en se penchant pour arracher un pied d'herbe qui avait percé le sol en ciment de la cour. Je ne crois pas que ce sera plus dur, de toute façon. Physiquement, oui, parce que je suis plus vieux, mais peut-être que sur d'autres plans je... enfin, je ferai moins d'erreurs, ajouta-t-il, et il lança les herbes dans un coin. Je ne voudrais pas d'une autre vie, maintenant. Il est possible que je doive en changer un jour, mais je ne céderai qu'au bord du gouffre. Il y aura toujours une place pour toi ici, Judy. Ou n'importe où ailleurs. Tu le sais. Mais il n'y a pas d'argent. Les fermiers ne se versent jamais de salaire et je ne pourrais pas te payer.

— Et si je ne le voulais pas... »

« Réfléchis. Il lui adressa un sourire fatigué. Ne te précipite pas. Les changements du cœur...

— Oui ?

— Les changements du cœur sont grisants.

— Je suis sincère.

— Oui, dit-il en se penchant pour lui déposer un petit baiser sur la joue. Je dois y aller, Judy. J'ai des choses à faire. Tu sais ce que c'est. »

Lyndsay avait étalé une carte de la ferme de Dean Place sur la table de la cuisine. Sur les champs, de formes irrégulières et reliés comme au hasard les uns aux autres, étaient indiquées les surfaces en acres et en hectares, ainsi que les portails et les échaliers. Les échaliers faisaient partie du réseau de sentiers de randonnée communaux, mais Joe n'aimait pas les randonneurs, ni les associations de randonneurs, et il s'était arrangé, sans vraiment les fermer, pour rendre tant les sentiers que les échaliers subtilement malcommodes. Il y avait eu une ou deux batailles à ce sujet, des lettres dans la presse locale et une querelle bruyante avec deux femmes imposantes armées de leurs droits et de cisailles pour s'attaquer aux clôtures. Mais Joe, avec la ténacité de celui qui est sur place et a fermé son esprit à toute remise en cause, avait gagné la partie. En regardant le double pointillé qui marquait les sentiers de randonnée sur la carte de la ferme, Lyndsay se dit qu'elle pourrait les rouvrir et même organiser une visite de la ferme pour les randonneurs. Peut-être Robin s'associerait-il à ce projet et laisserait-il voir ses vaches. Il était peu probable que des touristes se satisfassent d'hectares d'orge et de colza.

La cuisine était silencieuse. Rose dormait à l'étage et Hughie, pour la première fois depuis des semaines, était allé au jardin d'enfants. De surcroît, sans sa casquette de base-ball et sans Phoque. La peluche reposait sur le lit de Hughie, confortablement emmaillotée de son pyjama et arborant, Lyndsay en était certaine, une expression de soulagement palpable. Elle avait envisagé de la mettre dans la machine à laver — elle en avait grand besoin — mais elle s'était retenue. Hughie avançait pas à pas, et elle ne devait pas, par un besoin déraisonnable d'hygiène, le faire reculer.

Une voiture approcha. Elle leva la tête de la carte et jeta un coup d'œil par la fenêtre. C'était Robin. Elle ne l'avait pas vu depuis des semaines, et pas en tout cas depuis son retour à Dean Place. Elle se redressa et l'attendit à la table, regardant approcher sa silhouette sombre à travers les portes en verre cathédrale qui donnaient sur le porche, puis sur la cuisine. Il ouvrit sans frapper.

« Salut », dit-il.

Elle hocha la tête.

« Je suis content de te voir. Je suis content que tu sois revenue. »

Il portait une vieille chemise à carreaux au col élimé et un pantalon en velours côtelé.

« Judy est de retour, elle aussi.

— Je sais.

— Est-ce qu'elle est passée ?

— Non...

— Elle va venir. Pas d'enfants ?

— Rose dort et Hughie est au jardin d'enfants.

— Et tu comptes tes hectares ?

— J'essaie. »

Il fit le tour de la table pour regarder la carte avec elle.

« Qu'est-ce que tu vas faire, sur la terre que tu ne peux cultiver ?

— Je ne sais pas.

— Des arbres ? »

Elle resta silencieuse.

« Je te le déconseille. Du bétail ? »

Pas de réponse.

« Trop cher. Il te faudrait de l'aide. Des pâturages ? »

Toujours pas de réponse.

« C'est sûrement la meilleure idée. Je pourrais te dire à qui t'adresser.

— Je vais engager quelqu'un pour gérer la ferme. Pour les débuts.

— Il voudra sa part...

— Je sais. Je le sais bien. Je ne sais peut-être pas grand-chose, mais je ne suis pas complètement idiote.

— Moi non plus. »

Elle s'écarta de lui.

« Que veux-tu dire ?

— Je ne suis pas idiot au point de ne pas savoir pourquoi tu me parles à peine. »

Elle posa les mains à plat sur la carte et s'appuya dessus, le regard baissé.

« Zoé, dit Robin. C'est ça ?

— Je me suis sentie si seule...

— Tu étais seule de toute façon. Moi aussi. Nous le sommes tous les deux. Nous le resterons un moment.

— J'avais pensé... enfin, je crois que j'avais cru que tu serais là pour moi, que tu pourrais...

— Non, murmura Robin. Qui cela aiderait-il ? »

Elle se redressa et rejeta ses cheveux dans son dos.

« Hughie va un peu mieux. Aujourd'hui, il est allé au jardin d'enfants sans Phoque.

— Bien.

— Mes parents m'adressent à peine la parole...

— Ça passera. C'est difficile de proposer son aide et de la voir repoussée. »

Lyndsay le regarda pour le première fois depuis qu'il était entré.

« Mais était-ce vraiment de l'aide ? Était-ce ce qu'il y avait de mieux pour *eux* ou pour *moi* ? »

Il haussa les épaules. Il y avait dans ce geste quelque chose de drôle et d'attirant qui poussa soudain Lyndsay à ajouter :

« Oh, Robin, je suis désolée, je suis... »

Il leva une main en riant.

« Ne commence pas.

— Quoi ?

— À dire que tu es désolée. D'abord Judy, et maintenant toi. Elle me le répète sans arrêt et je ne peux pas supporter ça de deux côtés à la fois...

— Et si on était sincères ? s'insurgea Lyndsay. Et si on était vraiment désolées ?

— Alors, je le saurais, non ? Je le saurais. À condition pourtant que je trouve que l'une ou l'autre ait une raison d'être désolée, que je ne trouve pas que nous avons tous de bonnes raisons pour ça. Judy veut rester, lança-t-il en glissant ses mains dans ses poches.

— À la maison ? À Tideswell ? Avec toi ?

— Oui.

— Seigneur !

— Et elle le décide au moment même où je dois essayer de vendre.

— Vraiment ?

— Oui.

— Oh, Robin...

— Peut-être à tes propriétaires. Je ne sais pas. Et puis, je reprendrais l'exploitation en gérance, avec toi.

— Je crois... je crois que j'aimerais bien ça.

— Oui ?

— Cela m'effraie de reprendre tout... Les dettes de Joe, ces emprunts... Il n'en avait jamais parlé...

— C'est normal.

— La banque n'en savait rien non plus. Elle a repris les emprunts pour l'instant, mais bien sûr, cela ne durera pas éternellement. »

Robin grogna.

« Je vais suivre des cours de comptabilité. De comptabilité et de gestion.

— Brave fille !

— S'il te plaît, ne me parle pas comme ça.

— Désolé. C'est l'habitude.

— Nous n'avons plus d'habitudes. »

Elle s'écarta de la table, gagna la fenêtre et considéra par-delà le toit de la Land Rover l'étendue d'orge qu'avait semée Joe des mois auparavant sur le grand champ en pente, ce même champ où elle l'avait regardé et guetté le tout premier jour de Noël qu'ils auraient dû passer ensemble, quand elle l'avait attendu, frustrée et impuissante, dans sa robe de velours rouge toute neuve, avec les bougies allumées sur la table ornée de branches de lierre. Cela lui semblait presque ridicule, maintenant.

« Il n'y a plus d'habitudes, répéta-t-elle en le regardant droit dans les yeux. Il faut qu'on s'en crée de nouvelles. »

20

DILYS ne trouvait rien à redire à l'état dans lequel Debbie avait laissé la maison. Quand Robin et Lyndsay avaient suggéré que Harry et elle s'installent dans la maison de Gareth, elle avait été horrifiée, plus qu'horrifiée, même : offensée. Leur demander de déménager de Dean Place pour occuper la maison d'un vacher lui semblait un affront inimaginable, parce que c'était fondamentalement inconvenant. Et Harry, en sautant sur l'occasion, avait encore aggravé les choses. Elle était assise en face de lui, à la table de la cuisine autour de laquelle toutes les affaires de la ferme et de la famille s'étaient toujours réglées depuis plus de quarante ans, et elle avait vu son visage s'illuminer à cette idée. Il n'y avait pas à s'y tromper, on aurait dit exactement Rose quand on lui proposait un biscuit : en extase.

Sur le coup, elle avait protesté qu'il n'en était pas question, qu'elle n'envisageait même pas d'y réfléchir, qu'elle ne voulait plus qu'on y fasse allusion devant elle. Et puis, il s'était produit quelque chose de plus déconcertant encore : Lyndsay — Lyndsay ! — avait dit qu'il n'y avait de toute façon pas d'argent pour acheter un pavillon à Stretton, et Dilys avait cru que Harry allait bondir de son fauteuil pour serrer sa belle-fille dans ses bras.

« Côté financier, cette exploitation est un fiasco total, avait déclaré Lyndsay sans les regarder. Il n'y a pas un sou pour acheter un pavillon.

— Balivernes ! s'était insurgée Dilys.

— Non, avait rétorqué calmement Lyndsay, c'est vrai. Ce sont les faits. Joe avait contracté des dettes, et il y était enfoncé jusqu'au cou. Il s'agit de sommes dont vous ne pouviez rien savoir, de l'argent qui n'apparaît pas dans les livres de compte, des prêts privés.

— Combien ? » avait demandé Dilys en serrant les poings.

Pour la première fois, Lyndsay l'avait regardée droit dans les yeux.

« Vous n'avez pas à savoir combien. Il suffit que vous sachiez qu'il ne resterait pas assez pour acheter une cabane à lapins. Alors un pavillon... »

Dilys était montée. Elle les avait laissés là et s'était assise dans sa chambre sombre, près de la fenêtre, attendant que l'un d'eux — Lyndsay, Robin, Harry ou Judy — monte la voir et s'excuse. Mais personne n'était venu. Elle était restée là, le dos droit, les mains soigneusement croisées sur les genoux, pensant à toutes les heures qu'elle avait passées sur les comptes de la ferme à remplir méticuleusement des colonnes de chiffres, à l'attention qu'elle avait portée à chaque détail, à la façon dont elle avait obéi à tous les projets de modernisation de Joe. Il lui semblait impossible, scandaleux, qu'elle ait pu se tromper sur toute la ligne pendant tant d'années, que Joe, finalement, ait pu ne pas savoir ce qu'il faisait. C'était autant hors de question qu'emménager dans la maison d'un vacher. Elle dut rester assise là pendant plus d'une heure. Le paysage familier, par la fenêtre, s'assombrissait progressivement, et elle finit par ne plus voir les allées et venues des martinets qui, fidèles chaque année, venaient nicher sous l'avancée du toit de la maison. Finalement, elle était redescendue et les avait tous trouvés là en train de parler, toujours aussi résolus. Judy lui avait adressé un sourire que Dilys avait pris pour une intention de lui exprimer sa sympathie face à l'inévitable. Mais elle n'était pas prête à accepter la sympathie d'autrui. Elle avait mis la bouilloire à chauffer, bruyamment, et cogné les tasses sur la table avant de faire tinter les cuillers.

En dépit de tout cela, elle se retrouvait à présent dans la chambre où dormait naguère le petit Eddie de Gareth, en train d'arracher de la fenêtre des autocollants de clubs d'arts martiaux. Debbie avait laissé la chambre immaculée, mais les autocollants étaient restés, ainsi que de très curieux rideaux, dont on aurait dit qu'ils avaient été arrosés d'eau de Javel, et deux papiers peints différents. À l'évidence, Debbie aimait le papier peint. Il y en avait même dans la salle de bains, avec des coquillages et des hippocampes, c'était aussi peu pratique que fantaisiste. Pourtant, malgré le papier peint partout et les autocollants sur la fenêtre, Dilys n'arrivait pas à ne pas aimer cette maison. Elle avait essayé, mais elle ne pouvait pas. Elle s'était efforcée de croire qu'ils avaient été sauvés de la plus mauvaise façon — mais là encore elle avait échoué. Elle aurait voulu, tout au fond d'elle-même, sentir que rien ne pouvait ni ne devait être sauvé après la perte de Joe, et ce souhait, le plus proche de son cœur, avait été aussi peu exaucé que les autres.

Elle posa les autocollants en ligne sur le rebord de la fenêtre. Peut-être Hughie aimerait-il les récupérer. Peut-être, au contraire, ne devrait-on pas l'encourager à aimer des choses aussi laides que violentes. Il n'y avait rien de violent chez ce garçon. C'était même tout l'inverse. Il arrivait souvent que Dilys, quand elle allait à Dean Place à l'heure du coucher des enfants et qu'elle lisait une histoire à Hughie dans l'ancienne chambre de Joe, ressente une paix qu'elle ne pouvait pas expliquer et qu'elle n'avait jamais ressentie auparavant. Elle connaissait déjà le triomphe, la satisfaction, le sentiment du devoir accompli et de la victoire, mais pas la paix. Assise sur le lit de Hughie pour lui lire les drôles de petits livres qu'il aimait, elle ressentait indéniablement une impression de paix, de calme. C'étaient des histoires de taupes et de tigres qui portaient des chaussures et des foulards et menaient leurs petites vies anthropomorphiques pleines d'incidents mais finalement très sécurisantes. Rien ne pouvait la déranger, elle était tranquille et l'esprit clair. Elle ne pouvait l'expliquer, mais c'était ainsi : Hughie et elle, dans la chambre de Joe, étaient comme baignés d'eau calme ou au milieu d'un champ de neige silencieux et infini.

Elle dévissa le bouchon du white spirit qu'elle avait emporté et imbiba un chiffon du produit afin d'effacer les traces de colle sur la fenêtre. Dans deux semaines, le nouveau gérant de la ferme, un jeune homme sorti depuis deux ans de son lycée agricole, s'installerait dans l'ancienne maison de Lyndsay et Joe. Lyndsay lui avait fait un bail de trois ans. Il n'était pas marié mais vivait avec une jeune femme qui avait elle aussi fait des études d'agriculture et s'était apparemment spécialisée dans les salades de qualité. Jadis, avait pensé Dilys, elle se serait opposée à la venue d'un couple non marié, mais plus maintenant, plus depuis Zoé, plus depuis ce curieux avènement du calme qui avait étouffé son besoin autrefois si impérieux de mettre son veto à tout ce qui lui déplaisait.

Là-bas, par-delà le champ de maïs fourrager, elle voyait la maison de Robin. Elle n'avait pas vécu ainsi avec Robin sous les yeux depuis vingt-cinq ans, et jamais, se dit-elle, elle n'avait regardé sa maison, sauf pour persifler qu'elle aurait une autre allure et une autre tenue si elle s'en occupait. Elle ne le pensait plus. À l'instant même, Robin négociait la vente de cette maison, de celle que Dilys occupait maintenant et des terres alentour, et elle souhaitait ardemment qu'il réussisse. Cela se présentait bien, mais on ne pouvait être sûr de rien. Ces six derniers mois, Dilys avait au moins appris une chose : on ne peut jamais être sûr de ce que l'avenir nous réserve.

Dilys rassembla les produits ménagers qu'elle avait apportés et regarda sa montre. Midi moins dix. Dans dix minutes, Harry serait là pour déjeuner, son Harry transformé, lui qui, depuis qu'elle le connaissait, avait toujours été opposé à faire de l'élevage, et qui maintenant s'occupait des vaches avec enthousiasme. Devenu le bras droit de Robin, il traversait le champ de maïs une demi-douzaine de fois par jour et revenait avec sur son visage cet air de satisfaction somnolente qu'elle ne lui avait pas vu depuis des années. Il avait tout le travail qu'il voulait, et aucun souci. Robin se chargeait des soucis. Robin, pensait maintenant Dilys, avait toujours eu les soucis, toute sa vie. Pourtant, à la façon singulière dont les choses avaient tourné, peut-être avait-il eu quelques récompenses aussi, et le fait que Judy allait commencer des études d'agronomie à la rentrée de septembre n'était pas la moindre, des études financées pour moitié par la banque et pour moitié par sa tante Lyndsay. Qu'aurait pensé mon père, se demanda Dilys en redescendant l'escalier avec précaution, s'il avait vu ces filles prendre la charge d'une ferme ? Judy en bleu de travail, Lyndsay qui allait acheter un ordinateur...

Dilys entra dans sa petite cuisine. Le soleil qui pénétrait par la fenêtre sud éclairait un pot de persil sur le rebord, ainsi que des verres à confiture qu'elle venait de laver et de laisser égoutter, retournés sur un torchon. Jamais elle n'avait eu de fenêtre au sud dans sa cuisine, jamais elle n'avait vécu avec la présence du soleil. Elle ouvrit les robinets et se lava les mains lentement, en rêvant, le regard perdu dans les hauts épis bruissants de maïs à travers lesquels le chemin conduisait à Tideswell, à l'étable, à la grange, à la maison. Changement et perte, se dit-elle. Changement et perte, psalmodié encore et toujours, le chant de la vie qui vous emporte, qui emporte les choses loin de vous, puis qui rapporte quelque chose d'autre, une petite chose qu'on n'attendait pas, dont on ne connaissait pas le besoin avant qu'elle s'échoue devant vous et attende à vos pieds. Changement et perte. Et maturité. La maturité qu'on trouve où on ne l'a jamais cherchée, où on n'a jamais pensé à la chercher. Parce qu'on n'était pas prêt. Parce qu'on n'avait pas connu la perte. Dilys ferma les robinets et, en se séchant soigneusement les mains, polit sa vieille alliance amincie en or rose. Puis elle ouvrit le buffet et les tiroirs pour en tirer la planche à pain, la miche, un couteau.

Achevé d'imprimer en mars 1997
pour le compte des Éditions Quebecor

N° d'impression : 6532R-5